한국인 2권

한국인 2권

세상은 넓다

이원호 지음

한결미디어

차례

1장 배경을 만들다

조선호텔 2층의 '나고야'는 최고급 일식당이다.

이태진은 소문만 들었지 가본 적이 없다.

이태진이 오후 6시 45분에 나고야에 들어섰다. 15분 일찍 온 것이다.

안석호의 예약 방을 물었더니 종업원이 말했다.

"기다리고 계십니다."

사장이 먼저 와서 기다리고 있다.

"어, 어서 와."

맥주를 마시고 있던 안석호가 이태진을 반겼다. 손까지 흔들면서 맞는다.

"생선회에다가 소주 어떠냐?"

"좋습니다."

안석호가 뒤에 선 종업원에게 주문하고는 먼저 이태진에게 맥주를 따라 주었다.

"이 과장하고 한잔하고 싶었어."

"감사합니다, 사장님."

술잔을 받아 쥔 이태진이 고개를 숙였다.

"열심히 하겠습니다."

최근까지 안석호는 이태진에게 적대적이었다.

안석호는 회장의 이모 아들이니 외사촌 동생이다. 본인은 사주의 친인척으로 낙하산이면서 돌출된 인사에는 거부반응을 일으키는 것이다.

이태진은 이른바 개천에서 용 난 유형이다. 쉽게 말하면 상놈이 갑자기 양반으로 출세한 꼴이었다. 공(功)을 세웠다고 해도 그렇다.

그러다가 회장의 반응을 보고 나서 태도를 바꾼 것이다.

그때 안석호가 말했다.

"이 과장, 이건 나하고 이 과장 둘만 아는 것으로 하지."

"예?"

고개를 든 이태진을 향해 안석호가 말을 이었다.

"중동과원이 지금 몇 명이지?"

"일곱 명입니다."

"무역부 총원이 현재 40명이야."

안석호가 말을 이었다.

"현재 무역부는 7개 과. 올해 실적이 4백만 불이야. 그중 250만 불이 중동과지."

"…."

"나머지 150만 불을 6개 과(課)가 나눠 먹고 있단 말이야."

그때 종업원이 요리접시를 들고 들어섰다. 회와 술병이 둘 앞에 놓였다.

종업원이 나가고 다시 방에 둘이 남았을 때 안석호가 말을 이었다.

"그래서 말인데, 이 과장."

"예, 사장님."

"내년에 중동과 실적이 얼마 정도 될 것 같나? 올해 실적보다는 많겠지?"

"예, 그렇게 되어야지요."

"그래서 말야."

술잔을 내려놓은 안석호가 정색하고 이태진을 보았다.

"중동과를 중동부(部)로 승급시키고 무역부를 2개 부(部) 체제로 운용하는 것이 낫다고 생각해."

안석호가 말을 이었다.

"이건 내 생각인데, 어떻게 생각하나?"

"저는 과장 진급한 지 얼마 안 되어서…."

"그건 이유가 안 돼."

다시 술잔을 든 안석호가 한 모금에 삼켰다.

"회장님께 건의하면 아마 동의하실 거야. 물론 최 부장은 나머지 6개 과(課)를 관리하는 거지."

안석호가 이태진의 잔에 술을 채웠다.

"그러면 자네는 바로 나하고 소통할 수가 있는 거지."

그렇구나. 이태진은 안석호의 심중을 파악할 수 있었다.

이제 이태진은 떠오르는 실세다.

회장의 절대적인 신임을 받는 이태진과 제휴하겠다는 것이다.

술잔을 든 안석호가 건배하자는 시늉으로 들어 올렸다.

"이건 우리 둘만 알고 있도록 하자구. 연말에 체제 개편을 해서 중동부로 승격시킬 테니까, 그동안 이 과장도 내년 계획과 인원 충원 방법, 그리고 부 조직도 구상해놓도록 해."

"감사합니다."

마침내 이태진이 술잔을 들어 올리면서 사례했다.

"기대에 어긋나지 않도록 노력하겠습니다."

"수시로 나한테 연락하도록 해."

술을 삼킨 안석호가 말했다.

"내가 도와줄 테니까."

이태진이 숨을 들이켰다.

이제 처음으로 자신의 위치를 실감한 것이다.

이것은 자신이 회장의 절대적인 신임을 받고 있다는 반증이다.

제2인자인 사장이 이렇게 적극적으로 자신을 우군(友軍)으로 만들려고 하다니.

만일 내가 회장의 사위가 된다면 그때는 기꺼이 수하가 되겠지.

이태진이 집에 돌아왔을 때는 오후 9시 5분 전이었다.

열쇠로 문을 열고 들어선 이태진을 정예은이 맞았다.

"왔어?"

웃음 띤 얼굴로 다가온 정예은이 이태진의 허리를 감아 안았다.

"미안. 일찍 끝내려고 했지만 좀 늦었네."

이태진이 정예은의 입을 맞췄다.

정예은한테는 바이어하고 저녁식사를 한다고 말했던 것이다. 응접실 탁자 위에는 위스키와 안주가 차려져 있다.

"씻고 옷 갈아입고 와. 술 한잔해도 되지?"

"그럼. 그런데 오늘 늦어도 되는 거야?"

"오늘은 서진이 집에서 잔다고 했어. 엄마가 현이 볼 거야."

서진은 정예은의 친구다.

고개를 끄덕인 이태진이 옷을 갈아입고 욕실로 들어섰다. 욕조에는 이미 따뜻한 물이 가득 채워져 있다. 그때 욕실 문이 열리더니 정예은이 물었다.

"등 밀어줘?"

"자기도 벗고 들어온다면."

"아유, 지금은 싫어."

정예은이 문을 닫고 나가면서 말했다.

"빨리 나와."

집 안의 분위기가 열기를 띠고 있다.

정예은이 오면 항상 그렇다.

응접실의 소파에 나란히 앉은 둘은 위스키 잔을 들고 있다.

탁자 위에는 3종류나 되는 육포, 여러 종류의 과일, 얼음통과 생수병까지 가득 놓여 있다.

정예은이 한 모금 위스키를 삼키고는 이태진을 보았다. 긴 머리가 어깨에 닿았고 크림색 반팔 셔츠에 반바지 차림이다. 곧고 미끈한 팔다리가 드러났고 맨발에는 검정 매니큐어를 칠했다.

"엄마가 눈치챈 것 같아."

이태진의 시선을 받은 정예은이 이를 드러내고 웃었다.

"긴장하지 마. 아직 누군지는 몰라."

"…."

"나한테 그랬어. '너 만나는 남자 있지? 만나는 건 어쩔 수 없지만 아이 있는 남자는 절대 안 된다' 그러는 거 있지?"

"과연."

한 모금에 발렌타인 17년을 삼킨 이태진이 고개를 끄덕였다.

"나를 예상하고 계시는구만."

"이젠 기준이 팍 낮아졌어."

"글쎄, 내 수준까지 내려왔다니까."

그때 정예은의 눈동자가 흔들렸다. 아차, 하는 분위기가 되었다가 곧 밝게 웃었다.

금세 분위기가 밝아질 수 있는 것, 정예은의 장점이다.

"아버지는 아직 어머니한테 자기 이야기 안 했어. 현이가 3살은 될 때까지 기다리자고 한 적이 있거든."

정예은이 말을 이었다.

"얼마 전에 지나가는 말로 헤어진 지 1년도 안 됐는데 서둘 필요는 없다면서 그랬어. 엄마도 공감했고."

"오늘 그 이야기 해주려고 온 거야?"

잔에 술을 따르면서 이태진이 묻자 정예은이 눈을 흘겼다.

"그래. 그쯤 감을 잡고 있으라구."

"분위기를 파악하고 오버하지 말라는 말이군."

"이 이야기는 내가 꺼내야 될 것 같기도 해서."

"내가 수동형이라 이거지?"

"아니. 자기 자존심을 배려해주려는 의도야."

"역시 머리 좋은 정예은은 못 당해."

"작작 해두셔."

웃음을 띠고 주고받았지만 이태진의 가슴은 개운치가 않다.

정예은은 이대를 졸업했고 전(前) 남편은 서울대 출신이다.

둘 앞에서 이태진이 열등의식을 느끼지 않는다고 누가 말한다면 그놈도 이상한 놈이지.

정예은이 한 모금 위스키를 삼키더니 이태진을 보았다.

"자기야, 알아둬."

"뭐?"

이태진이 눈을 치켜떴다.

"또 다른 성감대가 있어?"

"나 자기만큼 사랑해본 남자는 없어."

"나두 좋아. 나는 자기의 모든 부분이."

"부분이라니?"

"몸."

이태진이 정예은의 발끝에서 머리까지 훑어보는 시늉을 했다.

"다 씹어 먹고 싶어."

그때 정예은이 길게 숨을 뱉더니 술잔을 내려놓았다.

"자자. 자고 나서 이야기해."

선한 성품이다.

깊은 밤.

이태진이 정예은의 허리를 당겨 안고 가슴에 얼굴을 묻었다.

가슴에서 모유 냄새가 난다. 이태진은 이 냄새가 좋다. 그래서 정예은이 밀쳐내기 전까지 이러고 있기를 좋아한다.

가슴은 땀에 배어 약간 끈적거렸다. 그때 정예은이 이태진의 머리칼을 손으로 쓸면서 말했다.

"자기는 회장 딸의 배경이 없어도 충분히 성공할 사람이야. 지금까지 그래 왔고 앞으로도 더."

이태진이 숨을 뱉었고 정예은의 말이 이어졌다.

"오히려 나 때문에 자기의 성취감이 흐려질 수도 있을 거야. 내가 알아."

마침내 이태진이 가슴에서 얼굴을 들었다.

"뭘 안다는 거야?"

"난 한 번 실패하고 나서 내성이 생겼어. 올 오어 낫씽(All or Nothing)은 하지 않겠다는 것."

정예은이 웃음 띤 얼굴로 이태진을 내려다보았다. 그러고는 머리칼을 움켜쥐었다.

"내 말을 다 믿으면 안 돼, 자기야."

"고마워."

이태진이 정예은의 허리를 힘껏 끌어안았다.

"자기는 나보다 나은 인간이야. 날 선택해줘서 고맙게 생각해."

"무슨 뚱딴지같은 소리야?"

곧 정예은이 몸을 붙여왔기 때문에 이태진은 다시 감동했다.

보라, 이 기가 막힌 장면 전환을.

사흘 후에 동일섬유는 DH-42 스타일을 선적했다.

공장장 백기출은 직원들에게 약속한 반 달분 월급을 지급했다. 그리고 지원 나온 기능공도 임금의 2배를 받고 돌아갔다.

그동안 윤정규의 사직서는 수리되었으며 동일섬유는 DH-42 오더를 끝으로 폐업상태가 되었다.

백기출은 직원들을 데리고 나와서 새 회사를 차릴 예정이다.

새 회사는 오더가 보장되었기 때문에 일사불란하게 설립될 것이었다.

"고생 많았다."

오후 4시.

대전에서 올라온 고재규, 최상호의 보고를 받은 이태진이 말했다.

이번 사고 수습에는 고재규가 공(功)이 컸고 최상호도 진면목을 보여주었다.

윤정규에게 가려져 있던 재능이 드러난 것이다. 성실하고 끈기가 있다.

"너희들은 지금 이 순간부터 사수야. 오더를 직접 진행하는 거다."

회의실에는 한여옥, 김태식, 박윤선까지 모여 있었기 때문에 이태진이 그들을 둘러보며 말했다.

"그리고 한여옥이 과장대리 역할로 넷을 관리하도록."

이미 언질을 받은 한여옥이 잠자코 시선만 주었고 넷은 고개를 끄덕였다.

모두 신분상승이 된 것이다.

급성장하는 부서의 팀원이 받는 특전이다.

과(課)의 분위기가 급상승했고 회의실을 나오는 모두의 얼굴은 상기되어 있다.

5개월 만의 사우디 출장이다.

1977년의 5개월이 눈 깜빡하는 순간에 지난 느낌이다.

벌써 7월 초.

2월에 사우디에 가서 한 달간 머문 후에 다시 가게 되는 것이다.

5개월 동안 이태진은 회사에서 기반이 굳혀졌고 사장한테서는 내년에 부장(部長)이 된다는 언질까지 받았다.

중동과(課)가 중동부(部)로 승격한다는 말인데, 부장 진급은 어렵겠지.

이번 출장은 제다의 오마르와 리야드의 함단 양쪽을 만나 상담해야 한다.

신제품과 함단에게 보여줄 국내 업체들의 제품 카탈로그 등을 모아야 한다.

이태진은 출장 준비에 전념했다.

출장은 5일 후인 7월 15일로 결정되었다.

신우상사에서는 서재경이 생산업체들의 카탈로그, 생산제품 소개서들을 모았다.

정경호가 지시했기 때문이다.

신우상사 회의실에서 이태진이 서재경이 가져온 자료들을 보았다.

"내일까지 국내 65개 업체를 채우겠어요. 제가 직접 다녀오려고 합니다."

이태진의 시선을 받은 서재경의 눈이 반짝였다.

서재경이 신우상사에 취업한 지 1주일이 지났다. 이제는 제법 사무실 분위기에 익숙해진 것 같다.

고개를 끄덕인 이태진이 물었다.

"업무 파악은 잘돼?"

"잘돼요."

눈웃음을 친 서재경이 목소리를 낮췄다.

"첫째 적성에 맞으니까 의욕이 일어나요, 오빠."

"잘됐다."

"근데 한 달간이나 사우디 출장이에요?"

"그 정도 예상이야."

"오빠, 오늘 밤 우리 집에 와요."

불쑥 서재경이 말했기 때문에 이태진이 고개를 들었다. 서재경의 볼이 붉어져 있다. 그러나 서재경이 시선을 준 채 말을 이었다.

"오늘 밤 우리 집에서 자고 가요."

"이런. 내가 저녁 약속이 있는데."

"약속 끝나고 와요. 늦어도 돼요."

서재경이 테이블 위로 접힌 쪽지를 내밀었다. 미리 준비해놓은 것 같다.

"이것, 제 자취방 약도예요."

이태진이 쪽지를 집어 주머니에 넣었다. 그날 밤 이후로 서재경의 몸을 잊고 지냈던 이태진이다. 바빴기도 했지.

그때 서재경이 말했다.

"회사 이야기도 해드릴 테니까요."

서재경의 자취방은 신촌역 근처의 반지하방이었다.

연립주택의 지하 계단을 12개 내려갔더니 입구였다. 문을 두드렸을 때 금세 문이 열리면서 서재경의 웃음 띤 얼굴이 드러났다.

"어서 오세요."

오후 8시 반이다.

안으로 들어선 이태진이 주위를 둘러보았다. 거실, 침실, 욕실과 주방까지 한눈에 들어왔다. 15평쯤 되는 규모였고, 주방 창문과 앞쪽 골목 바닥이 평행선이다.

집 안은 깨끗했고 향기로운 냄새가 났다. 향수를 뿌린 것 같다.

"깔끔하구나."

거실의 방석 위에 앉으면서 이태진이 감탄했다.

"혼자 살기에는 적적하겠다."

"반지하방이라 싸요."

"침수되지는 않겠지?"

"이곳은 지대가 높아서 괜찮아요."

"불났을 때는 어디로 도망가지?"

"화장실 창문이 커요. 거기로 기어나가면 바로 골목 바닥이야."

"그렇군."

말하는 사이에 서재경이 식탁에 술과 안주를 차려놓았다.

"오빠, 옷 갈아입으세요. 방에 잠옷 갖다 놓았어요."

서재경이 이태진의 재킷을 벗기면서 말했다. 이태진의 잠옷까지 준비해놓은 것이다.

옷을 갈아입은 이태진이 서재경과 마주 앉아 소주를 마셨다.

술잔을 든 서재경이 이태진을 보았다.

"회사 직원들하고 회식을 했는데 검사원 둘은 오빠의 존재를 모르는 것 같더군요."

"내가 정 사장한테 조심하라고 했으니까."

"정 사장이 함단 오더를 받은 것으로 알고 있었어요."

서재경이 말을 이었다.

"검사원은 둘 다 30대 중반으로 전문가 행세를 하던데 검사만 철저하게 하면 되지 말 잘하는 사람이 필요한가요?"

"왜 그러는데?"

"너무 잘난 체를 해서요. 검사 나가서 공장 사장한테 큰소리를 쳤다는 자랑들을 하더라구요."

"…"

"저러다가 돈 봉투 받기 쉽겠다는 생각이 들더군요."

이태진이 고개를 끄덕였다.

검사원 둘은 정경호가 선발한 것이다. 대기업에 있을 때 안면이 있었던 경력사원들인데 검사 전문이라고 했다.

"네가 조금 더 업무 파악이 되면 그놈들 관리를 해야 돼. 잘못하면 회사가 위험해질 수도 있어."

"알아요. 문제가 생기면 검사원들은 그만두면 끝나거든요."

서재경이 반짝이는 눈으로 이태진을 보았다.

“그럼 오빠만 당하는 거죠.”

신우상사는 오마르 오더의 에이전시이기도 한 것이다.

뜨거운 열기가 가라앉고 반쯤 열린 침실 창문으로 도시의 냄새가 흘러들어 왔다.

창문에는 쇠창살에다 철망까지 덮여서 냄새만 들어올 뿐이다.

이태진의 가슴에 안긴 서재경이 숨을 고르고 나더니 입을 열었다.

“영미 언니한테 전화했어요, 저 취직했다고.”

“영미라니?”

이태진이 묻자 서재경이 조금 고개를 들었다. 방은 어두웠지만 반짝이는 눈이 선명했다.

“기만 선배 부인.”

“아!”

“그랬더니 반가워하더군요. 어디냐고 물어서 그냥 조그만 무역회사라고만 했어요.”

“…….”

“오빠 소개로 입사했다고 하면 오빠가 귀찮아질 것 같아서. 만일의 경우에도 대비해야 되니까요.”

“…….”

“기만 선배하고 연루되면 오빠도 문제가 될지 모르거든요.”

이태진이 서재경의 부드러운 허리 살을 잠자코 문질렀다. 서재경이 간지러운 듯 몸을 비틀었다.

“기만 선배는 국보법 위반인 데다 같은 전과가 두 번이나 있어서 잡히면 중형이에요.”

"그 자식, 나한테는 전혀 그런 이야기 안 하는데, 정권을 전복하려는 거야?"

"저도 자세히는 모르는데, 북쪽 사람들하고도 접선하는 것 같아요."

"이런 젠장."

이태진이 서재경의 허리를 움켜쥐었다.

"그걸 그놈 와이프도 아나?"

"알겠죠. 아니까 결혼까지 했겠죠."

"그럼 둘이 간첩인가?"

"간첩죄를 적용할지도 몰라요."

"이런 빌어먹을."

"오빠, 난 손 떼었으니까, 걱정 마요."

서재경이 몸을 밀착시키면서 말을 이었다.

"난 전향 선언까지 했다구요."

그때 이태진이 서재경의 말을 막으려는 듯이 어깨를 감아 안았다.

출장 전날, 오후 2시 반.

이태진은 회장실의 호출을 받았다.

"이 과장님, 회장님이 부르세요."

회장 비서 김연주의 나긋나긋한 목소리가 울렸다.

"바로 회장실로 들어오시죠."

사장실을 거치지 않고 회장실로 오라는 말이다.

자리에서 일어선 이태진은 잠자코 복도로 나와 엘리베이터를 탔다.

회장실은 7층이다.

회장 비서실을 통과해야 된다.

비서실로 들어서자 김연주가 웃음 띤 얼굴로 맞았다.
"들어가세요."
회장실로 앞장서 가면서 김연주가 목소리를 낮추고 말했다.
"출장 다녀오시고 나서 술 한 잔 사주세요, 과장님."
"그거야 언제든지."
지난번에도 김연주가 추파를 던졌지만 직접 연락해오지는 않았다.
기다렸을까?

"거기 앉아."
이태진이 들어서자 정병현이 부드러운 표정으로 앞쪽 자리를 가리켰다.
"예, 회장님."
이제는 회장실에 들어와도 위축감을 느끼지도 감격하지도 않는다. 이태진은 적응이 되어있다.
그때 정병현이 물었다.
"며칠간이지?"
"2주일 예정인데, 며칠 더 걸릴 수도 있습니다. 내년 계획을 세워야 하니까요."
"그렇지. 내년 계획도 세워야지."
그때 김연주가 소리 없이 들어오더니 둘 앞에 커피 잔을 내려놓고 돌아갔다. 커피 잔을 든 정병현이 이태진을 보았다.
"요즘 예은이 자주 만나는 거냐?"
"예, 회장님."
정병현이 고개를 끄덕였다.
"며칠 전에 외박했던데, 너하고 같이 있었던 거야?"

"예, 회장님."

"내가 이야기했어. 올해 이혼했으니까 이삼 년 기다렸다가 하라고. 그 이야기 하더냐?"

"예, 회장님."

"당분간은 드러내지 말기로 하지. 너도 그것이 불편할 테니까. 무슨 말인지 이해하지?"

"예, 이해합니다."

이것 때문에 부른 것이다.

이태진이 고개를 끄덕였다.

"예은 씨도 그렇게 말했습니다. 말씀대로 따르겠습니다."

그때 정병현이 정색했다.

"너는 네 능력만으로도 이 위치에 오른 인물이야. 그리고 앞으로 더 성장할 것이고. 예은이 남편이라는 배경에 오히려 자존심이 상할 수도 있겠지."

정병현이 말을 이었다.

"네가 스스로 성취한 후에 당당하게 예은이를 데려가는 것이지."

이태진이 심호흡을 했다.

정병현은 이제 이태진을 사위로 믿고 있는 것이다.

저녁에 한여옥, 고재규를 불러 저녁 식사를 했다.

회사 근처의 곱창전골 식당이다. 이태진이 둘을 번갈아 보면서 말했다.

"생산 체크를 철저히 해."

"예, 과장님."

고재규가 먼저 대답했다.

"걱정시켜 드리지 않겠습니다."

"제가 매일 보고를 할 테니까요."

한여옥이 말을 이었다.

"윤정규 씨 같은 사건은 더 이상 일어나지 않을 겁니다."

이태진이 고개를 끄덕였다.

"잘 부탁한다."

오더를 받고 생산해서 수출하는 것으로 끝나는 것이 아니다. 조직 내부의 관리도 그만큼 중요한 것이다.

저녁을 마친 이태진이 인사동의 찻집에 들어섰을 때는 9시 5분 전이다.

안쪽 자리에 앉아있던 김봉철이 자리에서 일어섰다.

"내가 출장 준비 때문에 바빠서."

이태진이 늦게 만나자고 한 것을 사과했다.

"아닙니다. 저도 근처에서 직원들하고 저녁 먹고 왔습니다."

김봉철이 말을 이었다.

"일하는 데 시간 따질 수는 없죠. 밤중에도 오더 받습니다."

그때 이태진이 가방에서 서류봉투를 꺼내 김봉철 앞에 놓았다.

"내일부터 시작해줘요. 내가 출장에서 돌아올 때까지 해주셔야겠네."

김봉철이 봉투에서 서류를 꺼냈다.

신우상사 검사원 조상수, 안용민의 인사서류다. 서류를 훑어본 김봉철이 고개를 끄덕였다.

"이만하면 됐습니다. 부정행위를 조사하는 것이지요?"

"검사원이라 거의 매일 공장에 제품검사를 다닙니다. 거기 검사일정도 적혀 있어요."

이태진이 말을 이었다.

"검사 전문가들인데 공장에서 돈 받고 불량품 눈감아주면 회사가 망하거든요."

"잘 알겠습니다."

김봉철이 쓴웃음을 지었다.

"믿을 놈이 드문 세상이니까요."

오후 10시 반.

오피스텔에서 씻고 나왔을 때 전화벨이 울렸다. 전화기를 들었더니 예상했던 대로 정예은이다.

"지금 들어왔어?"

"응. 준비할 것이 많아서."

"8시부터 30분 간격으로 전화했어."

"어이구."

"이런 말 들으니까 스트레스 받지?"

"아니. 그러다가 지치는 걸 아니까 스트레스는 안 받아."

"경험자야?"

"응. 어렸을 때부터 많이 겪었지."

"어떤 걸?"

"말이 길어져."

그것을 어떻게 다 말한단 말인가?

어릴 적 집에 있다가 밖에 나오면 집안의 일은 싹 잊으려고 했던 이태진이다.

그 노력이 결실을 맺어 잊고 싶은 것은 머릿속에서 지워지게 되었다. 억지로 끄집어내지 않은 것이다.

그때 정예은이 말했다.

"아버지가 자기 불러서 이야기하셨다면서?"

"응. 그 이야기 하려고 전화한 거야?"

"잘 다녀오라는 인사도 하고."

"2, 3년은 기다리라는 말씀이야. 자기가 한 말과 같아."

"아버지가 자기를 참 아끼고 계셔."

"신경을 많이 써주셔서 고맙지."

"크게 될 재목이라고 하셨어."

정예은이 말을 잇는다.

"진호한테 일을 가르치도록 해야겠다고도 말했어."

"누구?"

"진호말야."

안다. 알지만 되물었다.

회장의 후계자. 정예은의 남동생 정진호가 지금 기조실에서 근무 중이다.

기조실에 온 지 두 달쯤 되었지만 아직 수습 중이라 이태진도 멀리서만 보았을 뿐이다.

그런데 정진호한테 일을 가르쳐?

"어떻게 가르친다고 그래?"

"기조실에서 한두 달 더 근무시켰다가 중동과로 보낼 예정이라는 거야."

"…."

"한국이 수출로 먹고 살아야 하는데 무역실무를 자기한테서 배우게 하는 것이 낫겠다고 하셨어."

"…."

"앞으로를 생각해서도 좋은 일 같아."

이태진이 소리죽여 숨을 뱉었다.

오후에 회장실로 부른 이유가 바로 이것이구나.

정진호를 중동과로 보낼 예정인 것이다.

갑자기 등에 으스스한 한기가 스치고 지나갔다.

그리고 보라. 그다음에 회장은 정예은한테 자신의 계획을 슬쩍 말해주는 것이다. 그리고 정예은은 자신에게. 얼마나 부드러운 방법인가?

그때 정예은이 달콤하고 조금 끈적이는 목소리로 말했다.

"자기야, 빨리 돌아와."

11시 반에 아버지한테 전화를 했다.

대부분이 그랬지만 이번에도 어머니가 전화를 받는다. 어머니가 예상했던 것처럼 반겼다.

"태진이냐?"

"어머니, 별일 없지?"

"그래. 네가 보낸 돈 받았어. 고맙다."

매달 어머니한테 생활비를 보내는 것이다.

"우리한테 20만 원씩이나 줘도 돼? 네 월급이 35만 원이라면서?"

"내가 진급했잖아?"

20만 원이면 아버지까지 두 식구가 충분히 용돈 쓰고 살 만큼 된다.

그때 어머니가 말했다.

"네 아버지도 젊었을 때는 통이 컸지. 내가 소고기 먹고 싶다고 하면 소 뒷다리 한 짝을 싣고 왔었어."

"어디서?"

"만주에서."

"그렇구나."

"그런데 한국에 와서부터는 잠깐 반짝하더니 계속 내리막길이더구나."

어머니 목소리가 낮아지더니 곧 아버지 말이 뒤쪽에서 울렸다.

"누구야? 태진이야?"

아버지가 전화를 받았다.

"응, 너 언제 출장이냐?"

목소리에 술기운이 배어있다. 며칠 전 전화할 때 출장 간다고 했기 때문이다.

"예, 내일 출발해요."

"어, 그래. 얼마 동안이지?"

"2주일 예정입니다."

"일은 잘 되지?"

"직원들 관리가 힘들지만 잘 수습하고 있어요."

안 꺼내도 되는 말이었지만 출장 전의 어수선한 분위기여서 나와 버렸다.

그때 아버지가 말했다.

"조직에는 인맥, 학맥 등 파벌이 있는 법이지. 조그만 회사에서 정부 기관까지 다 있는 법이다."

"그렇긴 해요."

"그것을 어떻게 관리하느냐가 성공의 관건이 된다. 능력은 나중 문제야."

아버지의 목소리가 열기를 띠었다.

"나는 해방 후에 귀국해서 그 파벌에 밀려 낙오자가 되었다."

순간 이태진이 숨을 들이켰다.

아버지 입으로 자신을 낙오자라고 부른 건 처음 있는 일이다. 아버지가 말을 이었다.

"그 파벌도 서로 이해로 얽혀 있는 거야. 그러니까 서로 약점을 쥐고 있는 것이 도움이 된다. 공생공사(共生共死)하는 분위기로 만드는 것이지."

"참고가 되네요."

머리가 맑아졌고 저녁에 마신 술기운도 싹 가신 느낌이 든다. 그때 이태진이 물었다.

"부하 관리는 어떻게 하셨어요?"

"조선 놈이나 일본 놈이나 똑같다. 기회만 있으면 넘어뜨리려고 하던 놈들…."

잠깐 말을 멈췄던 아버지가 말을 이었다.

"너를 의지하게 만들되, 절대 방심하면 안 된다. 부하의 약점을 쥐고 절대 네 약점을 노출하지 마라."

"일본 소설을 보면 부하들이 주군을 위해서 처자식까지 버리고 다 목숨을 바치던데요."

"그건 다 거짓말이다. 너 대망을 읽었구나, 그 과장 덩어리 소설."

집에 '대망' 전집이 있다. 그런데 아버지가 저렇게 매도할 줄이야.

"그런 과장에 속으면 안 돼. 그런 놈은 하나도 없어."

"평소의 아버지하고는 다른 말씀이신 것 같은데요."

말해버렸다.

친일이라고 직접 하지는 못했고.

그때 아버지가 짧게 웃었다.

"내가 현실에 좌절했기 때문에 일본 시절을 떠올린 것이지. 나도 나름대로 애국자였다."

애국자라니.

숨을 고른 이태진이 작심하고 물었다.

"아버지, 일본 시절이 그립지 않으세요?"

"그립지."

금세 대답한 아버지의 목소리가 굵어졌다.

"어쩔 수 없어. 이야기가 길어지니까 오늘은 이만. 내가 두서없었냐?"

"아니, 도움이 많이 되었어요."

"부하 관리를 잘해."

아버지가 한마디씩 잘라 말했다.

"정(情)이나 신의(信義)로 관리하면 절대 안 돼. 힘을 바탕으로 약점을 쥐고 조직으로 관리해야 돼. 그러려면 네가 힘부터 갖춰야겠지. 그것이 기본이다. 이건 내가 겪은 경험담이야."

이태진이 숨을 죽였다.

이렇게 만척에서는 성공했다는 것인가?

그때 아버지가 길게 숨을 뱉었다.

"난 여러 번 배신을 당했었다."

"아버지, 주무세요."

"어, 그래."

아버지가 술 깬 목소리로 대답했다.

"잘 다녀오너라."

다음 날 오전.

공항에 나온 이태진을 고재규가 맞았다. 고재규가 샘플 가방을 들고 온 것이다. 인사를 하는 고재규의 표정에 신뢰감이 배어있는 것 같다.

그렇다.

아버지의 말이 맞다.

힘이 있어야만 제대로 조직관리가 된다.

정(情)이니 신의(信義) 따위는 허상이다.

수하물을 먼저 보낸 이태진이 출국 게이트로 다가가면서 고재규에게 말했다.

"너만 알고 있어."

고재규의 시선을 받은 이태진이 말을 이었다.

"내년에 중동과(課)는 중동부(部)가 된다. 그때는 너희들이 부(部)의 중심이 되는 것이지."

긴장한 고재규가 눈도 깜빡이지 않았고 이태진이 출국 게이트 앞에서 멈춰섰다.

"무슨 일 있으면 오마르 사무실로 수시로 보고해."

"잘 다녀오십시오, 과장님."

고재규가 이태진이 내민 손을 두 손으로 잡더니 번들거리는 눈으로 쳐다보았다.

"열심히 하겠습니다."

고개를 끄덕인 이태진이 몸을 돌렸다.

그렇다.

아버지 말대로 힘을 배경으로 조직을 관리해야 한다.

적절한 동기를 부여하고 꿈을 제시해줘야겠지.

당연히 약점을 움켜쥐고 내 뒤를 조심하면서.

"오, 마이 브라더."

공항 입국장에서 기다리던 오마르가 두 팔을 벌리고 다가와 이태진을 안았다.

서로 껴안은 둘은 볼에 세 번씩 입을 맞추고서야 떨어졌다.

"매니저 진급을 축하하네, 리."

오마르가 발을 떼면서 말했다.

"모두 당신 덕분이야."

이태진이 웃음 띤 얼굴로 오마르를 보았다.

"당신은 이제 우리 회사의 유명인사야."

"인슈알라."

오마르가 두 손을 올리면서 웃었다.

"모두 신의 뜻이시지."

달라진 것은 이태진만이 아니다.

오마르는 벤츠를 몰고 왔다. 다섯 달 전에는 낡은 일제 승용차를 끌고 다녔었다.

그리고 사무실도 옮겼고 직원도 네 명이나 두었다.

1백 평쯤 되는 사무실에는 쇼룸, 회의실, 사장실까지 있다.

사장실로 들어선 오마르가 따라 들어온 사내를 소개했다. 검은 피부의 아랍계다.

"리, 내 매니저 카림이네."

"아, 카림, 반갑소."

"만나서 영광입니다."

악수를 하던 이태진이 손을 잡아당겨 카림과 포옹했다. 볼을 두 번 마주치고 났을 때 떨어지던 카림이 오른손을 가슴에 붙이더니 경의를 표했다.

"카림은 이집트 출신이야."

오마르가 소개했다.

"우리 사업에 많이 도움이 될 거야."

오마르도 함께 성장하고 있다.

오후 4시에 도착하고 나서 밤 11시까지 오마르와 함께 일했다.

제다 시장은 오전 3, 4시까지도 영업을 하기 때문이다.

호텔까지 데려다준 오마르가 이태진에게 말했다.

"시장 현황은 대충 보았으니까 내일부터는 내년 오더를 상의하지."

오마르가 말을 이었다.

"그러고 나서 쿠웨이트, 바레인 시장 계획도 세워야 되겠어."

사우디에 이어서 중동의 각 지역도 차례로 진출하려는 의도다.

제다와 서울의 시차는 6시간이다.

제다가 밤 12시면 서울은 오전 6시다.

시차 때문에 호텔에 들어온 이태진이 쓰러지듯 자고 일어났을 때는 오전 7시. 서울은 이미 오후 1시가 되어있다.

회사로 전화를 했더니 한여옥이 반색했다.

한여옥에게 호텔 전번과 방 번호를 알려주고 나서 서울 시간으로 매일 오후 2시에 일일보고를 받기로 하고 첫 통화를 끝냈다.

무슨 일 있으면 오마르한테 연락을 하라고 일렀다.

오마르는 제다 시장 안에 '대영' 매장을 설치해놓았고 종업원도 4명이나 되었다.

도매상이다.

손님은 주로 지방 상인으로 가격은 중상급.

한국 제품이 중급에서 중하급 수준인데 비하여 높게 책정해놓았다.

그것은 '전문 매장'으로 전 제품, 전 품목을 대영 브랜드로 전시해놓은 것이 먹힌 것이다.

이태진의 아이디어였다.

선적 때마다 대영 로고가 박힌 선물용 비닐 백, 자동차 열쇠고리, 재떨이, 스티커, 찻잔 받침 등을 실어 보낸 효과가 먹힌 것이다.

이것도 이태진의 아이디어다.

오마르의 트럭에 붙일 '대영, 오마르'의 마크까지 보내주었다.

한국은 물론 전 세계에서 이런 광고물을 보내준 메이커도 처음이었기 때문에 제품이 입고된 석 달 동안 폭발적인 주문이 일어났다.

사흘 동안 이태진이 겪고 느낀 결과다.

그런데 오마르는 이 폭발적인 반응을 조금 감추는 기색을 보였다.

그것은 당연한 일이다.

입장을 바꾼다면 이태진도 그랬을 테니까.

바이어와 메이커 간은 항상 밀고 당기는 관계다.

그렇게 잘나간다면 가격을 올려달라고 해도 할 말이 없을 테니까.

"내년에는 5백만 불을 하겠네."

오마르가 선언했을 때는 나흘째 되던 날 오후 5시쯤 되었다.

그 말을 듣고 이태진이 시계를 보았으니까.

1977년 7월 19일 오후 5시.

오마르가 말을 이었다.

"가격은 올해 가격 그대로 하고 신제품 오더는 별도로 추가하기로 하지."

"올해도 임금이 5퍼센트 올랐고 내년에는 10퍼센트까지 오를 예정이야. 그리고 원사대도 10퍼센트나 올랐어."

이태진이 준비한 자료를 오마르 앞에 내밀었다.

"광고 선전물을 올해보다 2배 정도 증가시킬 테니까 가격을 10퍼센트 올려 주게."

"내가 쿠웨이트, 바레인, 두바이까지 지점을 내야겠는데 자금 부담이 돼."

"그게 문제야, 오마르."

이태진이 정색하고 오마르를 보았다.

"쿠웨이트, 바레인, 두바이 지역에서도 오퍼가 오는 상황이야. 내가 당신한테만 밀어주는데 가격이 빠듯하면 회사에 면목이 서겠어?"

아직 그쪽 지역에서 오퍼는 오지 않았다.

이건 거짓말이지만 상담의 기본자세다.

경쟁심을 촉발하는 것.

그때 고개를 든 오마르가 정색하고 말했다.

"좋아. 쿠웨이트, 두바이, 바레인 지역의 독점권도 나에게 주기로 하고 가격 5퍼센트를 인상해주지."

"그렇게 하지."

"광고 선전물은 현재 물량보다 2배 늘려주는 것으로 하고. 됐나, 리?"

"오케이."

"그럼 오더 리스트를 작성하지."

오마르가 웃음 띤 얼굴로 이태진을 보았다.

"525만 불인가? 이 정도면 제너럴 매니저가 되어야 할 것 아냐?"

이태진은 하마터면 내년에 부장이 될 것이라고 털어놓을 뻔했다.

그만큼 감동했기 때문이다.

세상에, 525만 불 오더라니?

한국의 올해 수출 목표가 100억 불이라고 했던가?

그럼 그 2천분의 1이 아니냐?

앞에 앉은 오마르가 다시 뭐라고 했지만 들리지가 않았다.

다음 날 오후, 오더 리스트를 받아든 이태진이 오마르에게 말했다.

"오마르, 이 오더 리스트는 당분간 내가 쥐고 있겠어. 회사에다 바로 내밀면 오더 가치가 떨어지거든."

오마르의 시선을 받은 이태진이 말을 이었다.

"올 연말까지 뜸을 들이다가 내놓아야 당신의 오더 가치가 급상승하는 거야."

"옳지."

오마르가 커다랗게 고개를 끄덕였다.

"과연 현명한 방법이야, 리. 그래야 나나 네 가치가 높아지는 것이지. 네가 하라는 대로 할게."

"신용장은 연말쯤 순차적으로 오픈하는 것이 낫고."

"한꺼번에 할 수도 있지만 그렇게 하지."

오마르가 오더 리스트에 사인을 하면서 웃었다.

"리, 넌 영웅이 되겠다."

오더 리스트를 받아든 이태진이 오마르를 보았다.

"그럼 난 내일 리야드에 다녀올게."

"오늘 저녁에 우리 집에서 식사를 하지."

오마르가 고개를 끄덕이며 말했다.

"함단은 물량이 꽤 커지고 있더구만."

함단의 잡화류 물량은 이미 1억 불을 넘고 있다.

섬유류인 오마르보다 스케일이 큰 것이다.

6일 동안 아침부터 새벽까지 시장조사, 재고 현황 파악, 오더 상담으로 정신 없이 보냈다.

그래서 오더 리스트를 받았을 때는 진이 다 빠진 것 같았다.

오마르하고는 매일 저녁을 같이 먹었다.

세 번이나 집으로 초대를 받았어도 와이프는 만나지 못했다. 안에 있다고만 했지 인사도 시키지 않은 것이다.

관습이다.

저녁 식사도 카림과 셋이 또는 직원들하고 여럿이 둘러앉아 먹었다.

1미터가 넘는 쟁반에 담긴 양고기와 밥인데, 여러 번 먹어도 질리지 않았다.

그날 저녁.

또 오마르의 저택에 초대되어 푹 삶은 어린 양고기를 먹으면서 오마르가 말했다.

"리야드 다녀와서 나하고 쿠웨이트에 가보자구. 그동안 나는 세 번이나 다녀왔어."

이태진이 고개만 끄덕였고 오마르가 말을 이었다.

"쿠웨이트가 현재 중동의 중심 시장이야. 아프리카 도매상들이 그쪽으로 몰려온다구."

"그다음이 두바이인가?"

"두바이가 기를 쓰고 있지."

주먹에 담긴 고기와 밥을 입에 넣은 오마르가 이태진을 보았다.

"쿠웨이트 물량이 10이라면 제다는 5, 두바이는 3 정도인데, 곧 두바이가 제다를 추월할 거야."

"왜 그런가?"

"조건이 좋아. 쿠웨이트처럼 제약 조건이 적고 자유롭고 관세가 적거든. 그러니까 중동 각 지역과 아프리카 보따리 장사꾼들이 몰려드는 것이지."

오마르가 알고 있는 정보를 털어놓는다.

"사우디는 좀 폐쇄적이야. 하지만 국내 시장만으로도 몇천만 불까지 올릴 수는 있어."

이태진이 숨을 들이켰다.

오마르의 스케일도 크다.

그리고 시장 상황에 대해서 전문가다.

같이 있는 것만으로도 생생한 교육을 받을 수 있는 것이다.

이곳의 하루가 한국에서의 1년보다 더 유용한 공부를 할 수 있다.

그때 오마르가 말했다.

"리, 여기 아니면 쿠웨이트에 숙소 하나를 만들어 놔. 그것이 너한테도 도움이 될 거야."

마침 그 생각도 했다.

리야드 공항에는 함단의 직원 아지즈가 마중 나와 있었다.

지난번에 만나 안면이 있는 직원이다. 검정색 캐딜락을 끌고 온 아지즈가 시내로 달리면서 말했다.

"함단 씨가 저녁때 호텔로 들르시겠다고 합니다."

오후 3시 반이다.

뜨거운 날씨여서 밖에 있으면 10초도 견디기 힘들었지만 강력한 에어컨이 작동되는 캐딜락 안은 다른 세상이다.

아지즈가 말을 이었다.

"6시에 로비에서 기다리시지요."

"그러지요, 아지즈."

고개를 돌린 이태진이 아지즈를 보았다.

턱수염을 무성하게 길렀지만 아지즈는 20대 중반이다. 함단의 조카로 카이로 대학을 졸업하고 숙부인 함단 사무실에서 1년째 일하고 있다.

"아지즈, 함단 컴퍼니의 올해 예상 매출은 얼마나 돼요?"

"1억 불이 좀 넘을 겁니다."

아지즈가 거침없이 말을 이었다.

"그중에서 한국은 1천만 불 정도. 지금까지 5백만 불쯤 수입했지요."

이태진이 고개를 끄덕였다.

맞다.

함단의 에이전시가 된 후로 3백만 불 정도를 처리했다.

수수료 9만 불, 신우상사에서 먹은 금액이다.

그렇다면 5백만 불 정도가 남았으니 수수료 15만 불, 한화로 1억 5천만 원.

서울의 20평형 아파트가 6백만 원에서 7백만 원 사이인 시절이다.

그야말로 함단은 굴러 떨어진 복(福)이 아닌가?

호텔로 찾아온 함단이 두 팔을 벌리며 다가오자 우람한 체구가 더 거대해졌다.

흰 쓥은 눈이 부셨고 얼굴에는 함박웃음을 띠고 있다.

"리, 마이 브라더."

다가온 이태진을 껴안은 함단이 양쪽 볼에 번갈아서 세 번 입을 맞추고는 풀어주었다.

"저녁 먹으러 가지."

함단이 앞장을 서면서 말했다.

"집에 준비를 해놓았어."

자택 초대다.

아랍인으로서는 최고의 예우이고 친밀감의 표시인 것이다.

함단의 저택은 리야드의 고급 주택가에 있었는데 정원에는 분수대가 물을 뿜었고 야자수가 10여 그루나 있다.

흰색 페인트를 칠한 2층 저택이다.

왼쪽 주차장에는 승용차 7, 8대가 주차되었고 옆쪽은 수영장이다.

이태진은 양탄자가 깔린 넓은 방으로 안내되었다.

한쪽 폭이 20미터쯤 되는 방에는 짙은 향내가 풍겼고 벽 쪽에 가죽 소파가 붙여져 있다.

"리, 저기 탈의실에서 편하게 옷을 갈아입고 오게."

함단이 안쪽 문을 가리키며 말했다.

"식사하려면 옷이 편해야지."

이태진이 발을 떼자 함단이 말을 이었다.

"곧 내 사촌 둘이 올 거네. 같이 저녁을 먹어도 되지?"

"물론이오, 함단."

"둘 다 자네한테 관심이 많아. 그래서 오늘 오는 거야."

그러고는 몸을 돌렸기 때문에 이태진은 탈의실로 들어섰다.

탈의실도 컸다.

안쪽에 유리문이 있었고 그쪽은 욕실이다. 벽 쪽에 10여 개의 칸막이가 있고 각각 흰색 쑵이 걸려 있었는데 그것으로 갈아입으라는 것 같았기 때문에 이태진은 사이즈에 맞는 쑵을 찾아 갈아입었다.

편하다.

쑵 안에서 사지가 자유롭게 떠 있는 느낌이다.

쑵으로 갈아입고 나왔더니 곧 반대쪽 문에서 세 사내가 들어왔다.

함단과 두 사내다.

모두 비만 체격이었고 무성한 콧수염, 턱수염을 자랑하고 있다.

응접실이 인사로 떠들썩해졌다.

둘 다 호탕하게 웃으면서 이태진을 껴안고 뺨을 비볐다.

하나는 무스타파, 또 하나는 아즈란이라는 이름이다.

넷이 둥그렇게 양탄자 위에 앉았을 때다.

하인 둘이서 커다란 쟁반을 가마에 담고 응접실로 들어섰다. 오마르 집에서 먹던 양고기 요리다. 그런데 쟁반의 격이 다르다.

금 쟁반이다.

규격도 커서 지름이 1미터 20, 30은 되었고 양의 몸통도 채소로 정성스럽게 장식되었다. 삶은 양 주위에 둥그렇게 쌓인 쌀밥도 윤기가 났다.

곧 각자의 앞에 채소, 양념, 물이 담긴 그릇이 놓였는데, 이것도 금 그릇이다.

고기 냄새에 저절로 침이 넘어갔다.

넷은 바로 식사를 시작했다.

무스타파와 아즈란도 영어에 유창했기 때문에 대화는 끊이지 않고 이어졌다.

분위기를 맞추려고 애쓰는 것이 아니다. 자연스러운 대화여서 이태진도 저절로 끼어들었다.

맛있고 유쾌한 분위기의 식사였다.

가끔 이태진의 일에 대해서 듣고 한국 분위기를 물었는데 둘은 식사가 끝날 때까지 신분을 밝히지 않았다.

"난 사업을 구상 중이야."

무스타파가 그렇게 말했을 때는 식사가 끝나고 피처럼 붉은 홍차를 마실 때였다.

넷은 옆방으로 옮겨와 있었는데 이 방도 배구코트만 했다.

이곳에도 소파가 벽 쪽에 길게 놓여 있어서 넷은 나란히 앉아 홍차를 마셨다.

무스타파가 말을 이었다.

"그래서 함단이 자네를 소개해주는군. 믿을 만한 코리안이라고 말야."

"칭찬은 고마운데 무슨 사업을 구상하고 있습니까?"

"백화점."

무스타파가 정색했다.

"카이로에 세우고 싶네. 이곳 사우디는 시장도 좁고 돈 많은 놈들이 너무 많아."

그때 함단이 이를 드러내고 웃었다.

"무스타파는 공주하고 결혼했어. 우리 가문에서 왕가(王家)와 인연을 맺은 인물이지."

이번에는 아즈란이 거들었다.

"그래서 석유사업에 끼어드는 바람에 돈을 엄청 모았다네. 집의 화장실을 모두 금으로 장식해놓았어."

"그래서 똥도 황금처럼 보인다네."

함단이 말을 받자 무스타파까지 낄낄대고 웃었다. 웃음을 그친 무스타파가 이태진을 보았다.

"내가 그리스 놈한테 프로젝트를 의뢰했더니 조사비용이나 출장비로 자꾸 돈만 달라고 하고 제 가족까지 카이로에 데려가 관광을 시켜주더만. 그래서 6개월을 허송세월하고 거래를 끝냈네."

그때 아즈란이 말을 이었다.

"6개월간 40만 불을 까먹었어, 그놈이. 계획서 몇 장 만드는 비용으로 말야."

"리, 맡아주겠나?"

무스타파가 물었다.

"자네가 프로젝트 팀을 만들어서 카이로에 백화점을 세울 계획을 만들어 주게."

이태진이 고개를 돌려 함단을 보았다. 그러자 시선을 받은 함단이 말했다.

"코리안은 머리가 좋지 않나, 성실한 데다."

무스타파는 사우디 국영석유회사 이사다.

44세. 재산이 얼마인지는 밝히지 않았지만 함단은 엄청 많은 억만장자라고 했다.

함단과 비슷한 거구.

아즈란도 마찬가지여서 가문의 혈통 같다.

아즈란은 45세.

함단이 대신 소개하는 동안 비죽비죽 웃기만 했는데, 경찰 간부라고 했다.

경찰 간부라니.

나중에 헤어질 때 보니까 최신형 벤츠를 타고 나갔다.

돈 많은 나라 경찰은 다르구나.

승낙했다.

무스타파의 카이로에 백화점을 설립하는 프로젝트를 맡은 것이다.

이태진이 주도해서 프로젝트를 진행하기로 했다.

만족한 무스타파가 이태진을 껴안고 세 번 볼을 부딪치고 나서 말했다.

"인슈알라."

신의 뜻으로 잘되기를 바란다면서 다시 소리쳤다.

"알라 아크바르."

다음 날 함단과 함께 올해와 내년의 계획을 상의했다.

이태진이 가져온 한국 생산업체의 카탈로그, 설명서가 참조되었다.

카림과 함께 수입계획을 상의한 후에 오후 4시에는 리야드 힐튼호텔 스위트룸에서 무스타파를 만났다.

무스타파는 변호사를 대동하고 와 있었는데 이미 서류를 작성해놓았다.

빠른 행동이다.

변호사가 작성했겠지만 2개월 후에 '카이로 프로젝트'를 완성한다는 계약이다.

계약금은 20만 불.

계약서 작성 시에 10만 불, 2달 후 완성 시에 잔금을 지급한다는 내용이다.

이태진은 계약서에 사인을 하고 사우디은행이 발행한 10만 불 수표를 받았다.

난생처음 만지는 거금이다.

황금의 땅이다.

인연이 인연을 낳고 황금은 고구마 줄기가 되어서 줄줄이 땅에서 솟아오른다.

"잘되었어."

함단이 프로젝트 계약이 끝났을 때 웃음 띤 얼굴로 말했다.

"우리는 자네가 제다에서 오마르하고 사업을 일으킨 사실을 알고 있어. 그것이 우리한테 자네를 신뢰할 동기를 줬네."

처음 듣는 말이어서 이태진이 긴장했다.

함단의 사무실 안.

오마르의 사무실과는 비교가 안 될 정도로 화려한 방이다.

함단이 말을 이었다.

"오마르 아무디는 성실한 인간이야. 하지만 지금까지 잡화 나부랭이만 하다가 결국 자네라는 파트너를 만나 기반을 굳히게 된 거야. 그것을 무스타파도 알게 된 것이지."

함단이 수염 사이의 이를 드러내고 웃었다.

"리, 행운이 행운을 부른다는 말은 곧 믿음이 믿음을 끌어당긴다는 말이네."

"고맙습니다, 함단."

"이제부터 자네는 우리 가족이 된 거야."

함단의 검은 눈동자가 이태진을 응시했다.

"우리는 자네가 필요하네."

"최선을 다하지요."

"서로 주고받는 것이지."

함단이 올 하반기와 내년도 수입계획서를 내밀었다.

한국으로부터 수입할 물량들이다.

"자네가 하는 '함단 에이전시'도 확장해야 될 것 같네."

계획서를 본 이태진이 숨을 들이켰다.

내년 한국에서의 수입량은 2,200만 불이다.

올해 잔량은 550만 불.

다음 날 저녁은 무스타파의 저녁 초대를 받았다.

무스타파의 저택은 궁전 같았다.

함단 저택도 숨이 막힐 정도였지만 이곳은 그 이상이다.

상상하지도 못했던 부(富)의 현장이 펼쳐져 있다. 문의 손잡이도 금, 천장의 샹들리에는 보석으로 장식되었고 대리석 벽에 가구는 반들거리고 있다.

아마 최고급품이겠지.

"리, 이런 소비로 경제를 활성화하는 거야."

무스타파가 웃음 띤 얼굴로 번쩍이는 응접실을 훑어보면서 말했다.

"벌어들인 돈을 소비하는 거지. 주위에 과시할 인간들도 없으니까 말야."

그렇구나.

주위는 이런 거부들뿐이니까.

그때 함단이 거들었다.

"사업의 확장으로 성취감을 얻는 거야. 치열한 경쟁이 생(生)의 자극이 되니까."

이태진이 고개를 끄덕였다.

"제가 최선을 다해서 돕지요."

다른 세상에서 사는 인간들이지만 이태진에게 이런 기회가 없다.

최선이라고 했지만 목숨을 내놓고 매달릴 기회다.

이태진은 금으로 뒤덮인 식당 안으로 들어섰다.

이들이 먹는 양고기는 오마르가 내놓은 양고기보다 맛있다.

금 물에 삶았는가?

오전 3시가 되었을 때 이태진이 회사로 전화를 했다.

서울은 오전 9시다.

"별일 없습니다."

한여옥이 이태진의 목소리를 듣자마자 말했다.

"생산은 제대로 진행되고 있습니다. 몸이나 조심하세요."

"알았어. 다시 연락할게."

"무리하지 마세요. 여긴 저희들한테 맡기시구요."

전화기를 내려놓은 이태진이 길게 숨을 뱉었다.

이곳이 리야드라는 것은 물론 함단과 무스타파의 이야기도 하지 않았다.

그리고 알릴 필요도 없다.

리야드에서 제다로 돌아온 것은 닷새 후다.

기다리고 있던 오마르가 이태진에게 말했다.

오마르의 사무실 안이다.

"내일 쿠웨이트로 가지. 기다리고 있으니까."

오마르의 얼굴에 웃음이 떠올랐다.

"내가 보스를 모시고 간다고 했어."

"그런가?"

"리야드에서 자네 명성이 자자하더군."

"벌써?"

눈을 둥그렇게 뜬 이태진을 향해 오마르가 빙그레 웃었다.

"시장 소문은 빨라. 자네가 함단 가문의 대리인이 되었다는 소문."

"그러고 보니 오마르, 당신도 유명인사가 되었더구만. 함단이 당신 칭찬을 많이 했어."

"알라 아크바르."

두 손을 들어 보인 오마르가 정색하고 이태진을 보았다.

"함단이 나를?"

"함단 가문 사람들이."

"무스타파도?"

"그래."

"알라 아크바르."

다시 알라를 찬양한 오마르가 흐려진 눈으로 이태진을 보았다.

"리, 자네 덕분에 내가 함단 가문과 연결이 되는군."

"당신 덕분이지."

"그건 말도 안 되고 자네 덕분이야."

이태진이 심호흡을 했다.

이것으로 안전장치도 만들어 놓았다.

오마르는 형제나 다름없는 사이가 되었지만 갑과 을의 관계다.

바이어와 생산자 입장인 것이다.

거기에 함단 가문이 이태진의 배경이 된 것이다.

쿠웨이트.

르네상스 호텔 특실에 투숙한 이태진이 틈을 내어서 손일수에게 연락을 했다.

이태진의 목소리를 들은 손일수가 깜짝 놀랐다.

"너 어디냐?"

"암만."

"또? 요르단이야?"

"그래. 이번에도 좀 입국시켜줘야겠다."

"너 지금 장난이지?"

"급해, 이 자식아."

"이런 빌어먹을."

손일수가 긴가민가하는 분위기로 투덜거렸을 때 이태진이 말했다.

"나 르네상스 호텔이야. 이따 만나자."

"쿠웨이트 시장은 이미 중동지역의 핵심이 되었습니다."

말라피가 말을 이었다.

"사우디 물량의 몇 배가 될 것입니다."

르네상스 호텔의 특실 안.

회의실에서 말라피가 브리핑을 하고 있다. 말라피는 쿠웨이트 인으로 오마르가 임명한 쿠웨이트 지사장이다.

말라피는 35세.

아버지가 쿠웨이트 행정처 관리다. 영국에서 대학을 졸업했지만, 시장에 가게를 내고 장사를 시작한 인물이다.

그때 오마르가 물었다.

"대영 브랜드 반응은 어떤가?"

"아직은 미미하지만 가능성은 많습니다."

말라피가 넓은 얼굴을 들고 오마르를 보았다.

"가격이 중상급인데 그것을 중하급으로 낮춘다면 경쟁력이 충분할 것입니다. 카타르, 예멘, 두바이, 아프리카 지역까지 먹힐 것 같습니다."

고개를 끄덕인 오마르가 이태진을 보았다.

"리, 어떻게 생각하나?"

그때 이태진이 고개를 저었다.

"난 반대야."

이태진이 오마르와 말라피를 번갈아 보았다.

"지금 당장 판매량에 급급할 필요는 없어. 가격을 오히려 상급으로 격상시키고 광고 선전에 집중하는 거야. 대영을 고급 브랜드의 이미지로 굳혀 놓는 거야."

이태진의 시선을 받은 오마르의 눈동자가 흔들렸다. 그러더니 헛기침을 했다.

"며칠 더 시장조사를 하지."

손일수와 약속한 중식당 베이징에 들어섰을 때는 오후 7시 정각이다.

예약한 밀실로 들어선 이태진이 숨을 들이켰다. 손일수 옆에 앉아있는 여자가 스에코였기 때문이다.

"아, 스에코."

"하이."

자리에서 일어선 스에코가 웃음 띤 얼굴로 고개를 숙였다.

"널 놀라게 해주려고."

손을 내민 손일수가 말했다.

"어때, 감동했냐?"

"그래."

이렇게 손일수와 한국어로 말했던 이태진이 스에코에게 영어로 물었다.

"쿠웨이트로 돌아온 거야?"

"그래. 지사장 대리로."

스에코가 고개를 끄덕였다.

"권한은 없고 책임만 지는 직책이지."

자리에 앉은 셋이 종업원에게 주문을 마쳤을 때 손일수가 말했다.

"스에코 씨가 그동안 네 이야기 많이 했어. 네가 왔다고 연락했더니 바로 나와 주는군."

한국말이다.

이태진이 웃음 띤 얼굴로 스에코를 보았다.

시선이 마주치자 스에코가 수줍게 웃었다. 한국말을 알아들은 것처럼 느껴졌다.

손일수는 저녁만 같이 먹고 눈치 빠르게 자리를 떠났다.

중식당 안.

이태진이 웃음 띤 얼굴로 스에코를 보았다.

"스에코, 다시 만나는군."

"난 당신과 운명적으로 이어져 있어."

스에코가 눈이 부신 것처럼 눈을 가늘게 뜨고 이태진을 보았다.

"석 달 전 파리지사로 발령이 났는데, 난 거부하고 이 덥고 삭막한 땅에 남은 거야. 그 이유가 뭔지 알아?"

"지사장이겠지. 파리에 가면 지사장 직급은 안 될 테니까."

그때 스에코가 짧게 웃었다.

"쿠웨이트에 있으면 언젠가 만날 수 있을 줄 알았지. 난 이곳이 좋아."

"갓댐."

"내 아파트로 가, 거기서 한잔하게."

스에코가 자리에서 일어섰다.

"스위트룸보다 시설은 못하지만 분위기는 좋을 테니까."

스에코의 아파트는 시내 중심부에 위치한 고급 맨션이다.

40평 면적의 아파트 베란다에서는 시내의 야경이 다 내려다보인다.

16층 높이의 베란다에 앉아서 스에코와 이태진이 위스키를 마신다.

쿠웨이트는 금주 국가다.

베란다에서 위스키를 마시는 특권은 호텔의 최고급 스위트룸에서도 불가능한 서비스다.

술잔을 든 이태진이 얼굴을 펴고 웃었다.

“역시 분위기가 최상이군.”

“술은 얼마든지 있어.”

옆에 나란히 앉은 스에코가 밤거리를 내려다보면서 말했다.

“나도 가끔 이렇게 여기서 술을 마셔.”

“혼자서?”

“남자 데려온 적 없어.”

“너도 결혼해야 될 것 아냐? 여기서 나만 기다릴 거야?”

“하겠지, 언젠가는.”

한 모금 술을 삼킨 스에코가 지그시 이태진을 보았다.

베란다의 불은 켜지 않았지만 뒤쪽 응접실의 불빛을 배경으로 오히려 더 아늑한 분위기다.

스에코가 물었다.

“한국에 여자 있어?”

“있어.”

바로 대답한 이태진이 스에코를 보았다.

“좋아하는 감정을 가진 여자들.”

“그거, 여자들이라고 했어?”

“그래. 복수형이야.”

“몇 명이나 돼?”

“대여섯 명.”

스에코가 한 모금에 위스키를 삼키더니 천천히 고개를 끄덕였다.

"이해할 수 있겠어."

"뭘?"

"당신의 캐릭터."

"힘들걸?"

"그중 육체관계를 맺는 상대는?"

"서너 명, 아니 셋인가?"

이태진의 눈앞에 주르르 상대의 얼굴이 떠올랐다.

정예은, 서재경, 오세영이다.

이태진이 잔에 술을 채우면서 말했다.

"그중 하나는 아이가 하나 있는 이혼녀인데, 결혼을 고려 중이야."

"마이 갓."

놀란 표정이 된 스에코가 이태진을 보았다.

도시의 불빛에 반사된 스에코의 눈이 반짝였다. 입이 반쯤 벌어져 있다.

"리, 그래도 되는 거야?"

"지금 너를 향한 욕망이 일어나는 중이야, 스에코."

"기가 막혀."

"여자는 내 회사 사주 딸이야."

순간 숨을 들이켠 스에코의 눈이 흐려졌다. 스에코가 그 눈으로 이태진을 보았다.

"심각한데."

"난 아직 결정하지 않았어."

"그쪽한테 상처를 주겠는데."

"그쪽도 노련한 상대야, 스에코."

"사주는 알고 있어?"

"사주는 날 미래의 사윗감으로 보는 것 같아."

"그걸 이용하고 있는 거야?"

"내가 이번에 진급한 것도 그 영향이 좀 있겠지."

"지저스."

"하지만 사주도 마찬가지겠지. 내가 엄청난 실적을 올린 상태니까."

이태진이 쓴웃음을 지었다.

"서로 이용하는 관계야. 모두."

"그렇게 보는 거야?"

"난 내 힘으로 나가고 싶어."

그때 스에코가 눈의 초점을 잡고 이태진을 보았다.

"왠지 가슴이 편안해지네, 리."

"나도 그래. 이렇게 털어놓는 상대가 있어서."

다시 술잔을 쥔 이태진이 한 모금에 술을 삼켰다.

"내 가슴 속에 뭉쳐있던 덩어리가 다 터져 나온 느낌이야, 스에코."

"내 어머니한테 당신 이야기를 했어."

스에코도 술잔을 들면서 말했다.

"난 자주 어머니하고 이야기를 해."

술을 삼킨 스에코가 얼굴을 펴고 웃었다.

"당신 이야기를 자주 할수록 부담이 커졌는데 나도 풀렸어. 나도 N분의 1이니까."

술기운이 섞인 방의 공기는 열기로 뒤덮여 있다.

이태진이 스에코의 어깨를 당겨 안으면서 말했다.

"스에코, 너한테는 내가 방어막을 치지 않고 털어놓는 거야."

"알아."

스에코가 몸을 붙이면서 웃었다. 숨결이 이태진의 목을 스치고 지났다.

"다른 세상에 살고 있으니까."

"필사적으로 살고 있어."

"필사적으로 섹스도 하고."

"비꼬지 마, 스에코."

"나도 한국인 이야기 많이 들었어."

"너희들이야 우리를 36년간 지배한 적도 있으니까."

"벌써 다시 준비된 거야?"

몸을 문지르던 스에코가 놀란 듯 물었기 때문에 이태진이 상반신을 일으켰다.

스에코가 화제를 돌리려는 것 같다.

임기응변이 뛰어나다.

다음 날 오후 말라피와 함께 시장을 돌아보고 온 오마르와 이태진이 다시 호텔 방에 모였다.

오마르가 고개를 돌려 이태진을 보았다.

"고가 브랜드 시장은 좁아. 그렇다고 중하급으로 격을 낮춘다면 사우디에 내놓은 기존 제품의 격이 떨어질 테니 여기서도 중상급을 유지해서 진출하기로 하지."

이태진이 고개를 끄덕였다.

그것도 오마르가 자신의 의견을 배려해준 것이다.

이곳은 기타 중동지역, 아프리카 시장으로 재수출하는 관문이다.

그쪽 시장도 하급품이 대량으로 소비되는 것이다. 상급품 시장 규모는 미미하다.

오마르가 고개를 돌려 말라피를 보았다.

"올해 안에 쿠웨이트에서 30만 불을 소진하도록 해, 말라피."

"해보지요."

말라피가 고개를 끄덕였다.

"내년부터는 자체 수입계획을 세우도록 하지요."

말라피는 오마르의 물량을 받아 쿠웨이트 시장에서 소진하고 나서 자체 오더를 만들 계획인 것이다.

이태진으로서는 전혀 부담이 없는 상황이다.

회의가 끝나고 방에 둘이 남았을 때 오마르가 이태진을 보았다.

"말라피한테 가는 오더는 쿠웨이트로 직접 보내주게."

고개를 끄덕인 이태진에게 오마르가 말을 이었다.

"말라피는 제 아버지 후광이 있어서 매출은 좀 올릴 거야. 어느 정도 기반이 굳혀지면 쿠웨이트 지역을 맡길 거야."

오마르는 말라피의 배경을 의지하고 있는 것이다.

길게 숨을 뱉은 오마르가 이태진을 보았다.

"리, 난 내일 제다로 돌아갈 거네."

"난 카이로를 거쳤다가 가야겠어."

무스타파의 프로젝트를 시작해야 되는 것이다.

고개를 끄덕인 오마르가 이태진을 보았다. 웃음 띤 얼굴이다.

"쿠웨이트의 대영 비즈니스도 이제 시작된 거야, 리."

"내일 카이로에 갈 거야."

그날 저녁.

이번에는 스에코의 아파트에서 저녁을 먹던 이태진이 말했다.

"프로젝트가 있어."

스에코가 만들어 준 쌀밥에 미역국, 매실장아찌에 김, 단무지 반찬이 꿀맛이다. 밥을 삼킨 이태진이 말을 이었다.

"백화점을 세우는 프로젝트야."

"내가 같이 가도 돼?"

스에코가 물었다.

"괜찮다면 휴가 내고 따라가려고."

"좋아."

이태진이 고개를 끄덕였다.

"카이로는 5일 계획이야."

"그래. 나 휴가 많이 남았어."

스에코의 눈이 반짝이고 있다.

그날 밤.

오전 1시 반. 서울은 오전 7시 반이다.

출근 전이어서 신우상사의 정경호가 바로 전화를 받는다.

"아, 거기 어디야?"

반색한 정경호의 목소리가 수화기를 울렸다.

"여기 쿠웨이트야. 시장 조사하러 왔어."

"고생하는구나."

정경호가 말을 이었다.

"넌 더운 데서 고생하는데 미안해."

"네가 있으니까 마음 놓고 일하는 거지."

"여긴 별일 없어. 대한상사 제품 선적이 열흘쯤 늦었는데 그쪽에서 함단한테 허락을 받았다는구만."

"나도 함단한테 들었어."

"별일 없지?"

"내년 오더 확정되었어. 2,200만 불이야."

감동한 정경호가 숨 들이켜는 소리를 내었다. 올해 매출액의 2배 가깝게 되는 것이다.

이태진이 말을 이었다.

"내가 일주일쯤 후에 귀국이야. 돌아가서 이야기하지."

"그래. 건강 조심해."

정경호가 서두르듯 말을 잇는다.

"시간 나면 자주 연락하고."

출근까지 시간이 있었기 때문에 이태진이 이번에는 고재규의 집으로 전화를 했다.

한국 시간은 7시 45분.

"과장님."

전화를 받은 고재규의 목소리가 놀라서 떨렸다. 출장 나온 지 14일째. 고재규한테는 처음 전화를 한다.

"응, 나야. 별일 없는 거냐?"

"걱정하실 만한 일은 없습니다."

고재규가 말을 잇는다.

"과장님이 안 계시니까 이쪽저쪽에서 딴지 거는 간부들이 좀 있습니다."

"그래?"

"서 과장, 전 과장이 주로 그렇습니다."

"그럴 만하지."

"제가 과원들한테 맞받아치라고 했습니다."

"기운 내라고 해라. 너희들이 기죽을 일 하나도 없다. 내년에는 부(部)가 된다."

"알고 있습니다."

"네가 중심을 잡아."

"알겠습니다."

"일주일쯤 후에 돌아간다. 너만 알고 있도록 해."

"한 대리한테 연락하셨습니까?"

"연락 안 했어."

"그럼 과장님 전화 왔다는 말은 안 하는 것이 낫겠습니다."

"그래. 그렇게 해라."

"몸조심하십시오, 과장님."

그러더니 생각난 듯 소리쳤다.

"충성!"

이것이 1977년 식 상하관계다.

2장 인연

카이로 힐튼 호텔.

나일 강변에 위치한 힐튼 호텔의 특실 베란다에 이태진과 스에코가 나란히 서 있다.

오후 1시 반.

방금 호텔에 도착한 것이다.

고개를 든 스에코가 이태진을 보았다.

"일하는 데 방해될 테니까 난 신경 쓰지 마. 나도 일하고 올게."

이태진의 시선을 받은 스에코가 이를 드러내고 웃었다.

"밤에 침대에서 만나."

"현모양처란 말이 있어."

이태진이 그것을 다시 설명했다.

"내 기준으로 보면 일상에서는 현명하고 침대에서는 요부가 된다는 것이지."

"굿."

스에코가 이태진의 팔을 두 손으로 감싸 안았다. 몸을 딱 붙인 스에코가 웃음 띤 얼굴로 이태진을 보았다.

"N분의 1로서 최선을 다할게, 특히 침대에서."

"장난하지 마. 난 나름대로 진실하니까."

"알고 있어."

이태진이 스에코의 이마에 입술을 붙였다.

스에코와 함께 있으면 편안해진다.

바스란은 43세.

카이로대 경제학부 교수다.

검은 피부. 콧수염만 길렀고 양복 차림이다.

이태진이 라운지로 들어서자 자리에 앉아있던 바스란이 일어섰다.

힐튼 호텔의 라운지 안이다.

오후 3시.

라운지에는 손님이 드문드문 앉아있었는데 대부분이 서양인이다.

이태진이 다가서자 바스란이 조심스러운 표정으로 묻는다.

"코리안 미스터 리 맞습니까?"

"그렇습니다. 바스란 교수지요?"

이태진이 손을 내밀었다. 악수를 나눈 둘이 마주 보고 앉았다.

바스란은 오마르의 매니저 카림의 사촌이다.

카림의 소개로 바스란을 만난 것이다.

종업원에게 음료를 주문한 이태진이 바스란을 보았다.

"카이로에 백화점을 설립하려는데 시장조사부터 전망까지 계획을 수립해야 됩니다. 교수님이 맡을 수 있겠어요?"

"해보겠습니다."

이미 카림한테서 대충 이야기를 들은 터라 바스란이 고개를 끄덕였다.

"언제까지 끝내야 됩니까?"

"한 달."

"짧군요. 정신없이 일해야겠는데."

"그렇죠. 그것도 혼자는 힘들겠지요."

"내 동료 무카디, 그리고 조교 셋이 필요합니다. 마침 무카디가 휴직 중이라."

"다 고용해요, 당신이 주관해서."

"나까지 5명이 작업하는 겁니다. 한 달 동안 말이죠."

"비용이 얼마나 들겠습니까?"

"무카디한테는 1,500불은 줘야 됩니다. 그리고 조교 셋한테는 각각 5백 불씩은 줘야겠죠. 그래서 제 수당까지 5천 불은 받아야겠습니다."

"예비비까지 6천 불을 드리지요. 지금 계약금으로 2천 불, 잔금은 계획서 완성 후에 드리겠습니다."

"그렇게 주신다면 고맙지요."

바스란의 얼굴에 생기가 떠올랐다.

카림한테 들었지만 바스란의 교수 월급이 3백 불 수준이다.

카림한테서 바스란이 얼마를 제의할지도 듣고 온 것이다.

바스란과 헤어진 이태진이 카이로 시내 중심부에 위치한 '만수르 백화점'에 들어섰을 때는 오후 5시가 되어갈 무렵이다.

7층 건물인 만수르 백화점은 30년 전통의 유명 백화점이다.

카이로는 21개의 백화점이 영업 중이고 그중에서 최고급이 4개, 고급이 6개, 중급이 11개다.

무스타파는 최고급 백화점을 원하고 있었는데 지금 이태진이 들어선 만수르 백화점도 그중 하나다.

백화점을 7층까지 둘러본 이태진이 7층의 라운지에 들어섰다.

그때 안쪽 자리에 앉아있던 사내와 시선이 부딪쳤다.

동양인이다.

40대쯤의 사내.

후줄근한 양복 차림.

이태진이 다가가자 사내가 자리에서 일어섰다.

"이태진 씨세요?"

"예, 맞습니다. 전기용 씨인가요?"

"그렇습니다."

악수를 나눈 둘은 자리에 앉았다.

전기용은 카이로에 거주하는 교민이다. 가족과 함께 살고 카이로에서 전자제품 수입과 판매업을 하고 있다.

쿠웨이트의 손일수를 통해 소개를 받은 것이다.

그때 이태진이 물었다.

"이 백화점, 자주 오세요?"

"아니, 가끔 옵니다. 7층 식당가의 중식당이 괜찮아서 식당에 들르는 편이지요."

이태진이 고개를 끄덕였다.

손일수에게는 자신이 카이로의 백화점 프로젝트를 받았다고 말하지 않은 것이다.

"이 백화점 주인은 누굽니까?"

"칼리드라고 유명한 인간이죠."

전기용이 말을 이었다.

"이집트 재벌 중 하납니다. 이 백화점뿐만 아니라 유람선도 여러 척 갖고 있고 룩소르에도 호텔이 몇 개 있다고 합니다."

"매물로 나온 백화점이 있습니까?"

"글쎄요."

고개를 기울인 전기용이 이태진을 보았다.

"알아봐야겠는데요. 그것 때문에 저를 만나자고 하신 겁니까?"

"예. 백화점에 관심이 많아서요."

이태진이 말을 이었다.

"제 바이어가 백화점을 구입하거나 새로 설립하겠다는 겁니다."

"누군데요?"

"사우디 사람이라고 해두죠."

"돈만 많으면 되겠죠. 하지만 영업이 잘되느냐 마느냐가 성패를 가르지 않겠습니까?"

"그렇죠. 전망은 있습니까?"

"글쎄요. 제가 그쪽은 잘 모르는 분야라서요."

사람은 만나서 이야기를 하다 보면 슬슬 성품과 지식이 드러나는 법이다.

이태진의 선배 하나는 만나서 10분만 말해 보면 상대의 절반은 파악이 된다고 했지만 그건 과장이다.

"식사나 하십시다. 제가 술 한 잔 사지요."

자리에서 일어서면서 이태진이 말했다.

이태진은 전기용에게 신우상사의 부장 명함을 건네준 상태다.

이곳은 신시가지의 르네상스 호텔 2층에 위치한 중식당이다.

이태진과 전기용이 요리접시를 펼쳐놓고 술을 마시고 있다.

오후 6시 반.

카이로는 이슬람 국가의 수도지만 음주가 가능한 도시다.

발렌타인 17년을 시켰더니 전기용은 만족한 표정이다.

술잔을 든 전기용이 웃었다.

"이거, 비싸서 나도 오랜만에 마십니다."

한 모금을 삼킨 전기용이 말을 이었다.

"카이로는 중동의 심장으로 알려졌지만 산유국에 끼지 못해서 주도권을 빼앗기고 있지요."

"그래도 인구가 1천만이 넘지요?"

"그렇죠. 그래서 온갖 군상이 다 모이지요. 쇼핑과 관광의 도시구요."

전기용이 지그시 이태진을 보았다.

"아프리카, 유럽은 물론 아시아 지역에서 여자들도 몰려옵니다."

"들었어요."

"환락의 도시이기도 하지요."

"스파이들도 버글댄다던데."

"잘 아시는군요. 미·소 정보원들은 물론 북한대사관이 있는 곳이니까 공작원들이 많습니다."

전기용은 48세.

33세 때 프랑스로 이민 갔다가 이집트로 옮겨온 지 5년째 되었다고 했다. 한국에서 땅 많은 부잣집 둘째 아들이었는데 프랑스에 유학, 성악 공부를 하다가 눌러앉게 되었다는 것이다.

그러다 성악을 포기하고 전자제품 사업을 하다가 말아먹은 후에 이집트로 도망 와서 다시 전자제품 사업을 시작했다는 것이다.

이태진은 전기용에게도 백화점 사업 조사 용역을 주었다.

수시로 연락하도록 하고 1천 불로 계약을 한 것이다.

선금 5백 불을 주고 전기용과 헤어졌다.

바스란과 계약했다는 말은 하지 않았다.

"왔어?"

가운 차림의 스에코가 이태진을 맞는다.

호텔 방.

두 팔을 벌리고 다가온 스에코가 이태진의 목을 감아 안았다.

오후 8시 반.

스에코가 이태진의 입에서 술 냄새를 맡더니 머리를 뒤로 젖히고 물었다.

"술 마셨어?"

"응. 저녁 먹으면서."

"그럼 룸서비스 시켜서 술 마시자."

"좋아. 씻고 나올 테니까 저녁도 함께 시켜."

이태진이 밝은 목소리로 말했다.

"지금부터는 우리 시간이니까."

스에코한테도 일을 맡겼던 것이다.

베란다에 룸서비스로 시킨 스테이크와 바닷가재 요리, 거기에다 샴페인까지 놓인 식탁이 펼쳐졌다.

나일강을 훑고 온 강바람이 부드럽게 피부를 스치고 지나갔다.

카이로의 야경이 지평선까지 펼쳐져 있다.

스에코가 스테이크를 삼키더니 이태진을 보았다.

"미쓰비시 백화점은 자체 평가로 2억 불 가치가 있대."

이태진이 따라준 샴페인 잔을 들면서 스에코가 말을 이었다.

"신시가지의 미쓰비시 백화점에 가보았더니 과연 카이로의 5대 백화점에 들어갈 만했어."

스에코가 입고 있는 가운 자락을 들어보였다.

"이것도 여성 코너에서 샀는데 유명 브랜드는 다 입점해 있었어."

이태진이 고개를 끄덕였다.

바스란과 전기용이 기존 백화점에 대한 조사를 할 것이다.

스에코는 일본계 백화점을 찾아가 일본인 담당자를 만나고 온 것이다.

"내일 백화점을 둘러보기로 하지."

술잔을 든 이태진이 스에코를 보았다.

"고마워, 스에코."

이태진의 얼굴에 웃음이 떠올랐다.

"네가 내 사업에 대한 심중을 털어놓는 유일한 여자야."

"그런가?"

스에코가 이를 드러내며 웃었다.

"전혀 이해관계가 없는 여자이기 때문에 그렇게 된 것이지?"

"맞아."

감탄한 이태진이 고개를 끄덕였다.

스에코는 영리하다.

직장생활을 꽤 했기 때문에 생리를 아는 것이다.

"카이로에 며칠 있을 거야?"

불쑥 스에코가 물었기 때문에 이태진이 고개를 들었다.

밤 12시 반.

주위는 조용하다.

베란다 쪽 문을 반쯤 열어놓아서 바람이 들어왔다.

"내일 백화점 둘러보고 떠나야지."

이태진이 스에코의 허리를 당겨 안았다.

"어디 가고 싶어?"

"아테네."

"좋아. 아테네에서 이틀 쉬었다가 돌아가자."

스에코의 귀에 대고 이태진이 말을 이었다.

"너는 쿠웨이트로, 나는 서울로."

"좋아."

스에코가 이태진의 가슴에 얼굴을 붙이더니 혼잣소리처럼 말했다.

"내가 당신 여자 중에서 가장 중심에 들어온 느낌이야."

"맞아."

바로 대답한 이태진이 다시 스에코를 안았다.

진심이다.

내일은 내일이다.

오전 2시가 되었을 때 이태진이 전화기를 들었다.

팬티만 걸친 채 소파에 앉아 버튼을 누른 이태진이 스에코를 보았다. 비스듬히 누운 스에코의 옆모습이 드러났다. 흐트러진 시트 밖으로 맨다리가 빠져나와 있다.

그때 아버지가 전화를 받았다.

한국은 오전 9시다.

"아버지, 접니다."

"응, 지금 어디냐?"

아버지가 반갑게 묻는다.

"카이로인데요."

"카이로까지 갔어?"

"예, 일 때문에."

"바쁘구나."

"별일 없으시죠?"

"응, 네 어머니는 청주 집에 놀러갔다."

청주 집이란 아버지 쪽 먼 친척으로 어머니하고 언니 동생 사이인 아줌마다. 그때 아버지가 말을 이었다.

"귀국하면 집에 오너라. 오랜만에 얼굴이나 보자."

"예, 아버지."

"언제 귀국하는데?"

"일주일쯤 후에요."

"기다리마."

인사를 한 이태진이 전화기를 내려놓았을 때다.

자는 줄 알았던 스에코가 고개를 들었다.

"누구야?"

"아버지."

"효자네."

다시 시트를 들치고 들어온 이태진을 안은 스에코가 가슴에 볼을 붙였다.

"우리 엄마는 조선인에 대한 감정이 좋지 않아."

"왜? 돈 떼어먹은 조선인이라도 있어?"

이태진이 묻자 스에코가 고개를 들었다.

"엄마는 결혼 전에 만주 땅에 있었어. 만주 알아?"

"알아."

"지금은 중국 동북 3성이 있는 곳."

"안다니까."

"거기서 일본 회사에 다녔어. 공기업이라고 해야 되나?"

"…."

"만척. 만주척식주식회사라는 곳인데."

이태진의 가슴에 볼을 붙인 스에코가 말을 이었다.

"거기서 해방을 맞고 귀국했는데, 그때 조선인들을 많이 겪었나 봐."

"어머니 나이가 어떻게 되셔?"

"가만."

눈을 깜박였던 스에코가 말을 이었다.

"55세."

이태진이 눈을 가늘게 떴다. 스에코를 안은 채 이태진이 말을 이었다.

"그럼 종전이 되었을 때는 23세가 되셨을 땐가?"

"종전?"

스에코도 잠깐 계산하더니 고개를 끄덕였다.

"맞네. 종전이 지금부터 32년 전이니까."

"어쨌든 넌 내 배다른 동생이 아니구나."

"무슨 말야?"

"우리 아버지도 종전까지 만척에 계셨거든. 이건 기가 막힌 우연이야. 하지만."

순간 스에코가 숨을 죽였을 때 이태진이 허리를 세게 당겨 안았다.

"너하고 나는 종전 후에 각각 다른 아버지의 정자를 받은 거야. 그러니까 마음 놓아도 돼."

"아버지가 만척에 계셨어?"

고개를 든 스에코의 눈이 반짝였다.

이태진이 스에코의 눈에 입을 맞추고는 대답했다.

"그것이 아버지의 자랑이지. 아버지의 황금시대였으니까."

"조선인이 말이지?"

"조선인으로 만척의 간부였으니까."

"하긴 그러네. 그런데 아버지 성함이 뭐야?"

"이동규야."

"만척에서도 그 이름을 썼나?"

"그렇군. 일본 이름이 있을지 모르겠군. 아버지한테 물어봐야지."

고개를 끄덕인 스에코가 몸을 붙였다.

"나중에 알려줘. 어머니한테 아시는 분인가 물어볼 테니까."

다음 날 카이로 특급 백화점 4개를 모두 훑어본 후에 둘은 아테네로 출발했다.

이제는 휴가다.

출장 나온 지 23일째다.

아테네의 인터컨티넨탈 호텔 방 안.

종일 관광을 했기 때문에 호텔로 돌아온 스에코는 마사지부터 받았다.

스에코가 마사지 룸에 들어가 있는 동안 이태진은 서울로 전화를 했다.

서울과의 시차는 7시간.

오전 1시였지만 한여옥은 바로 전화를 받는다.

"과장님, 거기 어디세요?"

"바이어하고 아테네에 와 있어."

두 개 중 하나만 사실을 밝혔다.

"이틀 후에 돌아갈 거야."

"직원들한테 이야기할까요?"

"내가 내일 출근 시간에 최 부장한테 연락할 테니까."

"그럼 내일 이야기하겠습니다."

"내년에는 5백만 불이야. 그대로 보고하겠다."

"알겠습니다. 그래야겠죠."

한여옥도 금방 알아들었다.

내년 500만 불 계획을 세워야 부(部) 승격이 되는 것이다.

한여옥이 말을 이었다.

"과(課)는 똘똘 뭉쳐있어요. 사기도 높습니다."

"좋아. 수고해."

전화기를 내려놓은 이태진이 길게 숨을 뱉었다.

격변기다.

매사 조심해야 된다.

그래서 한여옥에게 무스타파의 백화점 프로젝트는 물론이고 함단의 오더 이야기도 하지 않았다.

한여옥도 아직 신우상사가 함단 오더를 관리하고 있다는 것을 모르는 것이다.

아테네의 마지막 날.

이틀간의 휴가를 끝내고 다음 날 오전에는 각각 쿠웨이트와 서울로 갈라져야 한다.

스에코는 오전 9시 출발인 에어 프랑스 편이었고, 이태진은 10시 반에 싱가포르로 떠나는 싱가포르에어를 탄다. 싱가포르에서 서울행 대한한공으로 갈아타야 한다.

“그래도 우린 7박 8일간 같이 있었던 거야.”

밤에 침대에 누운 스에코가 말했다.

쿠웨이트에서는 스에코의 아파트에서 이틀, 카이로에서 3일, 아테네에서 이틀 밤을 같이 보낸 것이다.

고개를 돌린 스에코가 이태진을 보았다.

담담한 표정이다.

“신혼여행으로 괜찮았어?”

“굿.”

“무슨 표현이 그따위야?”

“네가 느낀 것으로 받아들여, 스에코.”

“인간은 말로 확인받고 싶어 하는 본능이 있어.”

“서류로 작성해줄까?”

그때 눈을 흘긴 스에코가 이태진의 가슴에 얼굴을 붙였다.

“행복했어, 진.”

“넌 좋은 여자야, 스에코.”

이태진이 스에코의 허리를 당겨 안았다.

“너하고는 길게 인연을 이어가고 싶어.”

“참.”

고개를 든 스에코가 이태진을 보았다.

“기억해둬. 우리 엄마 이름은 토모에야.”

“토모에.”

“결혼 전 이름이 토모에 요시나가.”

“토모에 요시나가.”

“아버지 일본 이름이 있다면 알려줘.”

"그러지."

이태진이 스에코의 입을 맞췄다.

"토모에 요시나가 님께 내 안부도 전해줘, 스에코."

이태진은 오후 3시 반쯤 서울에 도착했다.

회사에 연락하지 않았기 때문에 오피스텔에 가방을 둔 이태진은 시내로 나왔다.

이태진이 소공동의 지하 커피숍에 들어섰을 때는 오후 5시 반이다.

"다녀오셨습니까?"

자리에 앉아있던 김봉철이 일어나 맞았다. 고개를 끄덕인 이태진이 앞쪽 자리에 앉았다.

귀국하자마자 김봉철을 만난 셈이다.

김봉철이 서류봉투를 앞쪽 탁자 위에 놓았다.

"먼저 조상수, 안용민에 대해서 보고 드리지요."

봉투에서 서류를 꺼낸 김봉철이 이태진에게 내밀었다.

"둘 다 문제가 있습니다. 공장에서 노골적으로 돈을 받는데 검사는 대충 넘어갑니다. 세 군데 공장에서 확인했지요."

이태진이 길게 숨을 뱉었다.

예상했던 대로다.

이렇게 되면 제품이 엉망이 되고 곧 함단은 불량품을 내놓는 셈이 된다.

함단의 물품을 가져가는 도매상들은 클레임을 요구할 것이다. 그것은 검사를 제대로 못 한 에이전시의 책임인 것이다.

서류를 살핀 이태진이 어금니를 물었다.

석 달 동안 조상수는 신촌에 아파트를 샀고 안용민은 트럭 2대를 구입해서 임대를 주었다. 석 달 동안 제각기 1천만 원 가까운 재산을 축적한 것이다.

둘이 제각각 30개 정도의 함단 공장을 검사하고 다닌 결과다.

고개를 든 이태진이 김봉철을 보았다.

"이놈들이 갈취한 자금을 회수할 수는 없을까요?"

"경찰에 신고하면 생산업체까지 연루되니까 증거를 내놓지 못할 겁니다."

김봉철이 정색했다.

"이놈들이 도둑질을 했다고 우리도 법을 어길 수는 없지 않겠습니까?"

"그렇다고 놔두고 회사만 그만두게 해요?"

이태진의 두 눈이 번들거렸다.

"세상이 그렇게 되면 안 되지요."

주머니에서 봉투를 꺼낸 이태진이 김봉철에게 내밀었다.

"어쨌든 수고하셨습니다."

오후 8시.

오피스텔에서 이태진이 전화기를 귀에 붙이고 버튼을 눌렀다.

정예은에게 전화를 한 것이다. 곧 정예은이 응답했을 때 이태진이 말했다.

"나야. 지금 오피스텔이야."

"왔어?"

놀란 정예은이 탄성처럼 외쳤다.

정예은에게 카이로에서 사흘 후쯤 돌아간다고 전화를 했던 것이다.

"내가 지금 갈게. 한 시간만 기다려."

정예은이 서두르며 말했기 때문에 이태진은 말리려다가 입을 다물었다.

이곳은 서울이다.

서울에서는 서울의 법을, 정예은한테는 정예은 방식이 있는 것이다.

그리고 불편하지가 않다.

그동안 정예은이 가끔 들러서 환기도 시키고 냉장고의 오래된 음식도 치웠기 때문에 오피스텔은 오래 비운 집 같지 않다.

침대 시트는 새것으로 갈아놓기까지 했다.

한 시간 후에 정예은이 두 손에 바구니를 들고 왔는데 밑반찬과 음료수다.

바구니를 내려놓은 정예은이 두 손을 벌리고 안아달라는 시늉을 했다.

날씬한 몸매의 정예은을 번쩍 안아 든 이태진이 처음으로 죄의식을 느꼈다.

자신의 성격에 대한 죄의식이다.

"바빠서 자주 연락 못 했어."

정예은의 입을 맞춘 이태진이 말했다.

"오마르가 내년 오더로 5백만 불을 했거든."

"어머나!"

이태진의 목을 감아 안은 정예은의 숨결이 가빠졌다.

"나 보고 싶지 않았어?"

"매일 밤."

"지금 해줘."

정예은이 이태진의 팔을 끌었다.

눈을 뜬 이태진이 옆자리가 허전한 것을 느끼고는 고개를 들었다.

불을 끈 방은 어두웠지만 창밖이 부옇게 밝아 있다.

벽시계가 오전 4시 반을 가리키고 있다.

상반신을 일으킨 이태진이 불을 켰다.

방 안이 비었다.

잠이 든 것은 오전 1시쯤 되었다.

이태진은 곧 탁자 위에 놓인 백지를 보았다. 다가간 이태진은 정예은이 남긴 메모를 보았다.

'자고 있을 때 갈게. 집에 현이를 두고 와서. 잠깐 친구 만나러 간다고 했거든.

일어나서 냉장고에 둔 우유라도 마시고 출근해.

미안. 출장 다녀와서 피곤한데 무리했지?

사랑해. 예은.

추신.

바쁠 테니까 토요일에 연락할게.'

메모를 읽은 이태진이 한동안 우두커니 서 있다가 다시 침대로 돌아왔다.

출근한 이태진이 최재일에게 먼저 신고를 하고 함께 사장실로 들어섰다.

기다리던 사장과 함께 회장실로 들어가 넷이 둘러앉는다.

인사를 마쳤을 때 정병현이 이태진에게 물었다.

"내년도 계획은 세워 왔나?"

"예, 회장님."

허리를 편 이태진이 오더 리스트를 정병현 앞에 놓았다.

"내년 오더는 확정되었습니다."

정병현이 리스트를 보더니 탄성을 뱉었다.

"525만 불이군."

"쿠웨이트 지역의 추가 오더는 아직 남아있습니다."

"쿠웨이트?"

"예, 오마르가 쿠웨이트 지역으로 올해에 30만 불, 내년에는 50만 불 정도를 수출할 계획입니다."

"으음."

리스트를 안석호에게 넘겨준 정병현이 고개를 끄덕였다.

무역부 7개 과의 올해 목표는 400만 불로 수정되었다.

그중 중동과가 250만 불이 된 것이다. 나머지 6개 과가 150만 불을 수출하는 셈이다.

본래 7개 과의 목표가 150만 불이었는데 중동과가 250만 불로 수정되는 바람에 400만 불이 된 것이다.

연초에 중동과를 신설한 때의 계획은 10만 불이었다.

그것이 2년째인 내년에는 525만 불이다.

그것도 사우디에만.

그때 고개를 든 정병현이 이태진을 보았다.

"준비를 잘해야 돼."

"예, 회장님."

"그리고 회사에서도 준비를 해줄 테니까."

정병현의 시선이 안석호에게로 옮겨졌다.

"무슨 말인지 알겠지?"

"예, 회장님."

안석호가 기운차게 대답하자 이번에는 정병현이 최재일을 보았다.

"이건 노파심에서 말하는데 중동과가 급성장하는데 일부에서 시기하고 불편해하는 자들이 있을 거야. 그것을 부장이 적절하게 관리해야 돼."

"예, 회장님."

최재일이 어깨까지 펴고 대답했다.

"최선을 다하겠습니다."

이태진은 숨을 골랐다.

당연한 대우지만 바늘방석에 앉아있는 느낌이다.

회장은 발군의 실적을 올린 사원에게 당연한 대우를 해주는 셈이겠지만 듣는 상사들의 진심은 제각각일 테니까.

오전에는 과원들의 인사까지만 받고 점심시간이 되었을 때 신우상사로 갔다.

최재일이 과장들과의 점심 식사를 제의했지만 내일로 미룬 것이다.

이태진은 먼저 신우상사 근처의 커피숍으로 서재경을 불러내었다.

"오빠."

커피숍으로 들어선 서재경이 눈을 크게 뜬 얼굴로 다가왔다.

입술을 비죽거리는 것이 울 것 같다. 그러다가 이태진이 놀란 듯 눈을 껌벅거렸더니 울상으로 웃었다.

"오빠, 언제 오셨어요?"

앞쪽에 앉은 서재경이 물었는데 목소리도 갈라져 있다.

"어제. 근데, 너 예뻐졌다."

이태진이 위아래를 훑어보면서 말했더니 서재경은 눈을 흘겼다. 이제는 굳어졌던 얼굴이 붉어졌다.

"연락도 안 하고."

"별일 없지?"

"그 자식들 아무래도 도둑질하는 것 같아요, 오빠."

종업원이 다가와 주문을 받고 갔을 때 서재경이 말을 이었다.

"돈 씀씀이가 헤퍼요. 내가 둘을 미행해 본 적이 있는데 회사 끝나고 룸살롱에 갔어요."

이태진이 고개만 끄덕였고 서재경의 말이 이어졌다.

"사장님은 아무것도 모르고 있어요. 큰일 났어요. 오빠 말이 맞았어요."

"그놈들 곧 정리할 거다."

"빨리 해야 되겠어요."

고개를 끄덕인 이태진이 서재경을 보았다.

"네 운동권 친구나 후배도 좋고 도망 다니는 놈들 있어? 도망 안 다니는 놈들은 더 좋고."

순간 서재경이 눈썹을 모으고 이태진을 보았다. 경계하는 표정이 되었다.

그때 이태진이 말을 이었다.

"신우상사에서 채용하려고 그래."

"네? 채용요?"

깜짝 놀란 서재경의 눈이 흐려졌다.

뭔가 생각에 빠진 표정이 되더니 다시 묻는다.

"사원으로요?"

"그래. 검사원으로."

"검사원요?"

"왜 자꾸 두 번씩 묻는 거냐, 있어? 없어?"

"많아요. 놀라서 그래요."

"많아?"

"저는 야학 일을 겨우 잡았지만 굶는 애들도 많다구요. 공사장 일당 받는 일도 못 해요. 알바 자리도 없어요. 바로 신원조회가 되기 때문에."

서재경의 얼굴이 상기되었다.

"신우상사에서 채용하면 중정에서 가만둘까요?"

"중정이 왜?"

이태진은 숨을 골랐다.

중앙정보부에 들어가면 병신이 되어서 나오거나 그 후로 보이지 않는다는 소문이 났다.

그때 이태진이 혀를 찼다.

"야, 너희들한테나 중정이 무섭지, 우리한테는 아무것도 아냐."

어깨를 편 이태진이 말을 이었다.

"똑똑하고 성실한 놈 5명만 데려와 봐. 네가 관리를 해야 할 테니까 회사 생활 잘할 만한 놈들로."

"다 내 잘못이야."

이태진의 말을 들은 정경호가 말했다.

신우상사의 사장실 안이다.

정경호가 말을 이었다.

"내가 회사를 망쳐먹었어, 그런 놈들을 데려오다니."

어깨를 늘어뜨린 정경호가 이태진을 보았다. 눈동자가 흔들리고 있다.

"어떻게 하지?"

"지금 당장은 내색하지 마."

목소리를 낮춘 이태진이 말을 이었다.

"그놈들이 갈취한 돈도 토해내도록 해야 될 테니까."

"검사원은 어떻게 하지?"

"내가 알아보고 있어."

"이 강도 놈들을."

고개를 든 정경호가 이태진을 보았다.

"경찰에 신고하면 안 될까?"

"그럼 공장도 걸려. 어쩔 수 없이 뇌물을 줬다고 해도 함단한테도 문제가 될 것이고."

이태진이 말을 이었다.

"정상적인 방법으로는 안 돼."

"너한테 맡기겠어."

한숨을 내쉰 정경호의 말끝이 떨렸다.

이것이 정경호의 본색이다.

그날 저녁에는 무역부 간부 회식이다.

부장과 과장급 7명의 회식인 것이다.

오후 7시 반.

회사 근처의 일식당 고베의 방 안에 8명 전원이 모였다.

"오늘 회식의 주인공은 이 과장이야."

과장 중 선임인 전영태가 이태진을 바라보며 말했다.

"과장 진급 축하연이지."

그때 서병준이 맞장구를 쳤다.

"우리야 엑스트라지."

식탁에 둘러앉은 대리 셋은 웃기만 했다. 먼 쪽에 앉은 최재일은 듣지 못한 것 같다.

이태진이 웃음 띤 얼굴로 전영태를 보았다.

"잘 부탁합니다."

"오히려 내가 부탁을 드려야지."

전영태의 얼굴에 쓴웃음이 번졌다.

"나야 지는 달이고 당신은 떠오르는 해 아닌가?"

"무슨 말이냐?"

앞쪽에서 최재일이 물었기 때문에 전영태는 입을 다물었다. 최재일이 원탁을 둘러보며 말했다.

"오늘은 단합대회야. 부서장 간 친목을 도모하는 자리라구. 분위기 깨지 말고 처마시고 놀자."

최재일은 나름대로 카리스마가 있다.

과장 셋에 대리 넷의 부서장이다.

신참 과장이지만 이태진의 위상은 2년 차 과장인 미주과장 서병준, 서병준보다도 반년 빠른 구주과장 전영태까지 압도하고 있다.

이렇게 모인 술자리에서는 서열을 따지지만 대외적으로 나섰을 경우에 실적이 우선이기 때문이다.

"네가 출장 갔을 때 저 두 과장이 너를 씹고 다녔어."

술자리가 떠들썩해졌을 때 옆자리에 앉은 오세영이 낮게 말했다.

"네가 공장들에서 상납을 받는다는 등, 네 돈 씀씀이가 커졌다는 등 소문이 퍼지고 있어."

옆쪽에서 힐끗거렸기 때문에 오세영이 술잔을 들었다.

술에 취한 최재일이 전영태와 떠들썩하게 바이어 이야기를 하는 중이다.

이태진이 고개를 끄덕였다.

"할 수 없지. 뒤에서 씹는 건 한국 사람들의 천성이라고 하더라."

그때 오세영이 목소리를 낮췄다.

"이따 끝나고 웨스턴 호텔 로비로 와."

그러고는 고개를 돌렸기 때문에 이태진이 숨만 들이켰다.

회식이 끝났을 때는 오후 9시가 조금 넘었을 때다.

2차 가자는 사람도 없었고 최재일도 그럴 생각이 없는 모양이어서 일행은 식당 앞에서 흩어졌다.

이태진이 웨스턴 호텔 로비로 들어섰을 때는 오후 9시 15분이다. 웨스턴 호텔은 일식당 근처에 있었기 때문이다.

안쪽 자리에 앉아있던 오세영이 웃음 띤 얼굴로 이태진을 맞았다.

"오늘 회식으로 자기 과장 위치는 부서장급에서 인정받은 셈이야."

앞쪽에 앉은 이태진을 향해 오세영이 말을 이었다.

"배가 아프지만 어쩔 수 없지, 실적이 엄청나니까."

"솔직히 나도 바늘방석이야."

이태진이 정색하고 오세영을 보았다.

"표정 관리하는 것도 괴롭다."

"행복한 고민이지."

종업원에게 냉커피를 시킨 오세영이 말을 이었다.

"오늘은 과장 진급 축하주를 마셨지만 다섯 달 후에는 부장 진급 주를 마셔줘야겠더구만."

"누가 그래?"

"소문이 다 났어. 부서장급은 다 알고 아마 사원들한테도 다 퍼졌을걸?"

"갓댐."

"사실이지?"

오세영이 번들거리는 눈으로 이태진을 보았다.

"당사자인 너는 알고 있을 것 아냐?"

"그것 확인하려고 만나자고 한 거냐?"

"약속 없으면 오늘 밤 같이 잘 수도 있어."

"사양할게."

그때 종업원이 다가와 커피 잔을 내려놓고 돌아갔다.

커피 잔을 든 오세영이 이태진에게 물었다.

"정진호가 연말까지 기조실에서 업무를 배운 다음에 연초에 중동부로 편성이 될 때 중동부로 옮겨간다는 거야. 그 소문도 들었어?"

시선만 주는 이태진을 향해 오세영이 입술 끝을 비틀고 웃었다.

"저 봐. 못 들었지?"

"참, 한국 놈들 소문 퍼뜨리는 건 알아줘야 돼."

"등잔 밑이 어두운 법이야."

"무슨 소리야?"

"너한테는 모두가 적이라구."

"너도 그래?"

그때 오세영이 커피 잔을 내려놓고 일어섰다.

"소주 한잔 더 하자."

근처의 포장마차로 들어갔다.

골목 안은 포장마차가 여러 개여서 손님들이 많다.

둘은 구석 쪽에 나란히 앉아서 꼼장어 안주로 소주를 마셨다.

이태진에게는 중동부 소문이 다 퍼졌다는 정도는 그냥 넘길 수가 있다.

그런데 회장의 아들 정진호가 중동부로 배속된다는 소문은 충격이다.

정예은의 동생 정진호는 회장의 후계자로 지금 기조실에서 석 달째 근무 중이다.

술잔을 든 이태진이 옆에 붙어 앉은 오세영을 보았다.

"그 소문이 어디서 나온 거야?"

"무슨 소문?"

술기운이 밴 오세영의 눈 주위가 붉어져 있다. 한 모금에 소주를 삼킨 이태진이 길게 숨을 뱉었다.

"정진호가 중동부로 온다는 소문."

"정진호 입에서."

오세영이 웃음 띤 얼굴로 말을 이었다.

"정진호가 기조실 사원하고 이야기하다가 말을 한 거야."

"…."

"정진호도 사람인 이상 주변 직원들하고 이야기를 안 할 수 없지. 친하게 지내던 사원하고 술 마시다가 말했어."

"…."

"기조실은 올해 말까지만 근무하고 내년부터는 중동부로 옮겨가서 일 배우겠다고 했다는 거야."

고개를 든 오세영이 이태진을 보았다.

"네 감시역이지."

근처 모텔로 들어갔다.

씻고 침대에 올랐을 때 오세영이 물었다.

"충격 받은 거야?"

"충격은 무슨."

침대에 반듯이 누운 이태진이 천장을 향한 채 대답했다.

"갑자기 너한테 성욕을 느낀 거지."

"웃기네. 말 같은 소리를 해라."

그때 이태진이 오세영의 어깨를 당겨 안았다. 오세영이 이태진의 허리를 감아 안는다. 이태진이 오세영의 가슴에 얼굴을 묻고 묻는다.

"너 대영에서 언제까지 있을 거냐?"

"내가 말했잖아, 과장까지라고."

오세영이 이태진의 머리칼을 손가락으로 부드럽게 움켜쥐었다.

"또 모르지. 내년이 될지도."

"네가 내 유일한 원군이야."

"외로워진 모양이네."

이태진의 머리칼을 힘주어 움켜쥐었다가 놓은 오세영이 말을 이었다.

"아부하는 걸 보니까 말야."

고개를 든 이태진이 오세영의 입술을 물었다.

그렇다.

깜빡 잊고 있었다.

독불장군이 되어서는 안 된다. 적을 한 명이라도 줄여야만 하는 것이다.

곧 오세영의 가쁜 숨소리가 울렸다.

전화벨 소리에 이태진이 눈을 떴다.

모텔 방 안이다.

탁자 위에 놓인 전화가 울리고 있다.

고개를 든 이태진은 옆자리가 비어 있는 것을 보았다.

전화기를 귀에 붙인 이태진이 응답했다.

"여보세요."

"나야."

오세영의 목소리.

"나 지금 집에 가다가 전화하는 거야."

고개를 든 이태진은 벽시계를 보았다.

6시 반이다.

오세영은 3시간쯤 잔 것 같다. 오세영이 말을 이었다.

"잠 깨라고 전화한 거야. 이제 씻고 집에 가서 옷 갈아입고 출근해."

"오케이. 고맙다."

"어젯밤 무리했지?"

"응. 하지만 괜찮았어. 넌 어때?"

"난 좋았지."

그러고는 오세영이 짧게 웃었다.

이태진은 심호흡을 했다.

부서장급에서 최소한 오세영만큼은 적이 아니다.

오후 3시에 서재경한테서 전화가 왔다.

이태진이 응답하자 바로 말한다.

"오빠, 준비되었어요."

"벌써?"

"5명."

"빠르구나."

"신중하게 추렸어요. 모두 실력도 있고 성실해요."

"널 믿는다."

"믿어도 돼요. 이렇게까지 해주시는데."

"그럼 오늘 저녁에 보자. 장소는 어디가 좋겠냐?"

"제가 한 시간쯤 후에 연락드릴게요."

서재경이 밝은 목소리로 말했다.

복도에서 정진호를 만났다.

정진호가 입사한 지 3개월. 그동안 여러 번 스치고 지났지만 눈인사만 했을 뿐이다.

정진호는 기조실 소속의 사원이다.

기조실에는 부장 이하 과장이 둘, 대리가 넷 있었는데 모두 정진호에게 경어를 쓴다고 들었다.

부장은 '그렇게 하게.' 식이었지만, 과장급도 '그랬어요? 그렇게 하세요.' 한다는 것이다.

이번에도 시선이 마주쳤을 때 정진호가 먼저 고개를 숙였고 이태진은 눈만 깜빡였다.

눈인사다.

사원들하고는 이렇게 인사를 하는 것이 정상이다.

그때 정진호가 말했다.

"안녕하십니까, 과장님."

처음으로 말 인사를 하는 셈이다. 이태진이 스쳐 지나면서 대답했다.

"응, 잘 되지?"

엉겁결에 나온 말이지만 보통 인사가 그렇다. 뱉고 보니까 반말을 썼지만 그것도 당연한 것이고.

그때 정진호가 주춤 걸음을 멈추면서 대답했다.

"예, 과장님."

그래서 이태진도 걸음을 멈추고는 정진호를 향해 몸을 돌렸다.

둘은 복도 가운데서 마주 보고 섰다.

시선이 마주치자 정진호가 어색하게 웃었다.

"과장 진급 축하드려요."

"고마워."

이태진도 따라 웃었다.

정진호는 이태진보다 5센티쯤 작았지만 크고 늘씬한 체격이다. 얼굴도 갸름하고 곱상해서 여사원들이 선정한 회사의 3대 미남 안에 든다고 했다.

물론 이태진은 끼지 못했고.

그때 정진호가 말했다.

"과장님, 시간 나시면 술 한 잔 사주세요. 중동지역 이야기 듣고 싶어요."

"허, 그래?"

이태진이 웃음 띤 얼굴로 정진호를 보았다.

"내가 요즘 정신없지만 시간 한번 내볼게."

"감사합니다."

이를 드러내고 웃은 정진호가 고개를 숙여 보였고 이태진은 몸을 돌렸다.

'이 자식이 선수를 치는구만.'

발을 떼면서 머릿속에 든 생각이다.

옆으로 사원들이 스치고 지나면서 인사를 했다. 그들도 이태진과 정진호가 이야기하는 장면을 보았을 것이다.

이 장면은 순식간에 회사로 퍼진다.

'이태진과 정진호가 한참이나 이야기하더라.'

'둘이 친한 것 같다.'

등등으로 퍼져나가게 될 것이다.

그러나 이태진의 가슴은 편치 않았다.

이것은 회장의 의도일 것이다.

감시자가 맞다.

오후 7시.

신촌의 중식당 화원으로 이태진이 들어섰다.

대로변에 있지만 허름한 식당이다.

"오셨어요?"

홀에서 기다리던 서재경이 이태진을 맞는다. 홀에는 손님이 서너 명뿐이었는데 서재경은 안쪽으로 이태진을 안내했다.

"다 왔어?"

이태진이 묻자 서재경이 고개를 끄덕였다.

"네. 남자 셋, 여자 둘."

"이력서는 가져왔지?"

"네."

"모두 수배자고?"

그러자 방문 앞에 선 서재경이 고개만 끄덕였다.

눈이 흐려져 있다.

이태진이 방으로 들어서자 원탁에 둘러 앉아있던 남녀가 일제히 일어섰다.

모두 긴장한 얼굴.

옷차림은 똑같이 후줄근하다.

이태진이 다가가 빈자리 앞에 섰을 때 따라온 서재경이 말했다.

"모두 인사해. 이 부장님이야."

그러자 다섯이 일제히 고개를 숙였다.

이태진은 지금 신우상사의 부장으로 만나고 있다.

"자, 앉지."

이태진이 좌우를 둘러보며 말했다.

"저녁 먹으면서 이야기하지."

원탁에는 이제 일곱이 둘러앉았다.

종업원이 들어왔기 때문에 서재경이 주문을 모으느라고 수선스러워졌다.

그사이에 이태진이 다섯을 훑어보았다.

모두 수배자들이라니.

자신도 일당이 된 느낌이다.

식사가 준비되는 동안 이태진이 서재경이 모아준 이력서를 훑어보았다.

강진수, 김영준, 박성한, 유수민, 이현아다.

그중 강진수가 28세, 김영준, 박성한은 26세, 유수민, 이현아는 25세다.

이력서에는 전과 사실이 기재되지 않았고 학력만 적혀 있다. 강진수와 김영준은 대졸, 나머지는 대학 4년에서 3년 휴학이다.

이윽고 이태진이 이력서에서 고개를 들었을 때는 방 안이 조용해져 있었다.

어느새 종업원은 방을 나갔고 모두의 시선이 이태진에게 모여 있다.

그때 이태진의 시선이 강진수에게 옮겨졌다. 이력서 사진으로 확인한 것이다.

"강진수 씨가 이중 가장 선배인가?"

"예, 부장님."

강진수가 흰 얼굴을 들었다.

보통 체격이었지만 눈빛이 강했다. 얇은 입술이 꾹 닫혀 있다.

"서재경의 선배야?"

"예, 2년 선배 됩니다."

"졸업한 지 4년 되었군. 그동안 뭐 했어?"

"작년까지 운동은 했지만 지금은 쉬고 있습니다. 지금까지 무직자였죠."

"박기만하고는 어떻게 돼?"

"박 선배는 제 3년 선배가 됩니다."

"나하고 박기만하고의 관계는 알지?"

"예, 들었습니다."

둘이 말을 주고받는 동안 모두 긴장하고 있어서 달그락 소리도 안 들린다. 그때 이태진이 말을 이었다.

"박기만하고 연락이 되나?"

"오랫동안 못 하고 있습니다."

"연락하지 마."

"예, 서재경 씨한테서 들었습니다."

"입사한다면 관계를 끊어야 돼."

"예, 알고 있습니다."

고개를 든 이태진이 나머지 넷을 둘러보았다.

"자네들도 마찬가지야. 회사 다니면서 운동할 수는 없어. 그럴 시간도 없겠지만."

"예, 압니다."

"알겠습니다."

넷이 일제히 대답했을 때 이태진이 고개를 끄덕였다.

"회사에서는 서재경이 관리직이니까 서재경의 지시를 받아야 돼."

모두 숨을 죽였고 이태진의 말이 이어졌다.

"자네들 다섯은 모두 검사역으로 강진수가 선임으로 지휘한다, 알겠나?"

"예, 부장님."

모두 일제히 대답했을 때 종업원들이 음식 접시를 들고 들어섰다.

"우선 밥 먹자."

이태진이 화제를 바꿨다.

"술도 한 잔씩 하고."

밥을 다 먹고 소주를 두 잔씩 마셨을 때다.

이태진이 술잔을 들고 말했다.

"너희들은 기존 검사원의 조수 역할로 당분간 따라다녀야 할 거야. 일을 배워야 할 테니까."

이태진이 말을 이었다.

"검사원 두 놈은 도둑놈들이야. 지금까지 검사를 다니면서 공장 측으로부터 뇌물을 받아 챙겼어. 그래서 트럭도 사고 아파트도 샀다."

"…."

"어느 정도 일을 배웠을 때 그놈들을 회사 그만두게 하고 횡령한 돈을 토해내게 할 거야."

"…."

"그러니까 그놈들이 눈치채지 못하도록 행동하는 것이 중요해. 그놈들이 너희들의 정체를 알게 되면 역습할 테니까."

"알겠습니다."

강진수가 먼저 말했다.

"조심하겠습니다."

"너희들의 내력을 아는 건 나하고 사장 둘뿐이야."

이태진이 말을 이었다.

"사장한테는 어쩔 수 없이 말을 해야 돼. 너희들 월급 지급 문제라든가 세무신고 때 신분을 감춰야 하거든."

숨을 고른 이태진이 다섯을 둘러보았다.

"아직 너희들이 세상에 완전하게 나온 상황은 아니지만 정상적인 회사에서 일하게 되는 거야. 이해할 수 있겠나?"

"예, 부장님."

모두 일제히 대답했을 때 이태진이 고개를 끄덕였다.

"그럼 내일 내가 회사에 가서 사장한테 준비시킬 테니까 너희들은 이틀 후부터 출근하도록."

그러고는 이태진이 들고 온 비닐 가방을 서재경에게 내밀었다.

"여기 5백만 원 가져왔으니까 1백만 원씩 나눠주고 영수증 받아라."

놀란 서재경이 엉겁결에 가방을 받았을 때 이태진이 자리에서 일어섰다.

"모두 그 돈으로 주변 정리를 하고 출근 준비를 해. 옷도 사 입고."

몸을 돌린 이태진이 덧붙였다.

"가불해 주는 거야. 월급에서 깔 거야."

"제가 오늘 이 과장을 회사 복도에서 만났어요."

저녁 식탁에 둘러앉았을 때 정진호가 말했다.

정병현의 시선을 받은 정진호가 말을 이었다.

"시간 나면 중동지역 이야기 좀 해달라고 했더니 그런다고 하던데요."

"뭐?"

눈썹을 모은 정병현이 정진호를 보았다.

"중동지역 이야기 해달라고 했어?"

"예."

"그랬더니?"

"웃으면서 좋다고 했어요."

그때 옆에 앉아있던 정예은이 물었다.

"왜요, 아버지?"

"아니다."

정병현이 고개를 저었을 때 정진호가 대신 대답했다.

"내가 중동부가 신설되면 중동부로 들어갈 예정이거든."

"네가?"

정색한 정예은이 물었을 때 정병현이 헛기침을 했다.

"밥 먹으면서 회사 이야기 하지 말자."

모두 입을 다물었다.

식사가 끝나고 응접실 소파에 앉았을 때다.

정진호가 이층 제 방으로 들어갔을 때 정병현이 정예은을 보았다.

"너, 이태진한테 진호를 중동으로 보낸다는 이야기 하지 마라. 모른 척해."

"알겠어요. 그런데 진호는 중동부로 왜 보내시는 거죠?"

"그거야 회사의 중심 수출부서니까 당연한 일이지."

"…."

"중동부는 앞으로 몇 배 더 성장할 거야. 진호가 파악해야 돼."

"그 사람이 감시당한다는 느낌을 받지 않을까요?"

"생각하기 나름이지."

찻잔을 든 정병현이 웃음 띤 얼굴로 정예은을 보았다.

"진호가 미리 접근한 것이 차라리 잘된 것 같다. 갑자기 밀어 넣는 것보다는 나을지도 몰라."

정병현이 말을 이었다.

"이태진이가 너하고 결혼할 생각이 있다면 거부감을 느끼지 않을 것 같은데, 네 생각은 어떠냐?"

"글쎄요."

"나는 그런 가정하에서 그렇게 결정을 내린 거야. 감시받는다는 느낌보다 둘이 더 친해질 수 있을 것 같다고 생각하지 않을까?"

"잘 모르겠어요."

"어쨌든 진호는 아직 너하고 이태진 사이를 모르니까 그건 놔두기로 하자."

정병현이 이제는 정색했다.

"너하고의 관계도 있으니까 이태진이 크게 거부감을 보이지는 않을 거다. 너는 그냥 모르는 체해."

정병현은 부친한테서 조그만 회사를 물려받은 후에 20년 만에 중소기업 수준으로 성장시킨 기업가인 것이다.

생각이나 행동이 신중한 인물이다.

오피스텔로 돌아왔을 때는 9시가 조금 넘었다.

씻고 옷을 갈아입은 이태진이 소파에 앉아 TV를 보았다.

화면에는 박정희 대통령이 비치고 있다.

박정희 육군 소장이 5.16혁명을 일으킨 지 16년이 지났다.

그날 아침, 아버지는 마루에 서서 만세를 불렀다. 그러나 그날 한 번뿐이었다.

그때 전화벨이 울렸기 때문에 이태진이 생각에서 깨어났다.

"여보세요."

전화기를 든 이태진이 응답하자 곧 아버지의 목소리가 울렸다.

아버지 생각을 했더니.

"집에 왔구나."

"예, 아버지."

"요즘도 바쁘냐?"

"예, 오래 자리를 비웠기 때문에."

"바쁜 게 좋지. 젊었을 때는 바빠야 돼."

"예, 아버지."

그때 고개를 든 이태진이 전화기를 고쳐 쥐었다.

"그런데, 아버지."

"뭐냐?"

"아버지가 만척에 계실 때 말이에요."

"만척? 일제강점기 때 말이냐?"

"예, 그때 아버지 일본 이름이 뭐였어요? 지난번 말씀하신 것 같은데, 잊었어요."

"그건 왜?"

"그냥 알고 싶어서요."

"별걸 다 묻는구나."

"뭐였지요?"

"그땐 다 창씨개명을 했어. 내가 만척에 들어갔기 때문이 아냐."

"이름이 뭐였지요?"

"오야마(大山)였다. 한자로 쓰면 대산(大山)이지. 큰 대(大), 산 산(山)."

"오야마."

"그래."

"그런데 아버지 혹시 일본 여자 토모에라고 아세요?"

"토모에?"

"예, 성(姓)이 또 있었는데, 잠깐만요."

전화기를 내려놓은 이태진이 서둘러 벽장으로 다가가 옷을 뒤졌다. 급하게 찾다 보니까 옷걸이가 서너 개나 떨어졌다.

이윽고 출장 때 입은 바지 주머니에서 쪽지를 찾아낸 이태진이 전화기를 귀에 붙였다.

"아버지."

"그래, 나다. 그런데 그 토모에란 여자."

"예, 아버지. 성 찾았어요."

"혹시 토모에 요시나가 아니냐?"

"아, 맞아요. 아버지."

쪽지를 든 이태진이 소리치듯 말했다.

"토모에 요시나가예요. 아세요?"

"알다마다."

아버지의 목소리는 가라앉아 있다.

"그런데 네가 그 여자 이름을 어떻게 알지?"

"그분 딸을 만났거든요, 쿠웨이트에서."

"토모에의 딸을?"

"예, 아버지. 스에코라고 해요."

"몇 살인데?"

"스물일곱. 저보다 세 살 아래요."

"아."

"일본항공 쿠웨이트 지사장이에요."

"그렇구나."

"토모에 씨하고 만척에서 같이 근무하셨어요?"

"그래. 토모에는 사장 비서였어."

"아아."

"예쁜 여자였다."

"어머니 옆에 계세요?"

"잠깐 밖에 나갔다, 뭘 사려고."

"아아."

눈앞에 스에코의 모습이 떠올랐다.

그 순간 스에코의 얼굴 위로 회장 비서 김연주의 얼굴이 겹쳐졌다.

그때 아버지가 물었다.

"너 언제 내려올 거냐?"

화제를 돌린 것인가?

다음 날은 신우상사로 출근했다.

검사원 조상수와 안용민은 바로 공장으로 검사를 나갔기 때문에 사무실에는 정경호와 서재경, 그리고 여직원 하나까지 셋뿐이다.

사장실로 들어선 이태진이 정경호에게 이력서를 건네주었다.

"내일 5명이 올 거야."

자리에 앉은 이태진이 웃음 띤 얼굴로 말을 이었다.

"내가 어제 모두 면접을 봤어."

"으음."

이력서를 한 장씩 훑어본 정경호가 신음을 뱉더니 정색했다.

"모두 운동권인가?"

"머리가 좋은 애들이지."

"학력이 좋아. 중퇴자도 있지만. 내 후배들도 있는데."

"정식으로 고용할 수는 없어, 모두 수배자들이니까."

"월급은 비자금으로 써야겠는데."

정경호가 이마에 주름살을 만들었다.

"경찰이나 중정이 알면 문제가 되는 거 아냐?"

"내가 데려온 거야."

이태진이 똑바로 정경호를 보았다.

"내가 운동권이냐? 내가 빨갱이냐구?"

"아니지."

"박정희가 제일 좋아하는 수출 일꾼이야. 그리고 엄청나게 실적을 올린 놈이라구."

"그렇지."

"운동권 놈들을 수출 일꾼으로 부려먹는 거야. 박정희한테 훈장을 받아야 돼."

"그런가?"

"도둑질하는 저 새끼들보다 백배는 나은 놈들이라구."

"알았다. 쓰자."

정경호가 고개를 끄덕였을 때 이태진이 마무리를 했다.

"책임은 내가 져. 신우상사는 제대로 돌아가는 거야."

"이거 책상 5개를 오늘 사놓아야겠는데."

정경호가 엉덩이를 들썩였기 때문에 이태진이 자리에서 일어섰다.

오후 5시가 되었을 때 내부전화가 왔다.

전화기를 귀에 붙였을 때 곧 오세영의 목소리가 울렸다. 오세영의 책상은 2개 건너 오른쪽이다.

"난데, 오늘 저녁에 시간 있어?"

"없어."

있지만 없다고 했다.

자제는 이쪽에서 해야만 한다.

그때 오세영이 말했다.

“소정이가 한잔하자는데.”

“됐어.”

“그러지 마.”

“네가 이상한 인간이다.”

마침 옆자리가 비었기 때문에 이태진이 한마디씩 분명하게 말했다.

“정신 좀 차리라고 해. 난 더 이상 엮이고 싶지 않다고 전해.”

이태진이 전화기를 내려놓고는 문득 고개를 돌려 옆을 보았다.

오세영은 아직 전화기를 귀에 붙이고 있다. 앞쪽만 쳐다보고 있어서 옆모습만 보인다.

다음 날 오전 9시가 되었을 때 신우상사의 회의실에 10명 가까운 남녀 사원이 둘러앉았다.

상석에는 이태진과 정경호가 나란히 앉았고 신입사원으로 들어온 5명과 검사원 조상수, 안용민 그리고 서재경까지 10명이다.

바깥 사무실에서 전화 당번으로 남아있는 여직원까지 직원이 11명인 셈이다.

그때 사장 정경호가 먼저 입을 열었다.

“오더도 늘어나는 터라 검사 담당을 증원해야만 했어. 그러니까 조상수 씨, 안용민 씨가 부담이 덜어지게 되었어.”

정경호가 조상수, 안용민에게로 고개를 돌렸다.

“팀을 만들어줄 테니까 잘 교육시키도록 해.”

“알겠습니다.”

조상수가 넓은 얼굴을 펴고 웃었다.

"지금까지 정신없었는데 한숨 돌리게 생겼습니다."

그때 이태진이 말했다.

"신입사원 다섯은 매일 번갈아서 한 명씩 조수로 따라 나가고 조수가 되지 않은 사원 셋은 혼자서 검사를 간다. 물론 서툴고 시간이 걸리겠지만 원칙대로 일하도록."

그러고는 다시 둘을 돌아보았다.

"그래서 오늘은 둘이 검사 요령 교육을 하도록 해."

"알겠습니다."

이번에는 안용민이 대답했다.

"열심히 하겠습니다."

그때 강진수 등의 시선이 이태진을 스치고 지나갔다.

'동업자'들의 시선이다.

오후에는 동일섬유 공장장이었던 백기출을 만났다.

백기출은 천신만고 끝에 공장을 세웠는데 예상보다 늦어졌다. 한 달 반 만에 공장을 가동한 것이다.

고재규와 함께 상담실로 들어선 백기출이 허리를 꺾어 인사를 했다.

"감개무량하시겠어요. 고생 많았습니다."

백기출의 손을 쥔 이태진이 위로했다.

그동안 백기출은 여위었다. 공원들이 제대로 모이지 않는 데다 자금도 부족했기 때문이다.

"아닙니다. 덕분에 지난주부터 정상가동을 하고 있습니다."

백기출이 열기 띤 눈으로 이태진을 보았다.

"모두 과장님 덕분입니다."

그렇다.

백기출의 공장은 중동과 오더가 투입되고 있다. 앞으로 끊이지 않고 오더가 들어갈 것이다.

공장 측으로서는 끊이지 않고 작업할 물량이 있는 것이 곧 대박이다.

백기출의 공장은 금세 기반이 굳어질 것이다.

고개를 든 이태진이 백기출을 보았다.

"오늘 선급금이 지급될 테니까 받아가세요."

"감사합니다."

"인사는 이것으로 됐구요."

이태진이 웃음 띤 얼굴로 말을 이었다.

"무슨 말씀인지 아실 겁니다."

백기출이 정색하고 고개를 끄덕였다.

금방 이해를 한 것이다.

바스란한테서 전화가 왔을 때는 오후 5시다.

카이로 시간으로는 오전 11시.

바스란이 말했다.

"리, 일주일쯤 후면 보고서가 끝날 것 같습니다. 언제 오실 겁니까?"

딱 한 달 만에 완성이 되는 것이다.

무스타파의 백화점 프로젝트다.

바스란과 통화를 끝냈을 때 다시 전화벨이 울렸다.

사내전화다.

전화기를 들었더니 곧 사내의 목소리가 울렸다.

"과장님, 정진호입니다."

"아, 그래."

"언제 시간 있으세요?"

"오늘 저녁에 만나지. 되겠어?"

"그럼요."

"그럼 7시 반에 소공동 조선호텔 앞쪽 골목에 동경이란 일식당이 있어. 거기서 볼까?"

"예, 거기서 뵙지요."

정진호의 목소리는 밝다.

"시간 내주셔서 감사합니다."

예의 바르게 인사를 한다.

이태진이 일식당 동경에 들어섰을 때는 7시 30분 정각이다.

예약을 했기 때문에 종업원의 안내로 방에 들어서자 먼저 와 있던 정진호가 자리에서 일어섰다.

"일찍 왔네."

"네, 조금 전에 왔어요."

정진호가 웃음 띤 얼굴로 맞는다.

자리 잡고 앉아 음식을 주문하고 나서 이태진이 물었다.

"중동지역에 대해서 궁금한 게 많아?"

"예, 요즘 중동 붐이 일어나고 있지 않습니까?"

"하긴 그렇지."

이태진이 고개를 끄덕였다.

오일 달러를 비축해놓은 산유국들의 건설 붐이다.

한국은 수십억 불의 건설공사를 수주했고 그 덕분에 올해인 1977년도 수출 목표를 1백억 불로 책정해놓았다.

6년 전인 1971년에 10억 불을 달성한 한국이다.

생선회에 술이 놓였고 둘은 식사를 하면서 술을 마셨다.

젓가락을 내려놓은 정진호가 이태진에게 물었다.

"내년에는 실적이 얼마나 될 것 같습니까?"

"올해 실적의 두 배는 돼야지."

"두 배면 5백만 불입니까?"

"잘 아네."

"중동과 오더 수주량이 258만 불 아닙니까? 그쯤은 압니다."

"수출부 근무도 해봐야 되지 않을까?"

"수출부에 간다면 중동과에 가고 싶습니다."

"이거 회장님 아들을 부하직원으로 거느린다면 신경이 많이 쓰이겠는데."

"과장님은 그런 스타일이 아니시죠."

정진호가 웃음 띤 얼굴로 이태진을 보았다.

"회사에서 저한테 반말 쓰는 간부는 과장님이 처음입니다."

"왜? 거슬려?"

"그럴 리가요. 진짜 마음이 편합니다."

"그럼 됐어."

"뭐가요?"

"중동과 근무를 해도 지장 없겠어."

이태진이 술잔을 들었다.

정진호가 중동과에 올 바에는 미리 이쪽에서 제의해주는 것이 낫다. 정진호의 얼굴이 밝아져 있는 것이 그 증거다.

아마 나름대로 중동과에 접근하기 위한 사전공작이었겠지.
그래서 먼저 수출부 근무 이야기를 꺼내준 것이다.

10시경.
정예은한테서 전화가 왔다.
정진호와 헤어져서 집으로 돌아온 지 얼마 되지 않았을 때다.
응답했을 때 정예은이 말했다.
“진호 만났다면서?”
“응, 벌써 이야기했나?”
“술 마셨어?”
“조금.”
“걔가 아버지한테 다 이야기했어. 나도 옆에서 듣고.”
“무슨 이야긴데?”
“자기가 중동과로 오라고 했다면서, 좋아서 죽으려고 해.”
“오면 고생할 텐데, 오고 싶어하더구만.”
“괜찮아?”
“상관없어.”
“진호는 아직 자기하고 나 사이를 모르고 있어.”
정예은이 말을 이었다.
“아버지도 하지 말라고 했고.”
“그런 것 같더구만.”
이태진이 그것이 차라리 낫겠다는 생각을 했다. 안다면 더 불편했을 것이다.
정진호 또한 누나의 남자가 부서장이라는 것이 거북했을 것이고.
그때 정예은이 말했다.

"진호는 자기를 존경하고 있어. 가장 부서장다운 사람이래."

이태진이 숨을 골랐다.

정진호는 정병현의 후계자다. 10년쯤 후에는 부사장쯤 될까?

그 순간 이태진의 머릿속이 밝아지는 느낌이 들었다.

체한 것처럼 묵직했던 가슴도 풀리는 것 같다.

그래. 부장으로 떠나자.

오세영은 과장에서 그만두겠다고 했지만 나는 부장이다.

내년에 부장이 된다니까 일 년쯤 버티면 되겠지.

정진호가 중동과에 온다는 소문을 듣고 나서부터 가슴에 조금씩 쌓이던 것들이 이제 풀리기 시작했다.

그때 정예은이 물었다.

"자기야, 이번 일요일에 몇 시에 갈까?"

"나 시골 가야 돼."

이태진이 엉겁결에 말했다.

"아버지가 보자고 하셔서."

거짓말이다.

"잘 되고 있습니다."

다음 날 오전.

신우상사에 들른 이태진에게 강진수가 보고했다. 오늘은 강진수가 1인 검사원이 되어서 출장 준비를 하는 중이다.

회의실에서 마주 보고 앉은 강진수가 말을 이었다.

"업무 파악은 했고 검사방법을 익히는 중입니다. 시간은 좀 걸리지만 오히려 더 자세히 하게 되더군요."

"그래. 서류작성은 별문제가 없을 테니까 익숙해지면 되는 거야."

"예, 부장님."

"그 친구들한테 너희들 본색을 내보이지 말고, 어쨌든 곧 처리할 테니까."

"조수 데리고 가서도 공장 관리자하고 둘이 만나기도 하던데요."

"뇌물을 준 공장도 거래를 끝낼 거야."

이태진이 말을 이었다.

"제품을 엉망으로 만들어 놓은 놈들일 테니까."

"빨리 정리해야 되지 않겠습니까?"

강진수가 묻자 이태진이 고개를 끄덕였다.

조상수, 안용민은 병균을 뿌리고 다니는 것이나 같다.

돈 받고 내보내는 불량품은 곧 병균이다.

둘은 병균을 만드는 숙주인 것이다.

"아이구, 이 부장님."

국제산업의 한대용 부장이 다가와 손을 내밀었다.

국제산업은 대기업으로 국제그룹의 주력사다.

한대용은 42세.

수출 3부장으로 함단에게 전자제품 150만 불가량을 수출하고 있다. 라디오, 복사기, 타자기 등이었는데 함단이 빅 바이어 중 하나다.

이태진과 한대용은 상담실에 들어가 마주 보고 앉았다.

오늘은 이태진이 만나자고 한 것이다.

여직원이 마실 것을 내려놓고 돌아갔을 때 이태진이 입을 열었다.

"우리 회사 검사원이 문제가 있습니다."

눈만 크게 뜬 한대용을 향해 이태진이 말을 이었다.

"뒷조사를 해보니까 업체에서 돈을 받았어요. 몇 달 동안 재산이 크게 늘어났습니다."

이태진이 둘의 재산 축적 내역까지 설명하는 동안 한대용은 듣기만 했다. 이윽고 말을 그쳤을 때 한대용이 물었다.

"우리 공장도 포함이 되었겠지요?"

"공장이 비자금으로 처리했는지는 모르지만 포함되었습니다."

"증거는 잡지 못했구요?"

"그렇습니다."

어깨를 늘어뜨린 한대용이 흐려진 눈으로 이태진을 보았다.

"어떻게 하실 겁니까?"

"그걸 상의하려고 온 겁니다. 그냥 내보내기에는 화가 나고 법으로 해결하려면 공장 측도 연루될 테니까요."

"나도 공장 측에 화가 납니다. 결국 우리가 피해를 입을 테니까요."

한대용이 말을 이었다.

"공장을 바꾸는 수밖에 다른 방법이 없네요."

"그렇다면 공장을 바꾸시는 시점에서 저도 검사원들을 내보내지요."

예상했던 일이다.

증거도 잡지 못한 상태에서 잡아 족친다면 이쪽만 범법자가 되는 것이다.

한대용이 길게 숨을 뱉더니 이태진을 보았다.

"함단한테는 말하지 않는 것이 낫겠지요?"

"우리도 잘한 것이 없으니까요."

쓴웃음을 지은 이태진이 말하자 한대용이 고개를 끄덕였다.

"곧 한잔하십시다."

"제가 다음 주에 함단한테 갑니다. 가기 전에 연락드리지요."

"아이구, 그러십니까?"

이태진이 자리에서 일어섰다.

오더를 주는 바이어 측이 공장의 비리 사실을 발견, 전격 교체를 하는 상황이다. 그것이 봉투 사건 때문이라는 것을 알면 조상수나 안용민은 오금이 저릴 것이다.

해임하는 것에도 이유가 있어야 한다.

또 땅을 구입했다.

정예은의 말을 듣고 강남의 땅을 구입하기 시작했던 이태진이다.

정병현 회장은 부동산 투자의 귀재다. 전국 요지의 땅을 매입했는데 그것이 수십만 평이라고 했다.

이번에 구입한 땅은 지난번의 3배가 넘는 2만 평이다.

무스타파한테서 받은 프로젝트 대금으로 산 것이다.

그래서 이제 이태진의 땅은 2만 6천 평이 되었다.

모두 과수원, 황무지, 강가의 땅 등으로 지금은 아무짝에도 못 쓸 땅이었지만 미래를 내다보고 구입했다.

아버지가 만주에서 샀다는 땅, 제주도 2배 정도가 되었다는 땅 이야기가 조금 도움이 되기도 했다.

'영주'가 되라고 사장이 말했다던가?

3장 카이로 프로젝트

“나 좀 봐.”

고참 과장 전영태가 불렀을 때는 퇴근 시간이 다 되어갈 무렵이다.

지금은 서로 소 닭 보듯이 대하는 사이여서 부딪칠 일은 서로 피해오고 있다.

다가온 전영태가 눈으로 상담실을 가리켰다.

“할 이야기가 있어.”

이태진이 잠자코 자리에서 일어섰다.

상담실에서 마주 보고 앉았을 때 전영태가 말했다.

“소문 들었지?”

“뭐 말입니까?”

“중동과가 중동부로 승격된다는 소문.”

“처음 듣는데요.”

“그러지 말고.”

정색한 전영태가 이태진을 보았다.

“자네가 대리급 사원 둘을 고르고 있다던데.”

“그것도 금시초문인데.”

눈썹을 모은 이태진이 말을 이었다.

"어떻게 나한테 상의도 않고 대리급을 데려옵니까? 난 못 받습니다."

"수출부 대리 놈들이 술렁이고 있어. 서로 중동과에 간다는 거야."

"누가 받는대요?"

"3년 차는 말할 것도 없고."

입맛을 다신 이태진이 물었다.

"용건이 뭡니까? 소문 전해주는 겁니까?"

"우리 과 3년 차 놈, 그리고 대리 한 놈이 날뛰고 있어."

전영태가 어깨를 부풀렸다가 내렸다.

"그놈들을 받지 말라고 말하려고 했어."

"난 모르고 있었는데 못 받습니다."

정색한 이태진이 말을 이었다.

"한여옥이 고재규를 키워서 대리 시킬 겁니다. 어떤 놈들이 다 된 밥에 숟가락 들고 들어온단 말입니까?"

"그렇지."

전영태가 이를 드러내고 웃었다.

"그렇다면 총무부장한테 말해. 지금."

"알겠다."

이태진의 말을 들은 안석호가 고개를 끄덕였다.

사장실 안.

둘이 독대하고 있다.

"내가 바로 조처를 하지."

"감사합니다."

"그런데."

안석호가 웃음 띤 얼굴로 이태진을 보았다.

"너 정진호를 어떻게 생각해?"

"네?"

고개를 든 이태진의 눈이 흐려졌다. 머릿속이 복잡했기 때문이다.

그때 안석호가 말을 이었다.

"정진호를 중동과에 배치시키는 것이 어때?"

이태진이 눈만 껌벅였다.

과장급까지 아는 소문인데 사장이 모를 리가 없지. 아무리 허수아비 사장이라고 해도.

안석호의 시선을 받은 이태진이 입을 열었다.

"글쎄요. 저는 아직 생각해보지 않았습니다만."

"내년에 중동부가 되면 부원이 지금보다 두 배 이상 충원될 거다. 그렇지?"

"예, 사장님."

"이건 내 생각인데."

눈을 가늘게 뜬 안석호가 이태진을 보았다.

"내년 초 업무개편을 하면서 중동과를 부로 승격시킬 때 말이다."

안석호가 말을 이었다.

"그때 중동과에 정진호가 사원으로 들어가 있다면 회사 안에서 자연스러운 분위기가 조성되지 않을까?"

"…."

"부로 승격된 후에 정진호를 투입시키면 정진호나 너한테도 효율적이지 않을 것 같은데. 그렇지 않나?"

"그렇긴 합니다."

이태진이 고개를 끄덕였다.

이번에도 느낀 점이 있다.

역시 경륜은 무시할 수 없는 것이다, 설령 낙하산 사장이라고 해도.

고개를 든 이태진이 안석호를 보았다.

"사장님 말씀대로 하겠습니다. 하지만."

숨을 고른 이태진이 말을 이었다.

"연말쯤 정진호를 보내주시지요. 그것이 낫겠습니다."

"그렇게 하지."

안석호가 커다랗게 고개를 끄덕였다.

"연말이 효과가 극대화되겠다."

사장실을 나온 이태진이 길게 숨을 뱉었다.

안석호는 이것으로 회장과 정진호에게 사장의 용인술을 보여준 셈이 될 것이다.

정진호의 중동과 배치를 조정함으로써 역할을 증명했다.

오후 5시.

신우상사의 회의실 안.

정경호와 이태진이 나란히 앉았고 앞쪽에 검사원 조상수와 안용민, 강진수, 서재경이 자리 잡고 있다.

모두 긴장된 분위기.

조상수와 안용민의 얼굴은 굳어져 있다.

그때 이태진이 입을 열었다.

"갑자기 회의를 소집한 이유를 알 거야."

고개를 든 이태진이 조상수와 안용민을 보았다.

"국제산업이 하청공장 4곳을 전격 교체했어. 그리고 검찰에 수사 의뢰를 했는데 제품검사 때 뇌물을 줬다는 증거를 잡았다고 해."

이태진의 얼굴에 쓴웃음이 번졌다.

"하청공장들이 출하한 제품 중에 우리 오더도 있더구만."

둘은 숨도 쉬지 않았고 이태진이 말을 이었다.

"설마 당신들이 뇌물을 받고 검사를 그럭저럭 통과시켜 주지는 않았겠지."

"저는, 그…."

조상수가 겨우 입을 열었을 때 이태진이 손을 들어 말을 막았다.

"그래. 믿어줄게. 하지만 수사를 시작하면 한 시간도 안 되어서 드러나게 돼. 재산이 늘어난 것이 그 증거니까."

어깨를 편 이태진이 둘을 번갈아 보았다.

"근무하면서 검찰 수사를 받도록 해. 그런 일 없다면 그냥 넘어가겠지. 하지만 돈을 받았다면 우리도 당신들을 고발할 수밖에 없어."

이태진이 앞에 놓인 봉투를 서재경에게 밀어주었다.

"각자에게 서류를 나눠줘."

서재경이 봉투에서 서류를 꺼내 모두에게 나눠주었다.

그 순간 서류를 본 조상수와 안용민이 숨을 굳혔다.

김봉철이 조사한 자료다.

그때 이태진이 말했다.

"내가 속수무책으로 구경만 하는 사람이 아냐. 사건이 터지자마자 당신들 둘 재산 조사를 했어."

턱을 든 이태진이 말을 이었다.

"회사의 자구책이지. 가만있다가 회사까지 피해를 입을 수 있으니까."

둘은 서류만 들여다보았고 이태진이 서류를 손끝으로 두드렸다.

"이건 검찰이 수사하면 바로 드러나겠지. 자, 오늘 중으로 머리를 싸매고 연구를 하고 내일 아침에 결정하지. 내일 오전 10시에 이 사건을 끝낼 테니까."

그러고는 이태진이 자리에서 일어섰다.

뒤를 정경호가 따랐고 서재경이 이어서 일어섰다.

방에는 강진수까지 셋이 남았다.

오후 8시.

이태진과 정경호가 회사 근처의 순댓국 식당에서 소주를 마신다. 저녁을 먹고 술을 마시는 것이다.

"내가 면목이 없다."

술잔을 든 정경호가 길게 숨을 뱉었다.

"두 놈을 데려온 내 잘못이야."

"이것으로 신우상사도 재정립하는 거다."

"전화위복인가?"

고개를 든 정경호가 한 모금에 술을 삼켰을 때다.

식당 안으로 강진수가 들어섰다. 안을 둘러본 강진수가 둘의 앞자리에 앉았다.

"합의를 했습니다."

강진수가 둘을 번갈아 보았다.

"회사에서 고발을 안 해주면 서류에 적힌 재산을 모두 반납하고 사표를 내겠다고 합니다."

강진수에게 조정역할을 맡긴 것이다.

셋이 술을 마시고 오피스텔에 돌아왔을 때는 밤 11시가 되어갈 무렵이다.

술에 취했기 때문에 씻고 바로 침대에 누웠던 이태진이 전화벨 소리를 듣는다.

전화기를 들었더니 곧 아버지의 목소리가 울렸다.

"어, 아직 안 자냐?"

아버지의 목소리에 술기운이 있다.

"예, 아버지."

"음, 그렇구나."

"어머니는 주무세요?"

"잔다."

이태진이 전화기를 고쳐 쥐었다. 그때 아버지가 말을 이었다.

"그 여자 말이다."

"누구 말이죠?"

"일본 여자."

"아."

"딸 이름이 누구라고 했지?"

"스에코라고 해요."

"음, 걔가 몇 살이라고?"

"스물일곱이죠."

"허허, 참."

수화기에서 한숨 소리가 울렸다.

이태진은 소리죽여 숨을 들이켰다. 술이 깨면서 머리가 지끈거리기 시작했다.

그때 아버지가 말했다.

"인연이라는 게 끈질기구나."

"무슨 말씀인데요?"

"그 스에코라는 애의 어머니 토모에 요시나가는 내가 잘 알았어."

"…."

"네 어머니를 만나기 전이지, 물론. 그 여자가 사장 비서였다고 했지?"

"예."

"내 사업, 토지 불하 사업을 많이 도와주었지, 토모에가."

"…."

"사연이 좀 있었어. 결국은 헤어졌지만. 그러고 나서 난 조선으로 내려가 네 어머니하고 결혼한 거다. 결혼하고 만주로 데려왔지."

"…."

"토모에는 아직도 살아있다고 했지?"

"예, 아버지."

"내가 죽을 뻔했어, 네 어머니하고."

"무슨 말씀입니까?"

"해방되었을 때 말이다."

"…."

"나하고 네 엄마가 만주에서 도망쳐 나올 때 토모에가 우리를 죽이려고 했어."

다시 한숨 소리가 울렸다.

"악랄했지, 교활했고. 하마터면 우리는 당할 뻔했다."

이태진이 이제는 심호흡을 했다.

그 내용은 듣고 싶지가 않았다.

그러나 아버지가 밤늦게 갑자기 그때의 감정을 털어놓은 심정은 이해가 간다.

끈질긴 인연에 소름이 끼쳤겠지.

지금 자신도 그런 느낌이니까.

"아버지, 주무세요."

이태진이 겨우 그렇게 말했다.

"벌써 30년도 넘은 옛날이야기 아닙니까?"

"아니지."

아버지의 목소리가 또렷해졌다.

"어떤 일은 시간이 지날수록 더 선명해지는 거다."

"아버지, 저한테 바라시는 거 있어요?"

이태진이 불쑥 물었다.

자는 어머니 옆에서 옛 여자의 배신을 떠올리는 아버지가 갑자기 서먹해졌기 때문이다.

아버지가 주춤하는 것 같았고 이태진이 내처 말을 이었다.

"전 단련되어서 배신 같은 건 당하지 않아요."

"…."

"그 토모에 씨 대신 스에코를 어떻게 처리해드릴까요?"

그때 통화가 끊어졌다.

다음 날 오전 10시가 되었을 때 신우상사에 사내 둘이 들어섰다.

"여기 사장님 계시지요?"

사내 하나가 묻자 여직원이 자리에서 일어섰다.

"네, 그런데 어디서 오셨죠?"

그때 사무실 직원들의 시선이 모였다.

"아, 우리는 검찰 수사관입니다."

사내 하나가 지갑에서 신분증을 내보이더니 사무실을 둘러보았다.

안쪽 자리에 앉아있던 조상수와 안용민의 얼굴이 하얗게 굳어졌다.

그때 여직원의 연락을 받은 정경호가 사장실에서 나왔다.

"제가 사장인데요, 무슨 일이십니까?"

"예, 조사할 것이 있어서요."

다시 사내가 신분증을 내보이자 정경호가 꼼꼼하게 보더니 고개를 들었다.

"방으로 들어가시지요."

정경호와 함께 사내 둘이 사장실로 들어갔을 때다.

자리에서 일어선 조상수가 강진수에게 다가가 말했다.

"우리는 나가겠네."

"왜 도망가려는 거죠?"

강진수가 앉은 채로 눈을 가늘게 떴다.

"도망가면 더 불리할 텐데. 잘 아시면서."

"내가 아직 준비가 덜 되었어."

"그럼 우리 회사가 문제가 될 텐데."

고개를 돌린 강진수가 옆쪽의 김영준과 박성한에게 말했다.

"야, 문 막고 있어."

둘이 벌떡 일어나 문으로 다가갔을 때 이번에는 안용민이 강진수 앞에 섰다.

"어제 약속한 대로 모두 반납하겠어. 명의 변경을 할 테니까 나가게 해주게."

"이 사람들이 정말."

자리에서 일어선 강진수가 힐끗 사장실을 보았다.

"아주 제멋대로 아냐?"

그때 서재경이 말했다.

"밖에 나가서 이야기하세요, 찾으시면 잠깐 나갔다고 할 테니까."

그러자 강진수가 이맛살을 찌푸리더니 고개를 끄덕였다.

"나가서 이야기합시다."

그러더니 김영준과 박성한을 보았다.

"너희들도 따라와, 이 사람들 도망갈지도 모르니까."

잠시 후에 사장실에서 정경호가 내선전화를 받는다.

정경호가 응답했을 때 서재경의 목소리가 울렸다.

"사장님, 서재경입니다."

서재경이 말을 이었다.

"강진수 씨가 둘을 데리고 나갔습니다."

"알았다."

전화기를 내려놓은 정경호가 앞에 앉은 두 사내를 보았다.

"두 놈이 나갔습니다. 우리 직원들이 데리고 나갔어요."

그때 사내 하나가 쓴웃음을 지었다.

"예상한 대로군요."

자리에서 일어선 사내가 정경호를 향해 고개를 숙였다.

"그럼 이만 가보겠습니다."

정경호는 웃음 띤 얼굴로 고개만 끄덕였다.

몸을 돌린 사내는 김봉철이다.

이태진의 의뢰를 받고 검찰 수사관 행세를 한 것이다.

그것을 정경호, 강진수, 서재경도 안다.

오후 3시가 되었을 때 이태진이 강진수의 전화를 받는다.

대영산업의 사무실 안이다.

강진수가 말했다.

"조상수, 안용민한테서 각각 양도받았습니다. 명의 변경도 끝났습니다."

"수고했어."

"서류는 사장님께 드리겠습니다."

"그래야지."

"사직서도 받았습니다."

강진수가 말을 이었다.

"이번에 많이 배웠습니다."

"네가 잘했어."

이태진이 칭찬했다.

"앞으로는 네가 중심이 되어서 조직을 이끌어야 돼."

"예, 실망시켜드리지 않겠습니다."

강진수의 목소리가 열기를 띠었다.

회장실 호출이 왔을 때는 오후 4시 반.

이태진이 회의실에서 고재규, 한여옥과 회의를 하고 있을 때다.

"회장님이 부르시는데요."

내선전화 수화기에서 김연주의 나긋한 목소리가 울렸다.

"알았어요."

전화기를 내려놓은 이태진이 잠깐 생각하다가 다시 전화기를 들고 버튼을 눌렀다. 곧 여자 목소리가 울렸다.

"네, 사장실입니다."

사장 비서 목소리다.

"나 중동과장 이태진인데요, 사장님 계시지요?"

"바꿔드릴까요?"

"부탁해요."

그러고는 이태진이 수화기를 귀에서 떼고 잠깐 기다렸다.

앞에 앉은 둘이 숨을 죽이고 있다.

그때 수화기에서 안석호의 목소리가 울렸다.

"아, 웬일이야?"

사장과 직통하는 사이다.

"예, 사장님."

전화기를 귀에 붙인 이태진이 힐끗 앞쪽의 한여옥과 고재규를 보았다.

"조금 전 회장님께서 들어오라는 연락을 하셨습니다."

"어, 그래?"

대번에 안석호의 목소리가 굳어졌다.

"자네 혼자?"

"예, 사장님."

"그럼 가야지."

"회장님 뵙고 나서 바로 보고 드리겠습니다."

"아니, 그러지 말고 내 직통전화로 해."

"알겠습니다."

"내 직통 전화번호 알지?"

"모르고 있는데요."

"그럼 적어."

이태진이 안석호가 불러주는 전화번호를 적고 나서 전화기를 내려놓았다.

앞쪽에 앉은 둘은 듣기만 했어도 교육이 되었을 것이다.

"어, 왔냐?"

회장실로 들어선 이태진에게 정병현이 웃음 띤 얼굴로 말했다.

인사를 한 이태진이 자리에 앉았을 때 정병현이 물었다.

"출장이 언제지?"

"일주일 후입니다."

"이번에도 한 달쯤 걸리는 거냐?"

"3주쯤 될 것 같습니다."

"내년도 오더를 확정해야겠군."

정병현이 고개를 끄덕였다.

돌아오면 9월 말인 것이다.

다시 고개를 든 정병현이 이태진을 보았다.

"사장 이야기를 들었는데 진호를 연말쯤 중동과에 배치시키는 것이 낫겠다는데, 네 생각은 어떠냐?"

"예. 그때가 적당한 것 같습니다."

"으음."

정병현이 웃음 띤 얼굴로 말을 이었다.

"그럼 적당한 때 네가 말해라. 그때 발령을 내지."

"예, 회장님."

"잘 가르쳐줘."

"알겠습니다."

"진호한테는 아직 너하고 예은이 사이는 말 안 했다."

정색한 정병현이 이태진을 보았다.

"현이가 3살쯤 되고 나서 오픈할 예정이야."

2년 후다.

이태진이 잠자코 고개를 숙였을 때 정병현이 탁자 위로 봉투를 내놓았다.

두툼한 봉투다.

"출장비가 부족할 테니까 써라. 5천 불 넣었다."

이태진이 숨을 들이켰다.

출장비는 하루 일당을 50불로 계산해 준다.

회장은 100일분을 보너스로 준 셈이다.

사무실로 돌아와서 사장 안석호에게 전화.

직통전화다.

주위 자리가 비었지만 이태진이 목소리를 낮췄다.

"회장님이 사장님 제의라고 하시면서 정진호를 연말쯤 중동과로 발령 내는 것이 어떻겠느냐고 하셨습니다."

"오, 그래? 그래서?"

"그때가 적당한 것 같다고 했습니다."

"나하고 상의했다는 말은 안 했지?"

"묻지도 않으셨습니다."

"잘했어."

안석호의 목소리가 밝아졌다.

"자네가 내 체면 세워줬다."

이제는 이런 경지까지 되었다.

리베이트는 근절되지 않았다.

윤정규가 사라진 후에 잠깐 주춤했다가 되살아났다. 양지로 되살아난 것이다.

중동과 오더가 쏟아지면서 운영하는 공장이 37곳이나 된다.

이태진은 그중 재정상태가 양호한 22곳을 선정, 매월 오더별 수지 계산을 한 후에 일정액을 받았다.

수금원은 고재규다.

그것을 한여옥이 보관, 과 운영비로 사용하고 있다.

회의실 안.

이태진이 앞에 앉은 한여옥과 고재규를 보았다.

"과 비자금을 아는 건 너희들 둘밖에 없어. 관리를 철저히 해야 돼."

둘은 긴장했고 이태진이 말을 이었다.

"윤정규를 반면교사로 삼도록 해."

"알겠습니다."

한여옥이 고개를 끄덕였다.

"실망시켜드리지 않겠어요."

이미 둘은 심복이 되었다.

공생 공사하는 관계다.

한여옥과 고재규에게는 활동비로 50만 원씩 지급되고 있었다.

아직 다른 직원들에게는 지급하지 않았기 때문에 차별이 된다.

이태진이 말을 이었다.

"다른 직원들도 곧 알게 될 거다. 그렇게 되면 갈등이 일어날 수가 있어. 그러니까 내가 출장 다녀오면 오픈하려고 하는데, 어떻게 생각하나?"

"아직 시기상조인 것 같은데요."

고재규가 정색하고 말했다.

"확실하게 믿을 수 있을 때까지는 좀 기다리는 것이 나을 것 같습니다."

"연말에 정진호가 중동과에 투입되는데."

쓴웃음을 지은 이태진이 둘을 번갈아 보았다.

"그것도 너희들 둘만 알고 있어."

"그럼 더 조심해야겠는데요."

한여옥이 이맛살을 찌푸렸다.

"감시자를 대놓고 옆에 붙이는군요."

그렇다.

감시자다.

명목은 그럴 듯하지만 감시자가 맞다.

이태진이 주력 바이어인 오마르를 데리고 나가면 대영산업이 망하는 것이다.

이태진이 고개를 끄덕였다.

"그럴수록 우리가 뭉쳐야 돼."

"저는 과장님만 따르겠습니다."

고재규가 번들거리는 눈으로 이태진을 보았다.

"그렇게 결심했습니다."

"저두요."

불쑥 말한 한여옥의 얼굴이 붉어졌다.

"고맙다."

심호흡을 한 이태진이 자리에서 일어섰다.

지금은 자신이 사장과 회장하고 독대하는 위치인 것이다.

부하들의 신임을 받으려면 힘이 있어야 된다.

그것을 망각하면 안 된다.

방심하지 말자.

서재경의 반지하방으로 찾아갔다.

미리 연락했기 때문에 안으로 들어섰더니 음식 냄새가 진동했다.

"음, 맛있는 냄새구나."

재킷을 벗으면서 이태진이 웃음 띤 얼굴로 서재경을 보았다.

"재경이 결혼하면 잘살겠다."

"아유, 이렇게 살래요."

재킷을 받아든 서재경이 눈웃음을 쳤다.

서재경은 몸에 붙는 니트 원피스를 입었다. 핑크색으로 엷어서 가슴 부위가 드러났다. 뒤에 붙어 선 서재경이 말했다.

"오빠, 씻고 나오세요. 그동안 밥 차려놓을 테니까."

이태진은 욕실로 들어섰다.

욕실에는 이태진의 잠옷까지 놓여 있다.

출장 가기 전에 서재경을 만나려고 온 것이다.

"강진수 선배가 열성적이에요."

문득 서재경이 말했을 때는 둘이 나란히 누웠을 때다.

열풍이 지나고 숨 고르기가 끝날 무렵, 만족한 쾌감에서 빠져나온 몸이 나른한 행복감에 싸인 순간이다.

서재경이 말을 이었다.

"생산적인 일을 하고 그 보수를 받는 것이 이렇게 행복한 줄 몰랐다는군요."

"배부르면 게을러지는 거야."

이태진이 서재경의 허리를 당겨 안았다.

"그리고 딴생각을 하게 되지."

"누가요?"

"다."

이태진이 서재경의 뺨에 입을 맞췄다.

"예외 없이."

"오빠도?"

"그래서 자꾸 아버지한테 전화를 해."

"왜?"

서재경이 몸을 바짝 붙였다. 부드럽고 탄력이 강한 몸이다.

"초심을 잊지 않으려고."

"초심?"

"어려웠을 때, 그리고 실패한 아버지의 인생을 떠올려서 반면교사로 삼으려고."

"…."

"넌 목표가 뭐야?"

불쑥 이태진이 묻자 서재경은 볼을 가슴에 붙였다.

"이젠 돈 벌어서 집안 도울 거야. 이번 달에 어머니한테 5만 원 보내드렸더니 놀라서 울었어요."

"…."

"남동생 졸업시키고 취직하게 되면 우리 집 형편도 좋아지겠죠."

이태진이 서재경의 눈이 반짝이는 것을 보았다.

달라지고 있다.

운동권에서 자본주의 회사원으로.

다음 날은 토요일이어서 이태진은 오전 근무를 끝내고 본가로 내려갔다.

집에 도착했을 때는 오후 4시 반이다.

충북 영동의 단층집 마당에 초가을의 햇살이 포근하게 덮여 있다.

이태진을 맞은 어머니가 활짝 웃었다.

"아버지는 6시쯤 집에 오신다고 했다."

이태진이 6시경에 도착한다고 했기 때문이다. 집에는 어머니와 둘뿐이다.

옷을 갈아입고 거실로 나온 이태진이 주방의 어머니에게 물었다.

"어머니, 아버지하고 만주에서 몇 년 동안 있었어?"

"그건 왜 물어?"

주방에서 고개만 돌린 어머니가 이태진을 보았다.

"네 아버지가 또 만주 시절 자랑하던?"

"뭐, 그냥. 근데 거기서 몇 년 있었던 거야?"

"2년쯤. 내가 스물넷에 들어갔다가 스물여섯에 나왔으니까."

"거기서 행복했어?"

"왕처럼 살았지. 중국인 하인이 스무 명도 넘었어."

등을 보인 채 어머니가 말을 이었다.

"네 아버지는 개발본부장으로 영업본부장과 함께 2인자였지. 하지만 사장의 신임을 받은 사람은 네 아버지였다."

"아버지 처세술이 뛰어난 건가?"

"빛이 났지."

순간 놀란 이태진이 숨을 들이켰다.

세상에.

어머니가 아버지를 이렇게 표현하다니.

"빛이 나?"

그때 어머니가 고개를 돌려 이태진을 보았다.

"그래. 동분서주, 조선인이면서 아버지는 일본인 간부들의 존경을 받았다.

내가 집에 있었어도 알 수 있었지. 만척의 간부급 부인들이 나한테 몰려와 온갖 이야기를 다 했으니까."

"오 마이 갓."

"영업본부장 사이토는 아버지보다 다섯 살이나 많은 동경제대 출신이었다. 그 사이토를 압도했지."

"이유가 뭔가?"

"글쎄. 돌파력, 추진력, 그리고…."

"그리고 뭐?"

그때 어머니가 얼굴을 펴고 웃었다.

이제 어머니는 주방 싱크대에 등을 붙이고 서서 이태진을 바라보고 있다. 어머니가 말을 이었다.

"조직력이 뛰어났어. 요소에 심복을 심어놓아서 정보가 빨랐다."

"하아."

감동한 이태진이 어머니를 보았다. 그러고는 심호흡을 하고 나서 묻는다.

"하지만 적도 있었을 거 아냐?"

"당연히."

어느덧 어머니도 대화에 끌려들었다. 어머니의 눈도 먼 곳을 보는 것처럼 흐려져 있다.

"많았지."

"여자는?"

"뭐라고?"

어머니의 눈에 초점이 잡혔다.

어머니의 시선을 받은 이태진이 숨을 죽였다. 오늘의 대화 목적은 이것이다.

이태진이 다시 물었다.

"여자 문제도 있었을 거 아냐?"

어머니는 시선만 주었고 이태진이 말을 잇는다.

"여자가 적이 된 적은 없어?"

"있지."

어머니가 몸을 돌렸다.

다시 그릇 부딪치는 소리를 낸 어머니의 목소리가 겨우 들렸다.

"그 이야기는 하기 싫다."

토모에 요시나가, 그 여자 근처까지 접근했다.

그다음 이야기는 나중에.

"저, 다음 주에 출장 갑니다."

이태진이 말하자 아버지가 고개를 들었다.

밤 10시 반.

저녁 식사를 마치고 부자간에 소주를 마시는 중이다. 어머니는 뒤쪽 소파에 앉아 TV 연속극을 보고 있다.

술잔을 든 아버지가 물었다.

"사우디로 가는 거냐?"

"예, 아버지. 쿠웨이트도."

쿠웨이트에 스에코가 있다는 것을 이제는 아버지도 안다.

토모에 요시나가의 딸, 스에코.

그 토모에 때문에 아버지와 어머니가 생사(生死)의 고비를 넘겼다고 했지.

그때 아버지가 한 모금에 술을 삼키고 말했다.

"건강 조심하고 연락해라."

이것으로 출장 이야기는 끝.

아마 '연락해라'라는 말에 의미가 있지 않았을까?

다음 날 아침 식사를 마쳤을 때 아버지가 말했다.

"너 좀 기다려라."

"왜요?"

"11시에 청주 아줌마가 오기로 했다."

그때 주방에 있던 어머니가 놀란 표정으로 아버지를 보았다.

"청주댁이?"

그 아줌마는 청주로 시집을 갔기 때문에 청주댁이라고 한다. 하지만 남편은 일찍 죽어서 딸 둘하고 셋이 산다.

어머니가 말을 이었다.

"당신이 오라고 한 거요?"

"그래."

"왜?"

"명화가 어제 온다고 해서 우리 집으로 데려오라고 했어."

"왜?"

"왜는 왜야?"

아버지는 이태진에게 시선을 주지 않는다.

그때 어머니가 다가와 소파에 앉았다.

"참, 내. 기어코 명화를 태진이한테 보여주려고 하는구만, 이 양반이."

"그냥 보여주기만 하는 거야."

"아버지."

이태진이 웃음 띤 얼굴로 끼어들었다.

"저, 여자 있다고 했지 않아요? 백 번 봐도 소용 없습니다."

"그냥 보기나 해."

그러자 이태진이 이를 드러내고 웃었고, 어머니도 따라 웃었다.

11시 5분 전이 되었을 때 대문의 벨 소리가 울리더니 목소리가 울렸다.

"계세요? 언니, 저 왔어요."

대문이 열려있기 때문에 벨을 누르고는 마당으로 들어온 것이다. 어머니가 밖으로 나가면서 대답했다.

"아유, 어서 와. 기다리고 있었어."

거실에 있던 이태진은 어머니의 목소리를 듣는다.

"명화도 왔구나. 더 이뻐졌네."

곧 안으로 어머니와 함께 두 여자가 들어섰다.

청주댁과 딸, 명화.

"안녕하셨어요?"

청주댁이 먼저 아버지한테 인사를 했다.

"어, 왔어?"

아버지의 응답.

이태진은 둘이 들어서는 순간부터 김명화를 보고 있다.

뭐, 2초쯤밖에 되지 않았지만 머릿속이 비워진 상태.

다만 김명화의 얼굴만 눈앞에 드러난 느낌이다.

그때 청주댁과 시선이 마주쳤고 이태진이 먼저 인사.

"오셨어요?"

"아이구, 태진이. 오랜만이구나. 잘 지냈지?"

"예, 덕분에. 건강하시죠?"

태진의 시선이 옆으로 김명화에게 옮겨졌다.

"오랜만이구나. 몰라보겠네."

김명화가 아버지한테 인사를 하기 전에 미리 말해버렸다.

김명화는 26세.

대전에서 중학교 영어교사로 근무하고 있다.

이태진과는 10년쯤 전에 김명화가 중학교 교복을 입었을 때 만난 적이 있다.

그때 이태진은 고등학교 3학년이었고 김명화는 단발머리의 말라깽이 소녀였다. 코만 안 흘렸을 뿐이지 '애'였다. 그때는 말도 한마디 나누지 않았다.

그 주제에 굉장히 수줍어하던 것만 기억에 남았는데, 오늘은 다르다.

점심을 먹기로 했다.

어머니하고 청주댁이 준비를 했고 김명화가 심부름을 했다. 셋이 주고받는 소리가 집 안을 울렸다.

아버지의 표정이 볼 만했다.

소파에 몸을 묻은 채 TV를 보았는데 얼굴에 웃음기까지 떠올라 있다. 드라마 내용이 슬픈 장면인데도 그렇다.

가장 어중간하고 불편한 느낌을 받은 것이 이태진이다.

그래서 가게를 간다면서 밖으로 나왔다.

슬그머니 화가 나기까지 했다.

가게에서 아버지 드리려고 맥주를 샀다.

그러고는 가게 앞 공중전화 부스에서 정예은에게 전화를 했다.

정예은은 방에 제 전화가 있다. 핸드폰이 나오기 전에 부잣집은 여러 개 전화번호를 갖고 있었다.

11시 45분이다.

신호음이 세 번 울렸지만 응답하지 않는다. 정예은은 제 방에 있지 않은 것 같다.

신호음을 두 번 더 듣고 나서 이태진은 전화기를 내려놓았다.

그때 이쪽으로 다가오는 김명화가 보였다.

김명화도 공중전화 부스 안에 있는 이태진을 본 것 같다. 곧장 이쪽으로 다가오고 있다.

김명화는 흰색 반팔 티셔츠에 회색 바지를 입었다.

날씬하면서 곡선이 분명한 몸매. 파마한 긴 머리를 뒤로 올려 묶어서 상큼한 목이 드러났다. 흰 피부. 또렷한 눈. 곧은 콧날. 단정한 입술.

저것이 말라깽이 애였다니.

이태진이 공중전화 부스에서 나와 김명화에게 물었다.

"왜?"

"점심 먹으러 오시래요."

"가는 참이야."

맥주가 든 비닐 봉지를 들어 보이면서 이태진이 발을 떼었다.

화창한 날씨.

늦여름에서 초가을로 넘어가는 때여서 기온도 적당하다.

영동 교외의 한적한 거리.

차도 드문드문 지나고 통행인도 드물다.

그때 옆에서 걷던 김명화가 고개를 돌려 이태진을 보았다.

"오빠, 불편하세요?"

"뭐가?"

이태진의 시선을 받은 김명화가 입술 끝을 올리며 슬며시 웃었다.

"이런 분위기."

"무슨 분위기?"

"다 알면서 그러지 마요."

이태진이 김명화의 분위기에 빨려들었다.

"야, 난 네가 말라깽이 중학생이었던 기억밖에 없었어."

"어머, 기억하고 계셨네."

주춤 발을 멈춘 김명화가 눈을 크게 떴다.

"그때 기억해요?"

"넌 세일러복을 입었지. 종아리가 젓가락 같았어."

그때 김명화가 눈을 흘겼다.

"그 첫인상이 내 이미지를 만들었군요."

"지금은 얼떨떨하다. 갑자기 신데렐라가 나타난 것 같아서."

"정말요?"

"눈부셔, 네가."

"오빠, 여자 있어요?"

"있어."

"결혼 약속 했어요?"

"약속은 안 했어."

"저에 대해서 물어보실 건 없어요?"

"없어."

"제가 이곳까지 오빠 만나러 온 이유는 알겠군요."

"알지."

"감상은?"

"나한테는 네가 과분해."

그때 김명화가 이태진의 팔을 끼었다.

눈을 크게 뜬 이태진을 끌고 발을 떼면서 김명화가 말을 이었다.

"가요, 밥 먹으러."

점심을 먹고 집을 나왔을 때 김명화가 따라 나왔다.

어른 셋이 집에 있는 것을 보면 인사를 하고 나온 것 같다.

"너도 집에 가게?"

택시정류장으로 가면서 이태진이 묻자 김명화가 고개를 끄덕였다.

"오빠 배웅하고 간다고 했어요."

"저런."

"왜요?"

"오해하실 수 있겠는데."

"놔두세요."

"오해가 점점 쌓이면 수습하기 곤란해져."

"저도 남자 있어요."

택시정류장에는 사람이 없었기 때문에 둘은 나란히 섰다. 그때 김명화가 말했다.

"아직 어머니도 모르는 남자?"

"당연하지."

이태진이 고개를 끄덕였다.

"네가 남자가 없다면 이상하지."

"당분간은 엄마 성화가 줄어들겠죠."

"엄마가 성화셔?"

"오빠 아버지하고."

"지저스."

"금방 영어 했어요?"

"내가 공자 앞에서 문자 썼냐?"

"아니."

"난 영어 욕은 잘해."

그때 택시가 다가와 멈춰 섰기 때문에 둘은 택시에 올랐다.

"너 집에 데려다주고 난 이 택시로 대전으로 곧장 갈란다."

택시에 탄 이태진이 말하자 김명화가 고개를 들었다.

"저도 대전에 갈 거예요. 엄마한테 대전 간다고 하고 나왔어요."

김명화는 대전의 아파트에서 혼자 살면서 학교에 출근한다. 이태진이 운전사하고 대전까지 운임을 합의하고는 김명화에게 말했다.

"나 다음 주에 사우디에 가."

"들었어요."

"누구한테?"

"어머니한테. 아버님이 전해주셨다고. 그러니까 이번에 데려오라고."

"아하."

"두 분이 적극적이라."

"우리 어머니도 널 좋아하시는 것 같던데."

"네."

"안됐다."

"뭐가요?"

"우리가 좀 늦게 만난 것 같지?"

"글쎄요."

"뭐가 글쎄요야?"

"오빠는 여자한테 이런 식인가요?"

"왜?"

"건성이야. 진정성이 없는 것 같아서."

"맞다."

이태진이 이를 드러내고 웃었다.

"이 말라깽이야."

"도둑놈."

"뭐?"

"오빠를 처음 본 인상."

"…."

"나를 쳐다보는 그 눈빛. 엄청난 체격. 옆을 지나갈 때 맡아진 그 악취. 오빠 첫인상은 도둑놈이었어."

"갓댐."

"그 인상이 너무 강렬해서 가끔 떠올렸어."

"근데 악취란 건 뭐냐? 내가 안 씻었나?"

"땀 냄새겠지."

"교사생활 적성에 맞아?"

"가르치는 건 좋아요. 하지만 주변 분위기가 싫어."

"다 좋을 수가 있나? 맞추든가 헤치고 나가야지."

"내 대학 동기가 대영산업 국내영업본부에서 근무해요."

고개를 든 김명화의 눈이 웃음으로 초승달처럼 굽어졌다.

"걔 통해서 오빠 이야기 다 들었지. 오빠가 대영산업의 전설이 되어가고 있다는 것."

"오 마이 갓."

"그것이 오빠의 악취하고 적절하게 어울렸어. 그 이야기를 엄마한테 했더니 오빠가 아버지를 빼닮았대."

"알라 아크바르."

"오빠, 무슬림이야?"

"널 만나게 해주신 것을 감사드리는 거야."

택시는 국도를 질주하고 있다.

오후 1시 반.

이태진은 의자에 등을 붙였다.

그때 김명화가 말했다.

"나도 기뻐요."

서울에 도착했을 때는 오후 5시 반.

이태진이 오피스텔 앞 김치찌개 식당에서 저녁을 먹는다.

이태진의 단골 식당이다.

집에서 밥 해먹기 귀찮을 때 골목 안에 있는 이 식당에서 백반이나 김치찌개, 된장찌개를 먹는 것이다. 식탁이 6개밖에 없는 작은 식당이지만 맛이 있어서 단골이 많다.

이태진이 식사를 거의 마쳤을 때다.

안으로 김봉철이 들어섰다.

웃음 띤 얼굴이다.

"저녁 식사 하실까, 술은?"

자리에 앉은 김봉철에게 물으면서 이태진이 주인을 불렀다.

김봉철이 술만 마시겠다고 해서 이태진이 돼지불고기와 소주를 시켰다.

오늘 이곳에서 김봉철과 만나기로 한 것이다.

김봉철은 이제 이태진 전속 용역회사 사장이다.

술을 한 잔 삼킨 김봉철이 술잔을 내려놓고 입을 열었다.

"어제 오후 7시 반에 프라자 호텔 일식당에서 둘이 만났습니다."

이태진의 시선을 받은 김봉철이 말을 이었다.

"상대는 남동그룹 박성순 회장의 차남 박윤호 사장입니다."

이태진이 잠자코 김봉철의 잔에 소주를 채웠다.

그때 주인이 다가와 돼지불고기를 내려놓고 돌아갔다. 식당 안에는 손님이 절반, 세 테이블이 찼다.

김봉철이 고개를 들고 이태진을 보았다.

"9시 반쯤 식당에서 나와 박 사장이 운전하는 차로 집까지 바래다주더군요."

"박윤호 사장 나이가 몇인데?"

"올해 37세. 8살, 5살짜리 딸이 있습니다. 이혼한 지 4년 되었지요."

"딱 맞는 상대로군."

"멀리서 보았지만 분위기가 좋았습니다."

김봉철이 말을 이었다.

"집 앞에서 손을 잡더군요."

"…."

"잘 되어가는 분위기였습니다."

이태진이 술잔을 들어 한 모금에 삼켰다.

지금 김봉철은 정예은의 어젯밤 행적을 보고하고 있는 것이다.

김봉철은 이태진과 정예은의 관계를 모른다. 말해줄 필요가 없었기 때문이다.

고개를 끄덕인 이태진이 주머니에서 봉투를 꺼내 내밀었다.

"내가 출장 가니까 정예은 뒷조사를 계속해줘. 돌아올 때까지."

"알겠습니다."

봉투를 받은 김봉철의 얼굴이 환해졌다.

"아예 담당 둘을 24시간 붙여놓지요."

김봉철은 지금 이태진이 의뢰한 요인(要人) 4명을 감시 중이다.

이제 하나가 늘어서 5명이 되었다.

김봉철과 헤어진 이태진이 오피스텔로 들어섰을 때는 오후 8시 반이다.

샤워를 할 때 전화벨이 울렸지만 놔두었다.

느긋하게 씻고 소파에 앉았을 때는 30분쯤 후다.

다시 전화벨이 울렸다.

오후 9시 15분이다.

전화기를 바라보던 이태진이 이윽고 손을 뻗었다.

"여보세요."

이태진이 응답했을 때 곧 정예은의 목소리가 울렸다.

"지금 왔어?"

"응, 밖에서 저녁 사 먹고."

전화기를 고쳐 쥔 이태진이 심호흡을 했다.

"서울에 6시쯤 도착했어."

"부모님 별일 없으시고?"

"응."

이태진은 어제 내려가기 전에 말한 것이다. 그때 정예은이 말했다.

"그럼 자기 수요일에 출장 가면 한 달간 못 보겠네."

"보고 싶으면 지금이라도 오든지."

"지금 갈까?"

"응."

"정말?"

딱 두 자의 말이었지만 망설임이 느껴진 것 같아서 이태진도 억지로 밀어붙였다.

"응."

"장난치지 마."

이렇게 정예은이 덮으려고 했다.

전(前)에는 이러지 않았을 것이다.

정예은과 만난 지 이제 7개월이 되었다.

그때 이태진이 짧게 웃었다.

"장난이야."

"현이만 잔다면 갔어. 지금 현이가 안 자고 있어."

"그래."

"가기 전에 시간 내서 만나? 내일 밤이라도."

갑자기 가슴이 저려왔기 때문에 이태진이 어금니를 물었다.

이것도 내 잘못일까?

'떠나는 사람 잡지 않고, 오는 사람 막지 않는다.'

이것이 이태진의 이성관이었다.

스스로 새겨 넣은 연애관이다.

듣기에는 단순하고 명쾌한 주장이었지만 바탕을 보면 여자에 대한 불신, 무책임에다 철저한 계산이 깔려 있다.

이태진은 지금까지 단 한 번도 진정한, 순수한 사랑을 한 적이 없는 것이다.

어렸을 때 상처를 많이 받았다.

그것에 대한 반작용으로 보호 본능이 작용했을 것이다.

정예은과 통화를 끝낸 이태진은 푹 잤다.

정예은과의 추억도 떠오르지 않았다.

출장.

먼저 카이로로 날아갔다.

무스타파의 백화점 프로젝트 때문이다.

공항에는 연락을 받은 바스란이 마중을 나와 있었는데, 이태진을 보더니 포옹을 하고 뺨을 세 번 부딪쳤다.

"다 끝냈습니다."

이태진의 가방 하나를 받아들면서 바스란이 말했다.

"호텔에서 보고 드리지요."

오후 3시다.

나일 강변에 위치한 힐튼호텔에 투숙한 이태진은 바스란이 가져온 '백화점 프로젝트' 브리핑을 받았다.

가져온 자료는 성의 있게 만들어졌지만 현장조사가 미흡했다. 자료 분량만 많았지 내용이 부실했다.

예상했던 대로였다.

그동안 이태진은 한국에서도 대학교수에게 부탁해서 '카이로에서의 백화점 운영'에 대한 보고서를 가져온 것이다.

영문으로 작성한 것이어서 바스란의 보고서와 비교가 되었다.

그러나 밤늦게 브리핑이 끝났을 때 이태진은 자료를 챙기고 나서 준비한 봉투를 내밀었다.

"수고했습니다. 잔금입니다."

바스란은 오마르의 매니저 카림의 사촌이다.

카림의 소개로 만난 터라 나름대로 성의를 보인 것이다.

다음 날 오전 10시에 호텔 로비로 전기용이 찾아왔다.

자리에 앉은 전기용이 웃음 띤 얼굴로 이태진을 보았다.

"이곳에서 아래쪽 아마드 호텔이 자금난으로 종업원 임금도 지급하지 못하고 있습니다."

전기용이 말을 이었다.

"세퍼즈 호텔 아래쪽의 4성급 호텔인데 18층에 1,400실 규모입니다."

"그렇다면 이곳 힐튼호텔 아래쪽입니까?"

"500미터쯤 됩니다."

전기용이 봉투에서 서류를 꺼내 내밀었다.

서류는 영문으로 타이핑되었다. 보고서를 영문으로 작성한 것이다.

서류에서 시선을 든 이태진에게 전기용이 말했다.

"주인은 하슈드라는 이집트 인인데, 지금 피신 중이라고 합니다."

"호텔은 영업 중인가요?"

"예. 그럭저럭. 하지만 관리가 엉망이지요. 쉬쉬하고 있어서 아직 소문은 크게 번지지 않았습니다."

"하슈드는 호텔을 매각할 의사가 있습니까?"

"아직 모릅니다."

전기용이 고개를 저었다.

"이 정보는 연줄을 통해서 아마드 호텔 객실부장한테서 들은 겁니다."

그러고는 전기용이 탁자 위에 녹음테이프를 내려놓았다.

"이 테이프에는 저하고 객실부장 핫산과의 대화 녹음이 들어있습니다."

이만하면 충실한 작업이다.

만족한 이태진이 주머니에서 잔금이 든 봉투를 꺼내 내밀었다.

"이건 잔금입니다."

"감사합니다."

전기용이 봉투를 받았을 때 이태진이 말을 이었다.

"아마드 호텔 사주 하슈드에게 호텔 매각 의사를 타진해줬으면 좋겠는데, 가능할까요?"

"해보지요."

이태진이 전기용을 보았다.

"사우디의 오마르 사무실로 결과를 알려주시구요."

전기용의 정보력이 믿을 만한 것이다.

"감사합니다."

고개를 든 전기용이 생기 띤 얼굴로 이태진에게 말했다.

"서둘러보겠습니다."

"오, 미스터 리."

이태진의 인사를 받은 무스타파가 밝은 목소리로 말했다.

"지금 어딘가?"

"카이로에 와 있습니다. 백화점 프로젝트 관계로 온 겁니다."

"오케이, 언제 리야드로 오나?"

"사흘 후에 가겠습니다."

"오케이, 비행 편을 내 비서실로 알려주면 일정을 비워놓겠네."

무스타파의 목소리에 생기가 있다.

의뢰한 지 한 달 반 만에 1차 보고가 된다.

예정보다 빠르다.

이번 중동 출장의 주목적은 무스타파의 백화점 프로젝트다.

그동안 서울에서, 카이로에서도 바스란과 전기용에게 각각 용역을 주었기 때문에 3곳의 자료를 모았다. 이것을 종합, 정리해야 제대로 된 보고서가 된다.

오후 2시가 되었을 때 호텔 로비로 동양인 여성이 들어섰다.

히잡을 썼기 때문에 얼굴만 드러났고 긴소매 셔츠에 검은색 바지를 입었고 운동화를 신었다.

주위를 둘러본 여자가 이태진과 시선이 마주치자 곧장 다가왔다.

여자가 다가섰을 때 이태진이 자리에서 일어섰다.

"유성희 씨?"

"네, 유성희입니다. 이태진 씨죠?"

"맞아요. 앉으세요."

인사를 나눈 둘은 자리에 앉았다.

유성희는 카이로의 유서 깊은 대학 알 아즈하르 대학의 경제학과 교수다. 4년 전 런던대에서 박사 학위를 받고 이곳에서 교수로 근무하고 있다.

34세. 수니파 무슬림이다.

유성희가 탁자 위에 서류봉투를 내려놓았다.

"20일 동안 작성한 분석서류인데 재미있었어요."

유성희가 정색하고 이태진을 보았다.

"이런 분석은 처음이었거든요."

"그렇습니까?"

봉투에서 꽤 두툼한 서류를 꺼낸 이태진이 서너 장을 넘겼다. 영문으로 작성한 자료는 20여 장이나 된다.

유성희가 말을 이었다.

"시장조사는 각종 데이터를 근거로 했고 전망은 해당 종사자를 인터뷰하고 결산자료를 참조했어요."

이태진이 고개를 끄덕였다.

유성희는 한국에서 시장 개척에 대한 자료를 맡았던 한국대 교수 안동진의 소개를 받았다. 유성희가 안동진의 제자였던 것이다.

그런데 이태진이 유성희에게 맡긴 과제는 '카이로의 호텔 설립이 부정적인 이유'였다.

호텔 설립이 되어서는 안 되는 이유를 조사하는 것이다.

그때 이태진이 유성희를 보았다.

"내 옆방을 빌려놓았는데요, 스위트룸이어서 침실이 2개입니다. 괜찮겠지요?"

"스위트룸이라니. 행복하지요."

유성희가 여전히 정색한 얼굴로 말했다.

"3시까지 조교가 타자기를 갖고 올 겁니다."

이태진이 고개를 끄덕였다.

이틀 동안 이태진은 유성희와 함께 모든 자료를 집합, 프로젝트를 완성하려는 것이다. 유성희의 부정적인 자료까지 포함해서다.

이태진이 유성희에게 주머니에서 꺼낸 봉투를 내밀었다.

2천 불이다.

"조사용역비입니다."

"감사합니다."

유성희가 봉투를 받더니 잠자코 가방에 넣었다.

그때 이태진이 말을 이었다.

"이틀 후에 자료정리를 끝내고 다시 1천 불을 드리지요."

"그건 너무 많은데요."

대답한 유성희가 고개를 들고 이태진을 보았다.

"5백 불이면 적당합니다."

"종합할 때 상의도 해야 하니까요."

이태진도 정색하고 유성희를 보았다.

"자료가 네 부분에서 모였습니다."

유성희의 시선과 부딪쳤을 때 이태진이 숨을 들이켰다.

히잡에 싸인 얼굴이 멀게 보인다.

이유는 알 수 없다.

오후 5시부터 스위트룸에서 정리 작업이 시작되었다.

유성희와 함께 서울의 안동진, 카이로의 바스란, 전기용의 자료를 집합하고, 빼고, 수정하고, 순서를 정하는 작업이다.

유성희의 보고서는 별도다.

정리한 서류는 유성희의 조교 파산트가 타자를 쳤다.

저녁 8시가 되었을 때 룸서비스를 시킨 저녁 식사가 도착했다. 진수성찬이다.

놀란 파산트가 숨을 들이켰다.

파산트는 28세. 흑진주가 연상되는 미인이다. 방 안에서도 히잡을 쓰고 있었기 때문에 갸름한 얼굴만 드러나 있다.

셋이 식탁에 둘러앉았을 때 유성희가 말했다.

"저도 이런 진수성찬은 처음이에요."

그러나 역시 차분한 표정이다.

유성희는 히잡을 벗었기 때문에 쇼트커트 한 머리에 둥근 얼굴, 눈꼬리가 조금 솟은 눈매가 드러나 차가운 분위기를 풍긴다.

바닷가재를 포크로 찍으면서 유성희가 말했다.

"제가 봐도 이 정도는 훌륭한 프로젝트 보고서예요. 더구나 부정적인 자료까지 추가시킨 것은 저도 처음입니다."

칭찬이다.

유성희가 힐끗 이태진을 보았다.

"착상이 뛰어났어요."

교수가 학생에게 하는 말 같다.

유성희는 이태진보다 네 살 연상이다.

밤. 12시 반.

방으로 돌아온 이태진이 제다의 오마르에게 전화를 했다. 이 시간이면 오마르는 시장의 가게에 나가 있다.

오마르가 밝은 목소리로 전화를 받는다.

"아직도 카이로야?"

"응, 이틀 후에 리야드로 갈 거야."

"바쁘군, 브라더."

오마르가 말을 이었다.

"무스타파는 억만장자야. 소문이지만 재산이 55억 불이라네. 그 돈을 모두 해외 주식에 투자했는데 남에게만 맡긴 것이 재미없어서 직접 회사를 운영하고 싶다는 거야."

"그렇군."

"무스타파에게 호텔쯤은 문제가 아냐. 항공회사를 만들 수도 있어."

오마르는 이태진이 무스타파와 밀접해진 것을 반기는 분위기다.

이태진을 통해 무스타파, 아즈란, 함단 가문과 연결될 수 있기 때문이다.

사업가에게 가장 필요한 것은 인맥이다.

오마르가 목소리를 낮췄다.

"리, 인연을 소중히 관리하게."

이것이 결국 오마르에게 득이기 때문이지.

다음 날 오후.

자료의 정리를 마친 이태진이 유성희와 함께 호텔을 나왔다. 유성희가 아마드 호텔을 가보자고 했기 때문이다.

호텔 방에서는 파산트가 타이핑 중이다.

강을 따라 500미터쯤 내려갔더니 세퍼즈 호텔 아래 쪽에 위치한 아마드 호텔이 보였다.

18층의 흰 건물이다.

"진입로도 바꿔야겠어요."

유성희가 가방에서 수첩을 꺼내 메모하면서 말했다.

"건물 색깔도 바꿔야겠고."

오후 3시 반.

날씨가 더웠기 때문에 이태진은 빨리 호텔 안으로 들어가고 싶은 생각뿐이다.

유성희는 계속 혼잣말을 하면서 메모를 하며 다가간다.

이것이 공부 잘해서 박사를 따고 세계 최고(最古) 대학의 교수가 된 사람의 자세인가?

유성희는 아랍어에도 유창하다.

그래서 이태진은 커피숍에 앉아있었고 유성희가 돌아다녔다.

대리석이 깔린 호텔 내부는 힐튼호텔과도 차이가 나지 않았다. 그런데 종업원이 드물었고 커피숍에는 손님이 대여섯 명뿐이다.

백문이 불여일견이다.

자세히 볼수록 호텔이 불경기라는 것이 드러났다.

한 시간도 더 지났을 때 커피숍으로 유성희가 들어섰다.

다가온 유성희가 앞쪽에 앉더니 이태진을 보았다.

"객실과 부매니저가 내 제자예요."

"아, 그렇군요."

그래서 와보자고 했구나.

유성희가 말을 이었다.

"호텔이 지금 압박을 받는 건 확실해요. 그런데 원인은 소유주 하슈드 형제간의 갈등 때문이랍니다. 하슈드의 형 칼리프가 소송을 걸어서 재산을 동결시켰기 때문에요."

전기용은 그 내막까지는 모르고 있다.

고개를 든 유성희가 이태진을 보았다.

"내 제자는 하슈드의 내연녀예요."

유성희의 두 눈이 번들거렸다.

"그래서 하슈드 형제간의 갈등을 잘 알아요. 하슈드는 3천만 불이면 이 호텔을 매각하고 미국으로 도피하겠다고 하는군요."

"아아!"

"하지만 소문이 나면 형이 방해할 것이기 때문에 은밀하게 프랑스의 친지와 교섭하고 있는데, 잘 안 되는 모양이에요."

"아아!"

"호텔 양도는 전혀 문제가 없답니다. 3천만 불이면 엄청나게 싼 금액이죠. 옆쪽 세퍼즈가 1,500실 규모인데 1억 불이 된다는군요."

하지만 세퍼즈가 특급호텔이긴 하다.

아마드 호텔은 4성급 호텔인 것이다.

"가장 중요한 보고서가 되었네요."

마침내 이태진이 유성희를 응시한 채 말했다.

"유 교수님은 이 프로젝트에 갑자기 등장한 여신입니다."

"여신?"

되물은 유성희의 얼굴에 처음으로 희미하게 웃음기가 번지더니 금세 사라졌다.

유성희가 알아 온 아마드 호텔의 내막은 따로 보고서를 작성했다.

전기용의 정보는 보완자료가 되었다.

그날 오후 8시.

서류 작성을 다 끝낸 둘이 이번에는 호텔 2층 식당에서 저녁을 먹는다.

파산트는 먼저 보냈다.

"재미있었어요."

스테이크를 삼킨 유성희가 이태진을 보았다.

"그리고 이 현장에 뛰어든 이태진 씨가 자랑스러웠습니다."

"이런."

포크를 내려놓은 이태진이 쓴웃음을 지었다.

"어쩌다 보니까 이곳까지 흘러온 겁니다. 운이 좋았을 뿐이죠."

"원인이 있었겠죠."

여전히 정색한 유성희가 포도주 잔을 들었다.

유성희의 볼이 붉어져 있다.

술기운이다.

그때 이태진이 말했다.

"앞으로 신우상사의 고문이 되어 주시기 바랍니다. 제가 수시로 연락드릴 테니까요."

"그러죠."

유성희가 선선히 동의했다.

"저도 이태진 씨의 미래에 대해서 관심이 많으니까요."

"카이로에 계속 계시겠지요?"

"네. 아직 계약 기간이 3년이나 남아있으니까요."

포크를 내려놓은 유성희가 말을 이었다.

"이 부장님이 카이로에 기반을 굳히실 때까지는 이곳에 있겠죠."

고개를 든 유성희가 더 상기된 얼굴로 이태진을 보았다.

"결혼하셨어요?"

"안 했습니다."

"안 하는 게 좋죠."

"무슨 뜻입니까?"

"나이가 되면 결혼해야 된다는 관습은 버려도 돼요."

"동의합니다."

이태진이 고개를 끄덕였다.

"앞으로 자주 가르침을 받겠습니다."

그때 유성희가 눈꼬리를 조금 내리면서 웃었다.

"의미심장한 말씀 같은데요."

"뭐가 말입니까?"

"남녀관계는 내가 배워야 할 입장 같아서요."

"그럼 그것은 가르쳐 드리지요."

술잔을 내려놓은 이태진이 유성희를 보았다.

"지하 클럽에서 한잔하실까요?"

"좋아요."

유성희가 고개를 끄덕였다.

클럽 안은 어두웠고 조명이 바닥만 훑고 지날 뿐이다.

손님이 드문드문 앉은 홀 안에 낮고 밝은 분위기의 재즈 음악이 흐르고 있다.

이곳에서는 위스키를 시켜서 둘이 쿠션이 깊은 의자에 파묻히듯 앉아 마셨다.

"유 교수님 댁은 어디죠?"

이태진이 묻자 유성희가 고개를 돌려 이태진을 보았다.

둘은 나란히 앉아 플로어를 바라보는 중이다.

"신시가지에 대학교수용 관사가 있어요. 10평쯤 되는 독신자 숙소인데 지낼 만해요."

"내가 자주 카이로에 올 겁니다."

한 모금에 술을 삼킨 이태진이 말을 이었다.

"이집트를 아프리카 유통사업의 근거지로 만들 겁니다."

"그렇다면 출입국 관세부터 낮춰야 돼요."

유성희의 두 눈이 불빛을 받고 반짝였다.

"정부 고위층을 움직여야 하는데 방법은 있어요."

고개를 끄덕인 이태진이 문득 물었다.

"추실까요?"

마침 블루스 음악이 흘러나오는 중이다.

자리에서 일어선 이태진이 손을 내밀었고 유성희가 손을 잡았다.

유성희를 안은 이태진이 플로어에서 조명을 따라 스텝을 밟고 있다.

춤을 군대 시절에 배웠다면 믿지 않는 사람이 많다.

그러나 이태진은 강원도 원통의 최전방 초소에서 블루스, 탱고, 차차차까지 배웠다.

무려 2년 동안이다.

이태진의 후임으로 들어온 졸병이 소문난 제비였기 때문이다.

나이도 5살이나 위인 그 졸병으로부터 벙커 안에서, 막사에서, 때로는 향로봉 참호에서 춤을 배웠다.

향로봉에서 벙커 작업을 할 때였으니까.

"잘 추시네요."

플로어를 한 바퀴 돌았을 때 유성희가 더운 숨을 이태진의 목에 뱉으면서 말했다.

춤을 추면 상대의 몸을 알 수가 있다. 은밀한 부분의 구조까지 드러난다.

그것을 상대방도 아는 터라 자극을 받는 것이다.

유성희의 몸은 날씬하게 보였지만 탄력이 있는 데다 볼륨이 크다. 허벅지는 단단했고 허리의 곡선은 산뜻하게 휘어졌다.

플로어에서 춤을 추던 두 쌍의 서양인이 이태진을 위해 속도를 늦추거나 비켜주었다.

이런 때 쾌감이 일어난다.

그때 유성희가 말했다.

"그 프로젝트 의뢰인은 누구죠?"

"그건 아직 밝힐 수 없어요."

이태진이 유성희의 몸을 당겨 안았다.

"하지만 제일 먼저 알려드리죠."

"백화점 설립이 부정적인 이유까지 프로젝트에 넣다니 당신은 기업가로서도 성공할 겁니다."

"그래요?"

"오퍼상의 부장이라고 했죠?"

"그래요."

"당신을 내 연구과제로 넣고 싶어요."

그때 움직임을 멈춘 이태진이 유성희를 내려다보았다.

몸은 이미 뜨거워져 있었고 유성희도 그것을 안다.

그때 이태진이 몸을 떼고 손을 풀었다. 그러고는 웃음 띤 얼굴로 말했다.

"춤 잘 췄습니다."

빌린 스위트룸은 오늘 밤까지 묵을 수 있었기 때문에 이태진은 유성희를 방 앞까지 배웅했다.

그러고는 눈인사를 하고 나서 몸을 돌렸다.

이태진의 방은 바로 옆방이다.

다음 날 오전 9시가 되었을 때 유성희가 호텔을 떠났다.

이태진은 아마드 호텔 소유주 하슈드와 접촉하는 역할을 맡기고는 유성희에게 봉투를 건네주었다.

봉투에는 약속한 1천 불 외에 1천 불을 더 넣어서 2천 불이 들어있다.

내용물을 확인하지도 않고 가방에 넣은 유성희가 이태진에게 말했다.

"다시 만나게 되겠죠?"

유성희의 방 안이다.

마주 보고 선 이태진에게 유성희가 처음으로 이를 드러내고 웃었다.

전혀 다른 모습이 되었기 때문에 이태진이 숨을 들이켰다.

이태진의 대답도 듣지 않고 유성희가 몸을 돌려 먼저 방을 나갔다.

리야드에 도착한 이태진은 곧장 무스타파의 저택으로 안내되었다.

오후 6시 반.

오늘은 함단, 아즈란 등 사촌들이 참석하지 않고 둘이 독대한 것이다.

"자, 우선 식사를 하고 이야기를 듣지."

무스타파가 밝은 얼굴로 이태진의 팔을 끌었다.

이태진의 빠른 작업에 만족한 것이다.

쟁반에 놓인 양고기와 밥으로 식사를 마친 둘은 옆방으로 옮겨갔다.

소파에 앉았을 때 이태진이 무스타파에게 서류를 건네주었다. 자신도 한 부를 든 이태진이 브리핑을 시작했다.

종합된 내용을 보고한 후에 백화점 설립이 부정적인 이유를 설명했을 때 무스타파가 이를 드러내고 웃었다.

"독특하군."

"나쁜 정보도 있어야만 합니다."

"과연."

무스타파가 커다랗게 고개를 끄덕였다.

"훌륭해. 참조가 되겠어."

"그리고 이것은 호텔에 대한 자료입니다."

이태진이 다시 서류 하나를 내밀었다.

아마드 호텔에 대한 자료다.

유성희가 조사한 내용까지 첨부되어 있는 것이다.

긴장한 무스타파가 서류를 읽더니 고개를 들었다.

두 눈이 번들거리고 있다.

"백화점 프로젝트는 그대로 진행하고, 호텔 인수건도 바로 추진하도록 하지."

"호텔도 추진합니까?"

"미스터 리가 맡아주게. 전권을 맡기겠네."

"알겠습니다."

"4천만 불까지 낼 용의가 있으니까 미스터 리만 알고 있도록."

무스타파가 웃음 띤 얼굴로 이태진을 보았다.

"오늘부터 자네는 내 대리인이야. 내일 변호사 시켜서 대리인 등록을 하겠네."

이태진은 숨을 들이켰다.

무스타파의 대리인이 된 것이다.

함단과는 급이 다르다.

다음 날 오전에 이태진은 무스타파의 사무실로 찾아가 대리인 계약을 했다.

이집트 카이로에 설립할 백화점, 호텔 사업에 무스타파의 공식 대리인이 된다는 계약이다.

무스타파는 사업에 전권을 위임했는데 이번 프로젝트 브리핑이 결정적인 역할을 했다.

프로젝트 보고서에 백화점 설립이 부정적인 이유를 첨부한 것이 감동을 준 것이다.

이제는 이태진이 무스타파의 지시를 일일이 받지 않고 프로젝트를 수행할 수 있게 되었다.

오후에 함단의 사무실로 들어섰더니 함단이 빙그레 웃었다.

"리, 축하하네. 무스타파의 대리인이 되었더구만."

"모두 당신 덕분입니다."

함단과 빰 인사를 마친 이태진이 웃음 띤 얼굴로 말을 이었다.

"이번에 검사원을 대폭 보강했습니다. 앞으로 더 철저하게 검사를 해서 불량품 수출을 최대한 줄일 겁니다."

"그렇지 않아도 내가 걱정하던 중이었어. 불량품에 대한 클레임이 많아졌어."

"앞으로는 줄어들 겁니다."

"어쨌든 리, 자네는 우리 가문과 단단하게 인연이 맺어졌네."

함단이 말을 이었다.

"무스타파의 백화점이 중동지역에 뻗어나가면 내 상품도 그곳에 진열이 될 테니까."

그렇다.

함단이 수입한 상품이 무스타파의 백화점에 공급되는 것이다.

사촌간의 협업이다.

이태진은 함단의 에이전시임과 동시에 무스타파의 사업 대리인이다.

함단의 내년도 수입계획은 2,200만 불.

이미 지난번 리야드에 왔을 때 계획서를 받아놓은 상태다.

리야드에서 이틀 밤을 보낸 이태진이 제다에 도착했을 때는 오후 6시경이다.

공항에는 카림이 마중 나와 있었다. 인사를 마친 카림이 말했다.

"오마르는 쿠웨이트에 가셨습니다. 사흘쯤 후에 돌아오실 겁니다."

"그럼 나도 쿠웨이트에 가야겠군."

"오마르한테 연락하지요."

카림이 말을 이었다.

"바스란한테서 이야기 들었습니다. 여러 가지로 고맙습니다."

"천만에. 내가 도움을 많이 받았지."

차에 오른 둘은 시내를 향해 달렸다.

이집트 인은 중동의 핵심 국(國)이라는 자부심이 높다.

수천 년을 이어온 문명국으로 방대한 문화유산이 그 자부심의 원천이 될 것이다.

카림이 비록 사우디에서 북예멘 태생인 오마르 아무디의 고용원이지만 그 자부심을 버렸을 리는 없다.

이태진이 고개를 들고 카림을 보았다.

"카림, 내가 함단 가문의 대리인이 되었어."

"축하드립니다."

카림이 백미러로 이태진을 보았다.

"이제 사우디 입출국도 자유롭게 되신 겁니다. 공항에 나가보시면 알게 되시겠지요."

무스타파한테서도 들었지만 아직 겪어보지는 않았다. 그러나 카림의 태도가 달라진 것이 눈에 띄었다.

금세 달라진 것이다.

제다 시장을 둘러본 이태진이 호텔 방에서 전화기를 들었다.

오전 2시.

한국은 오전 8시다.

"여보세요."

신호음 두 번 만에 아버지가 응답했다.

"접니다, 아버지."

"넌 줄 알았다."

아버지의 목소리는 맑다. 어젯밤에 술을 마시지 않은 것 같다.

"별일 없으시죠?"

"없지. 있을 리가 있나? 지금 어디냐?"

"사우디인데요. 제다입니다."

"거긴 몇 시지?"

"오전 2시요."

"안 자고 전화하는 거냐?"

"여기 시장은 지금도 일합니다."

"밤에 서늘해서 그런가?"

"그런 것도 있구요."

"네 어머니는 가게에 갔다."

아버지가 말을 이었다.

"그런데, 그 토모에의 딸, 그 애가 쿠웨이트에 있다고 했지?"

"네?"

갑자기 생소한 이름이 불렸기 때문에 이태진이 눈을 크게 떴다.

다음 순간 그것이 스에코의 어머니 이름이라는 것이 떠올랐다.

"아, 그래요. 쿠웨이트에 있습니다."

"너, 그 애한테 내 이야기 한 거냐?"

"무슨 이야기요?"

"내 일본 이름을 알려준 거냐?"

"아뇨, 아직."

"이것이 기이한 인연이지만 내 이름을 말해줄 필요 없다."

"나쁜 인연인가요? 아버지하고 토모에 씨하고 말입니다."

"그런 셈이지."

아버지의 목소리가 낮아졌다.

"악연이지."

"좋은 추억은 없으세요?"

"결과가 나빠, 마지막이."

"…."

"갑자기 30여 년 전의 일이 지금 다시 머릿속에 펼쳐질 줄은 몰랐구나."

"그런가요?"

"우리의 아들인 네가, 그 여자, 토모에의 딸과 인연이 만들어졌다는 건 운명의 장난이긴 하지. 하지만…."

숨을 고른 아버지의 말이 이어졌다.

"내 인연에 신경 쓰지 말거라, 다 흘러간 일이니까."

"예, 아버지."

"내가 그 말을 하려고 네 전화를 기다렸다."

아버지의 목소리가 조금 밝아졌다.

"아무도 믿지 마. 큰 사업을 할 때는 너 혼자서 결단해야 돼."

다음 날 오후.

이태진이 제다 공항의 출국 심사관 앞에 섰다.

쿠웨이트 입국 비자를 받았기 때문에 여권과 함께 내밀었더니 심사관이 앞쪽 서류를 뒤적거리다가 곧 스탬프를 찍었다.

"쾅."

스탬프 소리가 경쾌하게 울렸다.

지금까지 이렇게 빨리 출국 스탬프가 찍힌 것은 처음이다.

쿠웨이트에 입국할 때도 이상했다.

입국 심사관이 이태진의 여권을 받자마자 허리를 세우면서 스탬프를 찍은 것이다.

5초도 안 걸렸다.

다른 때는 이것저것 묻느라고 5분도 더 걸렸을 것이다.

수하물 찾는 곳에 나와서야 그 이유를 알 수 있었다.

사우디에서 VIP가 탔다고 연락이 간 것이다.

그러니까 짐 가방이 가장 먼저 나와 있는 것이지.

4장 배신

공항에는 연락을 받은 오마르가 기다리고 있었는데, 쿠웨이트 지사장 말라피도 함께 나왔다.

"리, 굿 뉴스야. 말라피가 내년 오더를 확정했네. 그게 얼마인지 알겠나?"

차에 탔을 때 오마르가 물었다.

운전석에 앉은 말라피는 싱글벙글 웃었다.

이태진이 고개를 기울였다.

"글쎄, 50만 불?"

"1백만 불이야."

오마르가 목소리를 높였다.

"쿠웨이트가 급성장할 것 같네."

"역시 당신은 사람 보는 눈이 있어."

이태진도 얼굴을 펴고 웃었다.

말라피는 올해 하반기에 30만 불을 수입할 예정인 것이다. 그런데 내년에는 3배 이상 성장하게 된다. 그것은 말라피 가문의 재력 때문이다.

그때 고개를 든 이태진이 오마르를 보았다.

"오마르, 내가 무스타파의 사업 대리인이 되었어."

"알라 아크바르."

두 손을 들어 올린 오마르가 정색했다.

"리, 축하하네. 이젠 자네도 VIP가 되었어."

"무슨 말이야?"

"무스타파는 공주 남편이야. 왕족에 끼는 인물이지. 그 무스타파의 사업 대리인이 된 거야."

오마르가 다시 두 손을 들었다.

이것은 오마르에게도 득이다.

자신은 VIP인 이태진의 동업자인 셈이니까.

말라피의 사무실에서 내년 오더 내역서까지 받았을 때는 오후 6시 반이다.

같이 저녁을 먹은 이태진이 오후 9시가 되어서야 호텔로 돌아왔다.

중동의 9시는 초저녁이나 같다.

씻고 나온 이태진이 스에코에게 전화를 했다. 스에코에게는 연락도 안 했기 때문에 이태진이 중동에 온 것도 모를 것이었다.

전화벨이 3번 울렸을 때 스에코가 응답했다.

"모시모시."

"스에코, 나야."

"앗, 진."

스에코는 이태진을 진으로 부르기도 한다. 놀란 스에코가 목소리를 높였다.

"지금 어디야?"

"쿠웨이트."

"세상에. 언제 왔는데?"

"오늘 오후에."

"지금 호텔 방이야?"

"그래. 르네상스 호텔."

"여기로 올 거야? 아니면 내가 갈까?"

"올래?"

"몇 호실이야?"

"1702호실."

"오케이. 바로 갈게."

통화를 끝낸 이태진이 길게 숨을 뱉었다.

만족한 한숨이다.

30분쯤이 지났을 때 문에서 벨 소리가 났다.

문을 연 이태진은 웃음 띤 얼굴로 서 있는 스에코를 보았다.

"스에코."

그때 스에코가 두 팔로 이태진의 목을 두 팔로 감싸 안았다. 엉겁결에 스에코의 허리를 안아 든 이태진에게 스에코가 입을 맞췄다. 부드럽고 뜨거운 키스다.

이태진이 스에코를 안은 채 방에 들어왔다가 곧 몸을 돌렸다.

스에코를 내려놓은 이태진이 문 앞에 내려놓은 가방을 가져왔다.

밤.

눈을 뜬 이태진이 침대에서 일어나 냉장고에서 물병을 꺼내 병째로 물을 삼켰다.

침대로 돌아온 이태진이 다시 누웠을 때다.

자는 줄 알았던 스에코가 이태진에게 몸을 붙이면서 물었다.

"진, 아버지 일본 이름 알아냈어?"

"나카무라."

이태진이 바로 대답했다.

물어볼 줄 알고 준비해놓은 이름이다.

스에코가 고개를 끄덕였다.

"나카무라 씨였군. 내가 어머니한테 아시는 분이냐고 물어볼게."

"우리 아버지한테 네 어머니 이름 말했더니 모르는 분이라고 하던데."

"아, 그래?"

스에코가 눈을 크게 떴지만 실망한 표정은 아니다.

이태진이 스에코의 허리를 당겨 안았다.

아버지는 처음에 토모에를 좋게 표현했다.

미인이라고 했던가?

그러다가 마지막에 배신한 여자, 어머니의 생명까지 위협했던 여자라고 했다. 그러고는 스에코에게 이름을 알려주지 말라고 했다.

감정 기복이 심해진 이유를 알 필요는 없고 알고 싶지도 않다.

하지만 아버지 말대로 숨기는 것이 낫다고 생각한 것이다.

그때 스에코가 말했다.

"어머니가 만척 때 사랑했던 조선인이 있었다고 했어."

이태진의 가슴에 불을 붙인 스에코가 말을 이었다.

"이름이 오야마(大山)라고 했어."

"…."

고개를 든 스에코가 이태진을 보았다.

방의 불을 꺼놓았지만 베란다의 유리문을 통해 들어온 도시의 불빛을 받아 스에코의 웃음 띤 얼굴이 드러났다.

"난 은근히 진 아버지가 오야마 씨이기를 바랐는데."

"아쉽다."

"그럼 기가 막힌 인연이 될 텐데, 그렇지?"

"드라마 소재로도 딱 맞겠지."

"안아줘."

몸을 붙이면서 스에코가 말했다.

다음 날 말라피가 사인한 내년분 쿠웨이트 오더 리스트를 받아든 이태진은 오마르와 함께 공항으로 나왔다.

이태진은 다시 카이로로, 오마르는 바레인으로 떠나려는 것이다.

오마르는 바레인 지사에 들를 예정이다.

공항 출국장 앞에서 오마르가 정색하고 말했다.

"리, 함단 가문과의 인연을 잘 지키도록 하게."

"알고 있어, 오마르."

오마르는 다섯 살 연상이지만 이제 둘은 형제처럼 의지하고 있다.

오마르가 말을 이었다.

"리, 서둘지 말고."

"고마워."

"회장 아들이 온다고 이상하게 생각할 것 없어. 나라도 그랬을 테니까."

"알았어."

이태진의 얼굴에 쓴웃음이 떠올랐다.

오마르에게 정진호 이야기도 해준 것이다. 그러나 정예은과의 관계는 말해주지 않았다.

카이로행 비행기가 먼저 출발했기 때문에 이태진이 오마르를 안고 볼을 비볐다.

오마르는 동업자나 같다.

카이로 힐튼 호텔에 투숙했을 때는 오후 3시 반이다.

5시에 방문에서 벨 소리가 났다.

문을 연 이태진은 웃음 띤 얼굴로 서 있는 유성희를 보았다. 유성희는 오늘도 검은색 히잡을 썼고 흰색 바지 차림이다.

방으로 들어선 유성희가 말했다.

"잘될 것 같아요."

아마드 호텔을 말하는 것이다.

소파에 앉은 유성희가 말을 이었다.

"하슈드를 만났어요. 형인 칼리프하고 결산만 하면 아마드 호텔을 매각할 수 있다고 했습니다."

"잘하셨네요. 칼리프하고는 무슨 문제가 있습니까?"

"부채가 8백만 불쯤 있다네요."

고개를 든 유성희가 이태진을 보았다.

"하슈드는 4천만 불이면 매각하겠다는데 내 제자 마리는 3천만 불 정도까지 깎을 수 있다는군요."

"좋은 제자를 두셨네요."

"직원들이 빨리 호텔이 정상화되기를 바라는 거죠."

"하슈드를 만나게 해주실 수 있죠?"

"그럼요."

유성희가 고개를 끄덕였다.

"내가 알 아즈하르 대학교수라니까 분위기가 달라지더군요."

백화점 프로젝트를 시작했다가 호텔 사업까지 추가되었다.

무스타파는 오히려 그것을 더 반기는 눈치다.

유성희는 하슈드하고 다음 날 오전 11시에 만나기로 약속했다.

오후 7시.

이태진의 보고를 받은 무스타파가 소리 내어 웃었다.

"빠르군, 리."

"4천만 불을 요구했다는데 깎아보도록 하겠습니다."

"맡기겠네."

"계약하기 전에 호텔을 직접 보셔야 합니다."

"그래야겠지."

"우리가 급할 것 없으니까요."

"그렇군."

무스타파가 다시 웃었다.

"흥정은 자네 전문이지."

통화를 끝낸 이태진이 라운지에서 기다리는 유성희와 함께 식당으로 들어섰다.

나일강이 내려다보이는 창가의 자리에 앉았을 때 유성희가 탄성을 뱉고 나서 이태진을 보았다.

"안 교수님이 제 이야기 하지 않으시던가요?"

"공부 잘했던 제자였다고."

이태진이 힐끗 유성희를 보았다.

"그리고 예쁘고."

그때 쓴웃음을 지은 유성희가 물 잔을 들었다.

"내가 한국을 떠난 건 8년 전이었죠, 박사 과정을 밟다가 런던으로 갔으니까."

이태진이 고개만 끄덕였고 유성희가 말을 이었다.

"군사정권이 10년째 계속되던 때였죠."

종업원이 다가왔기 때문에 이태진과 유성희는 음식을 시켰다.

건성으로 음식을 시키면서 이태진이 유성희를 보았다.

말투가 운동권 같았기 때문이다.

박기만의 선배뻘인가?

종업원이 사라졌을 때 유성희가 말을 이었다.

"도망친 거죠. 잡혔다면 아마 지금까지 형무소에 박혀있거나 죽었을지도 몰라요."

"그럴 수가."

어깨를 부풀렸다가 내린 이태진이 유성희를 보았다.

"쿠데타라도 일으킨 겁니까?"

"모의를 했죠."

한 모금 물을 삼킨 유성희가 말을 이었다.

"박정희를 몰아내는 모의."

"…."

"난 주모자급이었으니까."

"…."

"대부분이 잡혔고 지금도 형무소에 있는 동지들이 있어요."

유성희의 시선을 받은 이태진이 고개를 끄덕였다.

"그럼 8년 동안 한국에는 가지 못하셨겠네."

"가족한테 전화도 못 했죠, 감시당하고 있으니까."

"이런."

이태진이 길게 숨을 뱉었다.

"그런 상황에서도 런던에서 박사 학위 받고 알 아즈하르의 교수가 되다니, 존경합니다."

"저두요."

유성희가 번들거리는 눈으로 이태진을 보았다.

"저도 외국 나와서 존경스러운 한국인을 처음 만났어요."

"누구 말입니까?"

"이태진 씨."

"알라 아크바르."

그때 이만 드러내고 소리 없이 웃은 유성희가 말했다.

"진심이에요, 이태진 씨."

"나는 운동권의 반대쪽 인물입니다."

"열심히 사는 건 똑같죠. 오히려 더 치열하게 사는 모습이 눈부셔요."

"내가 이런 칭찬을 듣다니."

"한국이 성장하고 있는 건 이태진 씨 같은 분 때문이죠."

"얼마 드릴까요?"

마침내 이태진이 정색하고 묻자 유성희가 어깨를 늘어뜨렸다.

"알았어요. 이쯤 해두죠."

이태진도 심호흡을 했다.

자신이 운동권의 핵심이 되어있는 박기만의 스폰서이며 신우상사에 무려 6명의 운동권 수배자들을 채용하고 있다는 것은 입 밖에 내지 않았다.

그것으로 유성희의 환심을 살 필요가 없다.

유성희와는 비즈니스로 만날 뿐이다.

운동권으로 연결되다니.

말도 안 되지.

밤. 오전 1시.

서울은 오전 8시다. 서울과 7시간 시차가 난다.

이태진이 전화기의 버튼을 누르자 발신음 세 번 만에 응답 소리가 울렸다.

"여보세요."

김봉철이다.

용역회사 대표인 김봉철은 이제 이태진의 정보원이나 마찬가지다.

"김 사장, 납니다."

"아, 부장님."

김봉철이 반색했다.

전화기를 고쳐 쥔 이태진이 물었다.

"정예은이 궁금해서요. 어때요?"

김봉철에게는 가릴 필요가 없다.

이태진이 바로 물었더니 김봉철이 기다렸던 것처럼 대답했다.

"바쁩니다. 열흘 동안 세 번 만났습니다. 불이 붙은 것 같습니다."

김봉철이 말을 이었다.

"어제는 마침내 극동호텔에 갔습니다. 둘 다 선수급이더군요."

"…."

"오후 10시에 투숙해서 12시 반에 나왔습니다. 박윤호 이름으로 방을 빌린 거죠."

"…."

"박윤호가 집 앞까지 데려다주고 돌아갔습니다."

"수고했어요."

"계속 감시할까요?"

"아, 그래줘요."

"다른 고객도 계속합니까?"

"물론이죠."

순간 고객이란 말이 우스워진 이태진의 얼굴에 웃음이 떠올랐다.

"그럼 수고해줘요."

"예, 부장님."

전화기를 내려놓은 이태진이 심호흡을 했다.

그렇다.

떠나는 사람 잡지 않고 오는 사람 막지 않는다.

거기에다 추가하면, 주고받는 이치로 살아가면 된다.

서로 필요할 때 이용하고 욕심을 부리면 안 된다.

이용만 하는 것은 도둑놈이고 차라리 주고 끝내자.

침대로 들어간 이태진은 편한 마음이 되어서 잤다.

나일 강변에 정박한 룩소르행 유람선 아가멤논호의 5층 특실 안.

창가의 의자에 앉아있던 이태진은 방 안으로 들어서는 두 사내를 보았다. 그때 옆에 앉아있던 유성희가 먼저 일어섰다.

하슈드가 온 것이다.

앞장선 사내는 흰색 숩 차림에 비대한 체격이다.

콧수염, 턱수염이 무성했고 검은 피부. 부리부리한 눈.

다가선 사내에게 먼저 유성희가 말했다.

"하슈드 씨, 이쪽이 제가 말씀드렸던 미스터 리입니다."

"아, 반갑소."

하슈드가 손을 내밀었다.

유창한 영어를 쓴다.

악수를 한 이태진이 하슈드와 동행한 사내하고도 인사를 했다.

보좌관 카르밧이다.

넷이 자리 잡고 앉았을 때 먼저 하슈드가 입을 열었다.

"사우디 유력자의 대리인이라고 들었소. 그분이 누구인지 알려주시겠소?"

"신분이 확실하신 분입니다. 거래가 확정되면 말씀드리지요."

이태진이 말을 이었다.

"그것이 오히려 더 나을 것 같습니다."

"좋습니다. 내 상황은 유 교수한테서 들으셨을 것이고."

고개를 든 하슈드가 이태진을 보았다.

"4천만 불을 받아야겠습니다. 솔직히 아마드 호텔은 그 2배 가치가 있는 호텔이오."

"제가 주변 분위기를 보고 제의합니다만, 어렵습니다. 저는 이번에 백화점 프로젝트를 기획하다가 갑자기 호텔을 구입하게 되었거든요."

"그럴 자금력은 있습니까?"

"있습니다."

이태진이 말을 이었다.

"우리들의 계획은 백화점 설립이었습니다. 호텔 구입이 불발되면 그것으로 그만입니다."

"…."

"3천만 불로 하시지요. 동의하신다면 일시불로 지급할 용의가 있습니다."

그때 보좌관 카르밧이 나섰다.

"안 됩니다. 턱도 없는 가격입니다."

카르밧이 눈까지 치켜떴다.

"우리를 모욕하는 것이나 같습니다."

"그건 실례예요, 카르밧 씨."

유성희가 낮지만 단호한 목소리로 카르밧에게 말했다.

"모욕이란 말은 이런 때 쓰는 게 아닙니다."

"아니, 내 말은 너무 얼토당토않은 가격을 불렀기 때문이오."

카르밧이 항의했을 때 이태진이 말했다.

"난 리야드의 알 마후드 무스타파 씨의 대리인입니다."

그 순간 하슈드의 눈이 흐려지더니 숨을 들이켜는 소리가 났다.

카르밧이 눈만 껌벅였고 이태진이 말을 이었다.

"아실지 모르겠지만 이제 내 소속을 말씀드렸으니까 확인해보시지요."

그때 하슈드가 물었다.

"사우디 국영석유의 이사 무스타파 씨 맞습니까?"

"그렇습니다."

그러자 하슈드가 어깨를 펴고 말했다.

"3천5백만 불이면 매각하지요."

오후 2시에 이태진이 무스타파에게 전화를 했다.

무스타파도 기다리고 있던 참이라 먼저 묻는다.

"어떻게 되었나?"

"3천2백만 불까지 깎았습니다."

이태진이 말하자 무스타파가 서두르듯 말했다.

"아즈란이 아마드 호텔에서 투숙한 적이 있다는 거야. 4천만 불로 사도 싸다는군."

"조금 기다려야겠습니다."

"왜?"

"호텔의 채무 관계, 하슈드 씨의 형인 칼리프 씨하고의 관계도 확실하게 체크하고 나서 구입해도 됩니다."

"이제 우리가 나선 것이 알려졌을 텐데, 경쟁자가 붙지 않을까?"

"그것이 더 낫습니다."

"왜?"

"우리는 잠시 빠지고 사태를 주시할 겁니다. 오픈되면 약점이 다 드러나거든요."

이태진이 말을 이었다.

"서둘면 실수가 일어나니까요. 그리고 우리가 급할 것 없습니다."

그때 무스타파가 말했다.

"맡기겠네."

오후 4시 반.

유성희와 저녁에 다시 만나기로 하고 헤어진 이태진이 호텔 방에 돌아왔을 때 기다리고 있었던 것처럼 전화벨이 울렸다.

"헬로우."

전화기를 귀에 붙인 이태진이 응답했을 때 곧 사내의 목소리가 울렸다.

"이태진 씨죠?"

한국말이다.

"접니다만, 누구시죠?"

"저, 강준호라고 합니다. 대사관 소속인데요. 지금 잠깐 시간 내주실 수 있으십니까?"

정중한 태도다.

잠깐 주춤했던 이태진이 대답했다.

"예. 그러죠. 그런데 어디 계십니까?"

"제가 호텔 라운지에 있습니다."

"어느 호텔입니까?"

"힐튼 호텔이죠. 라운지의 3호실입니다."

"좋습니다. 제가 가지요."

전화기를 내려놓은 이태진은 발을 떼었다.

이태진이 라운지의 3호실에 들어섰을 때는 10분쯤 후다.

방에는 두 사내가 앉아있었는데, 한국인이다.

"제가 강준호올시다."

먼저 40대쯤의 사내가 손을 내밀며 말했다.

건장한 체격. 이태진의 시선을 받고는 눈도 깜박이지 않는다.

"저는 민기종입니다."

30대쯤의 사내가 인사를 했다.

둘 다 명함을 내밀지는 않았다.

셋이 자리 잡고 앉았을 때 먼저 강준호가 입을 열었다.

"짐작하셨겠지만 우리는 중정 요원입니다."

이태진이 호흡을 골랐다.

대사관 소속이라고 했을 때 예감이 수상하긴 했다.

중앙정보부 요원이다.

그때 강준호가 말을 이었다.

"유성희 씨 문제로 보자고 한 건데요."

"유 교수 말입니까?"

"그렇죠. 알 아즈하르 대학교 교수인 유성희 씨말입니다."

강준호가 가라앉은 시선으로 이태진을 보았다.

"유성희 씨 정체를 모르시죠?"

"정체 말입니까?"

일단 되물은 것은 생각할 여유를 갖기 위해서다.

강준호의 시선을 받은 이태진이 말을 이었다.

"런던대에서 박사 학위를 받고 이곳에 왔다는 것밖에는 모릅니다."

"이번 이 부장님의 프로젝트에 도움을 많이 준 것 같더군요."

"그렇습니다."

"유성희 씨가 한국에서 수배자 상태로 출국해서 외국 생활을 하고 있다는 것을 알고 계십니까?"

"모릅니다."

그러자 고개를 끄덕인 강준호가 말을 이었다.

"유성희 씨가 북한 공작조하고 밀접한 관계가 있는 것 같습니다."

순간 숨을 죽인 이태진을 향해 강준호가 쓴웃음을 지어 보였다.

"두 달 전에 이집트에 출장 온 한국인 하나가 납북되었어요. 한국에서는 실종으로 알려졌지만 납북된 겁니다."

"…."

"유성희가 그 납북에 가담했습니다."

고개를 든 강준호가 말을 이었다.

"그래서 우리가 감시하고 있었던 겁니다."

"그럼 체포하실 건가요?"

"그건 힘듭니다."

그때 잠자코 있던 민기종이 입을 열었다.

"유성희는 영국에서 망명신청을 받아들인 관계로 영국 여권을 소지하고 있습니다."

"영국시민이 되었습니까?"

"그렇죠. 그래서 말씀인데요."

이번에는 강준호가 나섰다.

"지금 두 분은 상당히 친밀한 관계라고 생각되는데요. 이 부장님은 조심해야 될 것 같습니다."

"…."

"유성희와 함께 나가시는 건 위험합니다. 특히 구시가지는 안 됩니다."

강준호의 말을 민기종이 받는다.

"아직 유성희 주변에 북한 놈들은 나타나지 않았지만, 한국인이라고 데려온 남자는 조심하셔야 될 겁니다."

그때 이태진이 둘을 번갈아 보았다.

두 눈이 번들거리고 있다.

"유성희가 날 납치할 것 같습니까?"

"그럴 가능성도 있는 거죠."

대답은 민기종이 했다.

"우린 지금 두 달째 유성희를 감시하고 있는 겁니다."

"저한테 원하는 건 뭡니까?"

이태진이 물었을 때 대답은 강준호가 했다. 기다리고 있었던 것 같다.

"우린 이 부장님이 유성희하고 접촉했을 때 당연히 조사를 했죠. 이 부장님에 대해서 말입니다."

이태진의 시선을 받은 강준호가 빙그레 웃었다.

"그랬다가 와락 긴장했습니다. 이 부장님의 회사, 신우상사 말입니다."

"…."

"신우상사를 조사했던 우리 직원이 놀라 보고를 한 겁니다. 거기 직원들이 모두 국보법 위반의 수배자들이란 것입니다."

"…."

"중앙정보부가 발칵 뒤집혔죠. 이해가 가십니까?"

"…."

"이 부장님과 지금 도피 중인 박기만하고 친구 사이라는 것도 곧 밝혀졌지요. 이러니 유성희 씨하고도 연결이 되는 겁니다."

"나아, 참."

쓴웃음을 지은 이태진이 강준호를 보았다.

"그래서 나도 같은 운동권으로 보신단 말씀이죠?"

이태진의 시선을 받은 강준호가 천천히 고개를 저었다.

"아닙니다. 그렇게 보지는 않습니다."

강준호가 말을 이었다.

"하지만 우리를 도와주셔야겠습니다. 우리도 위험한 현재 상황을 알려드렸으니까, 상부상조는 해주셔야겠지요?"

방으로 돌아온 이태진이 옷을 입은 채로 침대에 누워 천장을 보았다.

유성희가 운동권이라는 것은 알고 있었지만 북한 공작원들과 접촉한다는 말은 충격이었다.

두 달 전에 한국 기업인이 납북되었다는 말도 놀랍다.

그사이에 중앙정보부는 신우상사의 직원들까지 조사한 것이다.

자신이 가만있는 동안 주위에 맹렬하게 소용돌이가 일어난 느낌이다.

이윽고 몸을 일으킨 이태진이 전화기를 들었다.

버튼을 누르자 신호음 두 번이 울리고 나서 무스타파가 전화를 받았다. 세 시간 만에 다시 전화를 한 셈이다.

"오, 리, 무슨 일이야?"

무스타파의 목소리는 밝다.

기대에 찬 목소리라고 할까?

"무스타파, 경호원을 보내주시죠."

이태진이 대뜸 말하자 무스타파가 긴장한 목소리로 묻는다.

"무슨 일이야?"

"소문이 퍼져서 주변 분위기가 수상합니다. 조금 전에 한국대사관 직원이 경고를 하고 갔습니다."

"뭐라고 그랬는데?"

"납치 위험이 있으니 조심하라는 것입니다."

"이런."

무스타파가 버럭 소리쳤다.

"내가 아즈란한테 이야기해서 경호원을 당장 보내지. 5명이면 되겠나?"

"너무 많습니다."

"아냐. 경찰특공대를 추려서 5명 보낼 테니까 카이로에 있는 동안은 보호를 받아!"

무스타파가 고래고래 소리쳤다.

"개 같은 이집트 놈들!"

북한 이야기는 할 필요가 없는 것이다.

오후 7시 반이 되었을 때 방으로 유성희가 들어섰다.

"마리를 만나고 왔어요."

생기 띤 얼굴로 말한 유성희가 의자에 앉더니 이태진을 보았다.

"하슈드가 마리한테 말했다는군요. 일시불로 준다면 2천9백만 불만 받아도 된다구요."

"…."

"형인 칼리프한테 5백만 불만 주고 끝내겠대요."

3천2백만 불에서 또 3백만 불이 깎인 셈이다.

하슈드는 호텔을 매각하고 이집트를 떠날 예정인 것이다.

고개를 끄덕인 이태진이 유성희에게 말했다.

"법적 문제를 체크해야 됩니다."

유성희가 법적 문제까지 관계할 수는 없다.

이태진이 말을 이었다.

"내일 변호사하고 관계 기관, 세무서까지 포함해서 매각의 법적 검토를 하고 나서 하슈드를 만나기로 하죠."

"그래야겠죠."

고개를 끄덕인 유성희가 손목시계를 보는 시늉을 했다.

"저녁 먹으러 가시죠. 오늘은 호텔 식당 말고 제 단골 식당으로 가십시다."

"어딘데요?"

"구시가지에 있는 아랍식당인데 맛이 있어요. 양고기구이와 스튜가 일품입니다."

"그래요?"

이태진의 얼굴에 웃음이 떠올랐다.

"손님이 오기로 했는데."

"손님이 오세요?"

"네. 사우디에서."

"그럼 저녁 식사는 어디서 하실 거죠?"

"여기서 하십시다."

이태진이 자리에서 일어섰다.

유성희가 구시가지로 가자고 하는 순간 온몸에 찬 기운이 덮이는 느낌이 든 것이다.

강준호의 말이 맞다.

구시가지로 가는 것을 조심하라고 했다.

따라 일어선 유성희가 물었다.

"2층 중식당으로 갈까요?"

"그럽시다."

방을 나오면서 이태진은 소리죽여 숨을 뱉는다.

오늘 밤에 무스타파가 보낸 경호원 5명이 올 것이다.

무스타파한테는 이곳에서 도움을 준 유성희가 북한 공작원과 연결되어 있을지도 모른다는 말은 하지 못했다.

제한조건이 많은 대리인으로 보이기 싫었기 때문이다.

이것도 분단국의 애로인가?

식사를 마쳤을 때는 오후 9시가 되어갈 무렵이다.

유성희와 함께 식당을 나온 이태진이 로비로 나왔을 때다.

동양인 둘이 다가왔다.

척 봐도 한국인이다.

"어머, 김 선생님."

사내들을 본 유성희가 놀란 표정으로 말했다.

"여기 웬일이세요?"

"아니, 유 교수를 여기서 만나다니."

그중 40대쯤의 사내가 이를 드러내고 웃었다.

"난 손님하고 일식당에서 식사를 하고 나오는 길인데."

사내들의 시선이 이태진에게 옮겨졌다.

그때 유성희가 이태진에게 사내를 소개했다.

"이분은 김윤홍 사장님. 카이로에서 건축업을 하시는 분이죠."

"반갑습니다. 이태진입니다."

이태진이 고개를 숙였다.

"이태진 씨는 서울에서 오신 무역회사 부장이세요."

김윤홍의 일행은 친구라고만 소개되었다.

그때 김윤홍이 웃음 띤 얼굴로 이태진을 보았다.

"유 교수님도 모처럼 만났으니 술이나 한잔하실까요?"

김윤홍이 눈으로 옆쪽 계단을 가리켰다.

"지하 1층 바 가보셨죠? 제가 한잔 사겠습니다."

이태진이 고개를 돌려 유성희를 보았다.

묻는 것 같은 시선이다.

그때 유성희가 고개를 저었다.

"아유, 고맙지만 사양할게요."

"아, 그러시다면 다음에 하죠."

사내가 이태진에게 손을 내밀었다.

"다음에 뵙겠습니다."

악수를 나눈 김윤홍 일행과 헤어진 둘은 방으로 돌아왔다. 이태진의 방은 특실이어서 응접실이 있다.

응접실 소파에 앉은 유성희가 웃음 띤 얼굴로 말했다.

"이 시간에 자연스럽게 호텔 방에 들어오는 사이가 되었어요. 많이 친해진 것 같죠?"

"그런 것 같네요."

"이젠 기다리면 되겠죠?"

하슈드의 반응을 말하는 것이다.

이태진이 고개를 끄덕였을 때 유성희가 자리에서 일어섰다.

"늦었어요. 갈게요."

"오늘 고맙습니다."

따라 일어선 이태진이 유성희를 문까지 배웅했다.

유성희가 나간 지 20분쯤이 되었을 때다.

응접실에 앉아있던 이태진이 벨 소리를 들었다.

오후 10시 5분 전이다.

문을 연 이태진은 앞에 서 있는 두 사내를 보았다. 양복을 입은 아랍인이다.

둘 다 콧수염만 길렀고 호리호리한 체격.

그중 하나가 이태진에게 말했다.

"가잘입니다. 무스타파 님이 보내셨습니다."

"오, 잘 왔어요."

이태진이 몸을 비키면서 말했다.

"들어와요."

"실례합니다."

정중하게 대답한 사내가 일행과 함께 방 안으로 들어섰다. 그러더니 일행을 소개했다. 유창한 영어를 쓴다.

"이 사람은 카이로 경찰 마흐밧입니다. 제가 협조를 받고 있지요."

"안녕하십니까."

사내가 이태진에게 인사를 했다. 그때 가잘이 말을 이었다.

"전 리야드 경찰 특수부 소속이죠. 리야드에서 날아와 카이로 경찰의 협조를 받는 상황입니다."

가잘이 마흐밧과 함께 소파에 앉았다.

"조금 전에 이 방에서 나간 여자는 호텔 밖에서 기다리던 두 사내와 함께 승용차를 타고 떠났습니다."

가잘의 얼굴에 쓴웃음이 번졌다.

"두 놈은 두 분이 식당에서 나오기를 기다리고 있다가 우연히 만난 것처럼 가장했습니다."

"…."

"지금 이집트 경찰이 그놈들을 미행하고 있으니까 정체가 밝혀지겠지요."

이태진이 고개를 끄덕였다.

사우디, 이집트 경찰의 합동작전이다.

북한 공작원이 당할 수 없다.

"바에서 술에 약을 타기만 하면 끝나는 일이었는데."

김윤홍이 어깨를 부풀리면서 말했다.

"아깝구만."

낡은 일제 승용차는 소음을 울리면서 시내를 달리고 있다.

차 안에는 모두 넷이 탔다. 모두 한국인이다.

그때 유성희가 고개를 돌려 김윤홍을 보았다.

"너무 서두는 것 아녜요?"

"본부의 지시라 어쩔 수 없습니다."

정색한 김윤홍이 말을 이었다.

"거물급으로 판단한 것 같습니다."

"평양으로 데려갈 건가요?"

"그건 알 수 없습니다."

차는 구시가지로 들어와 좁은 길을 빠져나가고 있다.

모스크가 많은 지역이어서 거리에는 인적이 드물다.

차가 멈춰 선 곳은 모스크 뒤쪽의 허름한 주택 앞이다.

이곳은 모스크 뒷벽 앞이다.

인적도 없고 가로등도 켜있지 않아서 어둠 속이다.

차에서 내린 유성희가 발을 뗀 순간이다.

갑자기 뒤쪽이 환해지더니 전조등 빛이 쏟아졌다.

놀란 넷이 일제히 멈춰 섰을 때다.

이번에는 앞쪽 길로 차량 한 대가 들어서면서 넷을 가로막았다.

빛발이 쏟아져 눈이 부셨기 때문에 유성희는 손으로 눈을 가렸다.

그때 앞뒤 쪽에서 외침 소리가 났다.

아랍어와 영어가 섞여 들린다.

"손들어!"

"움직이지 마!"

오전 8시가 되었을 때 전화벨이 울렸다.

응답했더니 가잘이다.

"대리인님, 보고드릴 일이 있습니다."

"방으로 와요."

"5분 후에 마흐밧과 함께 뵙겠습니다."

통화를 끝낸 지 5분쯤 지났을 때 문에서 벨 소리가 났다.

문을 열었더니 가잘과 마흐밧이다.

둘 다 멀뚱한 표정. 얼핏 보면 무표정한 얼굴이다.

소파에 나란히 앉았을 때 가잘이 먼저 입을 열었다.

"어젯밤 요원들이 이 방을 나가는 유성희를 미행했습니다."

"…."

"유성희는 밖에서 기다리던 두 사내와 함께 승용차로 구시가지의 저택까지 갔습니다. 놈들의 안가지요."

"…."

"안가 앞에서 일당 넷이 체포되었습니다. 물론 마흐밧의 지휘를 받은 특공대가 체포했지요."

그때 듣기만 하던 마흐밧이 입을 열었다.

"지금 넷은 안가에 구금 중인데, 그들의 거주지에서 두 달 전에 실종되었던 한국인의 명함과 소지품이 발견되었습니다."

"…."

"넷 중 두 사내는 북한 외교관 여권을 소지했고 하나는 북한 일반여권, 여자는 영국 여권 소지자입니다."

고개를 든 마흐밧이 이태진을 보았다.

"넷은 모두 공작원이죠. 아직 취조는 안 했지만 넷은 대리인님을 납치할 계획이었던 것 같습니다."

마흐밧이 탁자 위에 조그만 플라스틱 병을 내려놓았다.

"사내 하나의 주머니에 이 병이 있더군요. 안에 페다놀이 있습니다."

마흐밧이 말을 이었다.

"안에 든 알약 한 알만 술이나 물에 타 먹으면 정신을 잃습니다."

그때 이태진이 고개를 들었다.

"지금 그들은 경찰에 인계됐습니까?"

"우리가 비공식으로 활동했기 때문에 아직 넘기지 않았습니다."

리야드 경찰 부청장인 아즈란이 비공식으로 부하 가잘을 파견, 협조를 부탁한 관계인 것이다.

이태진이 둘을 번갈아 보았다.

"내가 한국 중앙정보부를 연결시켜드리지요."

순간 둘은 긴장했다.

그러나 이의를 제기하지는 않는다.

50분쯤 후에 방으로 강준호와 민기종이 들어섰다.

연락을 받고 온 것이다.

"무슨 일입니까?"

강준호가 묻자 이태진이 자리를 권하면서 말했다.

"유성희가 잡혔습니다."

"잡히다니요?"

놀란 강준호가 소파에 앉으려다가 다시 일어섰다.

"왜요?"

"내 납치미수 혐의로."

"아니, 어떻게 된 일인데요?"

"북한 공작원 셋하고."

이제 둘이 서서 이태진을 바라보았다.

"북한 공작원하구요?"

"공작원 둘이 이곳에 왔더군요."

"이곳 호텔에 말입니까?"

"마침 그동안 내가 리야드에 경호 요청을 했고."

"무슨 말씀이신지."

"내 배후에 사우디 실력자들이 좀 있거든요."

"자세히 말씀해주시죠."

눈을 치켜뜬 강준호가 말했기 때문에 이태진이 리야드에 경호 요청을 한 것부터 김윤홍을 만난 일, 그리고 지금까지의 상황을 말해주는 동안 둘은 숨도 쉬지 않았다.

이윽고 이야기가 끝났을 때 강준호가 입을 열었다.

"그렇다면 그놈들은 어떻게 할 예정입니까?"

그때 이태진이 정색한 얼굴로 강준호를 보았다.

"어떻게 하는 것이 낫겠습니까?"

순간 강준호의 눈동자가 흔들렸다.

엉겁결에 물었지만 이제야 현실을 깨닫게 된 것이다.

이태진이 이 상황의 주역이다.

주도권을 쥐고 있는 것이다.

막강한 사우디 경찰청의 특수부도, 카이로 경찰청 특공대도 이태진을 위해서 존재하고 있는 것이다.

정신을 차린 강준호가 어깨를 늘어뜨리면서 말했다.

"그놈들, 북한 공작원들은 추방하는 것으로 마무리를 하는 것이 낫겠는데요."

"그렇게 부탁하지요."

"유성희 씨 문제인데요."

고개를 든 강준호가 이태진을 보았다.

"영국 여권을 갖고 있는 터라 좀 시끄러울 가능성도 있습니다. 그러니까…."

강준호가 말을 이었다.

"저한테 넘겨주시면 우리한테 큰 도움이 되겠는데요."

그때 이태진이 고개를 끄덕였다.

"해보지요."

손목시계는 빼앗지 않았기 때문에 유성희는 시계를 보았다.

오전 11시 10분이다.

꼬박 밤을 새웠지만 정신은 또렷했다.

아침 식사로 샌드위치와 우유를 가져다주었는데 우유만 몇 모금 마셨을 뿐이다.

이곳은 경찰의 안가인 것 같다.

한국을 떠나 영국으로, 그리고 다시 이집트까지 온 8년 동안 체포, 구금된 적이 없었는데, 이번에 처음 겪는다.

유성희는 심호흡을 했다.

이집트 경찰에 체포된 이유는 짐작이 된다.

두 달 전 한국에서 온 사업가 양문식의 실종 때문일 것이다.

그때 철문이 열렸기 때문에 유성희가 고개를 들었다.

그 순간 유성희가 숨을 들이켰다.

앞장서 들어선 사내가 이태진이었기 때문이다.

이태진은 유성희가 눈을 크게 뜨고 놀라는 것을 보았다.

자신이 나타날 줄은 예상하지 못한 것 같다.

잠자코 다가간 이태진이 앞쪽 자리에 앉았을 때 좌우에 강준호와 민기종이 앉았다.

그때 이태진이 말했다.

"내가 왜 이곳에 왔는지 말할 필요는 없겠지."

유성희의 시선을 받은 이태진이 쓴웃음을 지었다.

"납치가 불발되고 전세가 역전된 상황인데. 난 지금은 할 말이 없고."

그러고는 이태진이 몸을 일으켰다.

"여기 두 분하고 이야기를 해봐요, 유 교수의 생사가 걸려있는 이야기니까."

이태진이 나갔을 때 강준호가 말했다.

"우리는 중앙정보부 직원이야."

불쑥 말한 순간 유성희가 저도 모르게 숨을 들이켰다.

중앙정보부는 유성희 같은 운동권에게 저승사자나 마찬가지다.

지금은 영국 시민이 되어 있지만 그 선입견이 박혀있는 것이다.

미처 유성희가 입을 떼기도 전에 강준호가 말을 이었다.

"이집트 당국으로부터 당신 신원을 인계받은 거야. 정부 간 거래를 한 것이지."

"이것 보세요, 나는."

유성희가 입을 열었을 때 강준호가 버럭 소리쳤다.

"닥쳐!"

시멘트 방 안이 울렸다.

유성희가 찔끔했을 때 강준호가 소리쳤다.

"너희들이 양문식을 데려간 것처럼 우리도 그럴 수 있다는 걸 몰라? 오히려 너희들보다 몇 배 쉽다는 걸 말야."

"…."

"너하고 같이 있던 개자식들은 여권 몰수되고 추방당했어. 그리고 넌 우리한테 넘겨졌단 말이다."

어깨를 부풀렸다가 내린 강준호가 말을 이었다.

"자, 영국 아가씨, 어떻게 할래?"

"뭘 말이죠?"

유성희가 흐려진 눈으로 물었을 때 강준호가 말을 이었다.

"우리한테 협조하면 돼. 넌 그대로 알 아즈하르 대학교수 노릇을 하면서 영국년 행세를 할 수가 있어."

그때 강준호가 이를 드러내고 웃었다.

"서울에 계신 네 어머니도 만나 볼 수도 있고."

"…."

"유 교수, 그 반대의 경우를 생각해 봐. 최악의 경우를 말야."

그러고는 덧붙였다.

"참, 잊었군. 그 사업 조사 역할로 떼돈을 계속해서 벌 수도 있겠다."

카이로가 오후 1시면 서울은 오후 8시다.

전화기를 귀에 붙인 이태진이 신호음을 듣는다.

두 번, 세 번.

오늘이 출장 14일째다.

카이로에서 리야드, 제다, 쿠웨이트, 다시 카이로로 이어진 숨 가쁜 일정.

어젯밤에는 납치를 당할 뻔했다.

그때 신호음이 끊기더니 응답 소리가 들렸다.

"여보세요."

정예은이다.

이태진이 숨을 골랐다.

정면승부다.

절대 그립거나 분해서 이러는 거 아니다.

피하지 않고 목소리를 듣겠다는 의도다.

배신자의 목소리가 어떤가 하고.

"나야."

이태진이 응답했을 때 정예은이 주춤했다.

그 순간이 5분의 1초 정도밖에 안 되었지만, 분명히 느껴졌다.

정예은이 묻는다.

"자기, 어디야?"

"카이로."

이태진이 말을 이었다.

"나일 강변 호텔인데, 갑자기 자기 생각이 나서."

"덥지?"

"견딜 만해. 여기서 룩소르로 가는 유람선이 보여. 호화 유람선이야."

"그래?"

"자기하고 저 배를 타고 싶다."

그때 정예은이 침묵했고 이태진은 말을 잇는다.

"특등석에 타고 현이하고 셋이서 룩소르까지 가고 싶다."

다시 정예은이 침묵했다.

'나두' 하기에는 얼굴을 보지 않았어도 말이 나오지 않겠지.

그때 이태진이 말을 이었다.

"자기 목소리 듣고 싶어서 전화한 거야. 별일 없지?"

"응."

겨우 정예은이 말을 보탰다.

"별일 없어."

"그럼 전화 끊는다."

"건강 조심해."

"그래. 고마워."

전화기를 내려놓은 이태진이 쓴웃음을 지었다.

역시 표시가 나는구나.

이것으로 됐다.

오후 5시가 되었을 때 방으로 가잘과 마흐밧이 들어섰다.

앞쪽 소파에 앉은 마흐밧이 이태진을 보았다.

"대리인님, 경찰 정보과의 보고에 의하면 아마드 호텔은 소송이 3건이나 걸려있답니다."

마흐밧이 말을 이었다.

"소유주 하슈드를 형 칼리프와 전처, 외삼촌까지 고발한 상태인데, 소송금액이 2,350만 불입니다."

이태진이 숨을 들이켰다.

하슈드의 채무는 칼리프에게 7, 8백만 불 정도인 줄 알았다.

만일 칼리프와의 채무만 계산하고 매입을 했다면 나머지 금액은 뒤집어쓸 가능성이 있다.

이태진이 고개를 끄덕였다.

쉽게 보였던 떡은 역시 오염된 떡이었다.

연기하는 것이 낫다.

"수고했습니다."

자리에서 일어선 이태진이 둘을 보았다.

"잠깐만 기다려요."

침실로 들어간 이태진이 봉투 2개에 각각 3천 불씩을 넣고 나왔다. 그러고는 밖으로 나와 가잘과 마흐밧에게 하나씩 나눠주었다.

"수고비요. 받아주시면 고맙겠소."

"아닙니다."

둘이 펄쩍 뛰듯이 일어나 손까지 저었지만 이태진이 다가가 각자의 주머니에 찔러 넣었다.

"내가 내일 아침에 리야드로 떠납니다."

이태진이 고개를 돌려 마흐밧을 보았다.

"그동안 아마드 호텔의 소송사건을 알아봐주시면 고맙겠습니다."

"알겠습니다."

마흐밧이 고개를 끄덕였다.

"무슨 말씀인지 이해합니다. 적극적으로 조사하겠습니다."

경찰 간부에게 일을 맡긴 셈이다.

방 안에 가잘과 둘이 남아있을 때 벨 소리가 났다.

가잘이 문으로 다가가더니 바로 돌아와 이태진에게 말했다.

"대리인님, 그 여자입니다."

"그 여자라니? 누구요?"

곧 이태진이 누구인지 알았다.

유성희다.

자유의 몸이 된 건 알았지만, 왜 왔을까?

문으로 다가간 이태진이 문 앞에 서 있는 유성희에게 말했다.

"들어와요."

응접실의 소파에 둘이 마주 앉았다.

경호팀의 방을 옆방으로 얻어 놓았기 때문에 가잘은 옆방으로 돌아갔다. 가잘은 리야드에서 경찰 둘을 데리고 온 것이다.

유성희가 고개를 들고 이태진을 보았다.

눈의 초점이 분명하지 않다.

"난 납치는 생각도 하지 않았어."

아예 반말을 쓴다.

유성희가 말을 이었다.

"안 믿어도 상관없지만 난 한국인 납치에 연루되지 않았어."

"왜 온 거야?"

이태진이 묻자 유성희가 눈의 초점을 잡았다.

"김윤홍이 나를 북으로 데려간다고 협박하고 있었어. 그래서 어쩔 수 없이 부탁을 들어준 거야. 그걸 해명하려고 왔어."

"날 납북하는 데 도우라는 협박인가?"

"그런 건 아냐. 남한 실정을 알고 싶다고 했어."

"그놈들은 추방되었어."

"해방된 느낌이야."

"중앙정보부의 관리를 받을 텐데."

"그쯤은 감수해야지."

"내가 경호원을 부르지 않았다면 어떻게 되었을 것 같지?"

"김윤홍이 지하 바로 가자고 하는 걸 내가 거부한 거 생각 안 나?"

"네가 막았다고?"

이태진이 눈을 부릅떴을 때 유성희가 외면했다. 그러고는 혼잣소리로 말했다.

"난 이제 북측의 배신자가 되었어. 그들은 나를 그렇게 인식할 거야."

당연한 일이다.

중정의 강준호는 그것을 노리고 있었으니까.

그때 고개를 든 유성희가 이태진을 보았다.

"호텔 인수는 어떻게 할 거야?"

"난 거짓말쟁이하고는 상종 안 해."

이태진이 똑바로 유성희를 보았다.

"네 잘난 제자가 말한 2,900만 불, 그리고 형 칼리프에게 줄 부채 8백만 불인가? 그것뿐만이 아니더군."

소파에 등을 붙인 이태진이 똑바로 유성희를 보았다.

"전처, 외삼촌의 소송금액까지 합하면 2,350만 불이야. 그건 왜 숨겼지? 하슈드하고 공모한 건가?"

그때 유성희가 자리에서 일어섰다. 그러고는 문 쪽으로 발을 떼었을 때 이태진이 말했다.

"앞으로 내 눈앞에 나타나지 마."

다음 날 오후.

리야드에 도착한 이태진이 다시 무스타파에게 상황을 보고했다.

가잘한테서 먼저 김윤홍과의 사건까지 들은 터라 무스타파는 호의적이다.

"수고했어. 자네가 서둘지 않았기 때문에 잘된 거야."

무스타파의 사무실 안이다.

무스타파가 말을 이었다.

"백화점 프로젝트를 추진하면서 호텔을 체크해 봐."

"사람 시켜서 상황을 체크하라고 했습니다. 제가 수시로 보고하겠습니다."

고개를 끄덕인 무스타파가 이태진의 어깨를 팔로 감아 안았다.

"리, 백화점의 부지 선정 작업부터 시작하게. 프로젝트를 시작하는 거야."

무스타파가 이태진에게 쪽지를 내밀었다.

"여기 계좌번호하고 비밀번호가 적혀 있어. 백화점 프로젝트 1차 경비야. 1천만 불이 들어있어."

다시 카이로로 돌아와 신시가지의 타흐리르 광장 동북쪽에 위치한 빌딩에 사무실을 빌렸다.

경찰 특공대 간부 마흐밧에게 부탁한 것이다.

이번 경호작전에 참가한 인연으로 마흐밧을 프로젝트에 끌어들였다.

마흐밧은 집기를 구입하고 '무스타파 오피스' 간판까지 만들어 붙였다.

사흘째 되는 날에는 전화기도 설치되었고, 여직원 사로나를 채용했다. 마흐밧의 추천으로 카이로대 영문과를 졸업한 재원이다.

나흘째 되는 날 오전에 이태진이 사무실에서 앞에 앉은 마흐밧과 사로나에게 말했다.

오후에 한국으로 떠나는 것이다.

"일단 사무실만 오픈해놓고 갑니다."

고개를 돌린 이태진이 마흐밧을 보았다.

"마흐밧 씨가 도와줘야 되겠어요."

"염려하지 마십시오."

마흐밧이 이를 드러내고 웃었다.

"저도 애국하는 심정으로 열심히 일하고 있습니다."

고개를 끄덕인 이태진이 마흐밧에게 봉투를 내밀었다.

"회사 등록비, 당분간 운영경비로 쓰세요."

당분간 사무실 운영을 마흐밧에게 맡긴 것이다.

무스타파의 첫 해외 사무실이다.

서울에 도착했을 때는 떠난 지 22일 만이었다.

15일 예정이었지만 일주일이 더 걸렸다.

사우디와 쿠웨이트 오더 수주 목적이라고 출장 계획서에 써냈지만 실상은 무스타파의 프로젝트 때문이었다.

그래서 이집트에서 일어난 사건은 혼자서만 삭여야 한다.

오후 5시에 도착했기 때문에 이태진은 오피스텔에 짐을 내려놓고는 소공동의 한식당 아리랑으로 들어섰다.

오후 7시다.

예약한 방으로 들어서자 기다리고 있던 한여옥과 고재규가 자리에서 일어섰다.

이곳에서 만나기로 한 것이다.

"고생 많으셨죠?"

한여옥이 웃음 띤 얼굴로 인사를 했다.

고재규는 꾸벅 고개만 숙인다.

둘과 악수를 나눈 이태진이 자리에 앉았다. 그동안의 이야기를 들으려는 것이다.

"정진호 씨가 자주 수출부에 들락거리고 있어요."

한여옥이 말했다.

"최 부장하고 이야기하는 것도 보았고 일주일쯤 전에는 정 과장하고 상담실에서 나오더군요."

고재규가 거들었다.

"정진호 씨가 중동과에 온다는 건 기정사실이 되었습니다."

"내가 받아들인다고 했으니까."

"그래도 설치는 걸 보니까 기분이 안 좋습니다."

고재규가 정색하고 이태진을 보았다.

"우리를 감시하려는 것 아닙니까?"

"우리가 아니라, 나다."

쓴웃음을 지은 이태진이 엄지를 굽혀 자신을 가리켰다.

"너희들은 오히려 방탄조끼를 입은 셈이야. 아무도 중동과를 건드리지 않을 테니까."

"아, 싫어요."

문이 열리고 종업원들이 밥상을 들고 왔지만 한여옥이 말을 이었다.

"죽 쒀서 개 주는 것 같아요. 지금도 저렇게 어린 것이 거들먹거리는데 중동과로 오면 더 설칠 것 아녜요?"

"이건 소문인데요."

종업원들이 나가기를 기다렸다가 고재규가 말을 이었다.

"중동부에 관리과가 신설된다는 겁니다. 그 관리과장 직무대리로 정진호가 임명되고 관리과는 오더 관리, 공장 관리를 한다는데요."

고재규의 얼굴에 쓴웃음이 번졌다.

"수수료 지급까지 체크하게 되겠지요."

그때 한여옥이 나섰다.

"정진호한테 줄서는 직원들이 있을 거예요. 아시죠? 그럼 중동부는 어쩔 수 없이 갈라지게 됩니다."

"…."

"그리고 시간이 지나면 당연히…."

"그만."

손을 들어 보인 이태진이 웃음 띤 얼굴로 둘을 번갈아 보았다.

"오더는 잘 진행되고 있지?"

"이제는 모두 궤도에 올라서 잘 진행되고 있습니다."

고재규가 말을 이었다.

"정진호가 물장난을 치는 것 빼구요."

"뻔해요."

한여옥이 젓가락으로 반찬을 깨작이면서 말했다.

"내년에 중동부가 된다지만 그때부터 깨지기 시작할 거예요. 오더가 커지면서요."

"난 너희들을 믿어."

마침내 정색한 이태진이 둘을 번갈아 보면서 말했다.

"그리고 너희들이 나만 믿고 따르면 돼, 알겠어?"

"예, 믿습니다."

고재규가 먼저 대답했다.

"전 과장님을 따라갑니다."

"저두요."

한여옥이 뒤를 따랐다.

"진급도 필요 없어요. 과장님이 시키는 대로 할게요."

이태진이 고개를 끄덕였다.

"밥이나 먹자."

둘과 헤어졌을 때는 9시 반이 되었을 때다.

이태진이 인사동의 허름한 식당 순천집에 들어섰을 때는 10시 10분이다.

식당 구석에 앉아있던 두 남녀가 이태진을 보더니 자리에서 일어섰다.

서재경과 강진수다.

이곳에서 만나기로 한 것이다.

"잘 다녀오셨습니까?"

강진수가 고개를 숙여 인사를 했다. 서재경은 눈인사만 했다.

이미 술상이 차려져 있었기 때문에 종업원은 다가오지 않았다.

서재경이 잠자코 이태진의 잔에 소주를 채웠다. 그때 강진수가 고개를 들고 이태진을 보았다.

굳어진 표정이다.

"지금까지 검사 잘 하고 있습니다. 작업에는 차질이 없습니다."

"수고했어."

술잔을 든 이태진이 한 모금에 삼켰고 강진수가 말을 이었다.

"일주일쯤 아니, 8일 전인데요. 회사에 두 사람이 찾아왔습니다. 오후 3시쯤 되었는데요."

"…."

"그때 마침 저하고 박성한, 서재경까지 셋이 사무실에 있었는데요. 그 두 사람은 중앙정보부 요원이었습니다."

이태진이 잔에 술을 채웠고 강진수가 길게 숨을 뱉었다.

"조사하고 온 것 같았습니다. 그 사람들, 무작정 들어올 사람들이 아니죠."

"…."

"사장님은 자리를 비우셨을 때였지요. 그래서 아직도 모르고 계십니다."

그때 서재경이 말했다.

"그때 저도 있었는데요. 그 사람들이 그러더군요. 당분간 그대로 일하라구요. 상부 지시가 곧 내려올 테니까 기다리고 있으라고 했습니다."

이태진이 다시 한 모금에 술을 삼켰다.

카이로에서 강준호한테서 들었기 때문에 내막은 몰랐지만 대충 예상은 했다.

서재경이 말을 이었다.

"그동안 바늘방석이었어요. 부장님 오시면 보고를 하고 결정할 작정이었습니다."

그때 이태진이 고개를 들었다.

"내가 다 해결했어."

그러고는 강진수와 서재경의 잔에 소주를 채웠다.

"너희들은 나만 믿으면 돼."

"무슨 말씀입니까?"

고개를 든 강진수가 이태진을 보았다. 서재경도 긴장한 채 시선을 주었다.

그때 이태진이 말했다.

"내가 카이로에서 중앙정보부 요원한테 들었어."

"카이로에서요? 요원한테서요?"

"그래."

"거기까지 요원들이 따라갔단 말입니까?"

이태진이 숨을 골랐다.

그렇게 물을 만했다.

"내가 그들을 도와준 거야."

"예? 중앙정보부 요원들을 말입니까?"

"함단의 사촌이 리야드 경찰 부청장이야. 정보기관 실력자지."

이런 식으로 말해주는 것이 낫다.

숨을 죽인 둘을 둘러보면서 이태진이 말을 이었다.

"내가 그 사람한테 요원들을 연결해 주었어. 그 대가를 받아야겠지."

그때 둘의 어깨가 내려갔고 서재경은 숨까지 길게 뱉었다.

이태진이 술잔을 들었다.

"내가 내일 중앙정보부 쪽에 연락할 테니까 너희들은 마음 놓고 일하면 돼."

"그래서 그동안 아무 일 없었구나."

혼잣소리로 말한 강진수가 번들거리는 눈으로 이태진을 보았다.

"이제야 이해가 되네요."

"그러니까 당분간 그대로 일하라고 했군요. 그 사람들이 말이에요."

서재경이 말을 받더니 손끝으로 눈을 닦았다. 저절로 눈물이 나온 것 같다.

"자, 마시자."

이태진이 술잔을 들었다.

여기서 유성희, 북한 공작원 이야기까지 할 필요는 없다.

자신의 '힘'만 보여주면 되는 것이다.

"오빠."

택시정류장에 서 있던 이태진이 부르는 소리에 고개를 돌렸다.

서재경이다.

다가선 서재경이 눈웃음을 쳤다. 식당 앞에서 제각기 헤어졌던 것이다.

오후 11시 반.

늦은 시간이어서 정류장에는 그들 둘뿐이다. 이태진이 물었다.

"넌 왜 이쪽으로 왔어?"

"오빠, 집에 누구 기다려요?"

"왜?"

"기다리는 사람 없다면 우리 집 가자고 하려고."

"너 강진수한테는 뭐라고 했어?"

"왜요?"

"너하고 같은 방향으로 갔잖아."

"오빠한테 가보겠다고 했는데."

"이런."

이태진이 이맛살을 찌푸렸다.

도로는 텅 비었고 차량도 오가지 않는다.

그때 서재경이 바짝 붙어 섰다.

"오빠, 견디기 힘들어요."

"뭐가?"

"나 혼자는."

"무슨 말이냐?"

"유혹."

서재경의 눈이 어둠 속에서 반짝였다. 어깨를 붙인 서재경이 말을 이었다.

"오빠하고 좋아하는 사이라는 걸 흘려놓을 필요가 있어서."

"…."

"그래야 남자들이 집적대지 않는 거야."

고개를 든 서재경이 이태진을 보았다.

"그것도 싫어?"

이태진이 손을 뻗어 서재경의 손을 잡았다.

그렇게라도 해야겠지.

"아니, 됐다."

아침 식사를 마쳤을 때 서재로 들어서면서 정병현이 정예은을 불렀다.

“예은이, 나 좀 보자.”

정예은이 따라 들어섰을 때 정병현이 눈으로 소파를 가리켰다.

“앉아라.”

소파에 앉은 정예은이 정병현을 보았다.

“무슨 일인데요?”

오전 8시.

어머니 한선옥은 어제 동창들과 함께 2박 3일 일정으로 제주도에 갔다.

그때 정병현이 물었다.

“너 요즘 누구 만나고 있지?”

순간 고개를 든 정예은의 눈동자가 흔들렸다.

“누구라뇨?”

“남자 말이다.”

정색한 정병현이 정예은을 보았다.

“네 엄마가 이야기했다. 남동전자 사장 박윤호라면서?”

“네.”

“내가 네 엄마한테 너하고 이태진이 사이를 말 안 한 것이 잘못이지. 일이 이렇게 꼬이는구만.”

정병현이 찌푸린 얼굴로 정예은을 보았다.

“그렇다고 네가 덥석 받아먹어?”

“뭘요?”

“네가 어머니한테 이태진이 이야기를 했어야 되는 거 아니냐?”

“제가 어떻게 이야기를 해요? 어머니가 기절할 건데.”

“그렇다고 만나?”

"만나는 시늉이나 하고 그만두려고 했죠."

"뭐라구? 그랬더니?"

"이제는 저쪽한테 미안해서 탁 끊지 못하겠더라구요."

"아니, 이런."

정병현의 얼굴이 상기되었다.

"그래서 계속 만났단 말이냐?"

"몇 번 만났더니…."

"그래서?"

"아직 시간은 있어요."

"무슨 말이냐?"

"아버지는 제 결혼을 2년쯤 후로 예상하셨잖아요."

"그래서?"

"그 안에 정리할게요."

"그게 무슨 말이야? 누구하고 정리한다는 거야?"

정예은이 입을 다물었기 때문에 정병현이 숨을 골랐다. 그러고는 똑바로 정예은을 보았다.

"너 이제 식은 거냐?"

"환경이 달라요."

"또 무슨 말이야?"

"안정된 느낌이 들어요."

"안정?"

"네, 아버지."

정예은이 정색하고 정병현을 보았다.

"그 사람하고 있을 땐 가끔 맞지 않는 옷을 입은 것 같았는데, 지금은 아녜요."

"지금은 박윤호를 말하는 거냐?"

"네, 아버지."

그때 정병현이 입을 다물더니 외면했다.

그렇게 가만있었기 때문에 정예은이 고개를 들었다.

"아버지, 죄송해요."

정예은이 낮게 말했을 때 정병현이 외면한 채 물었다.

"아직 이태진이는 모르지?"

"모를 거예요."

"너, 박윤호하고 무슨 약속 했어?"

"아직 약속은 안 했어요."

"이태진이하고 다시 이어질 가능성은 없는 것 같구만."

"…."

"나쁜 년."

"네?"

고개를 든 정예은이 정병현을 보았다.

"아버지, 제가 왜요?"

"네가 먼저 배신했어."

"아버지, 이태진도 저를 이용하려는 의도가 있었을 거예요."

"입 닥쳐라."

낮게 말했지만 정병현의 표정이 일그러졌다.

정예은이 숨을 들이켰을 때 정병현이 말을 이었다.

"1년만 견딜 수 없겠냐?"

"어려워요. 이태진이 눈치챌 거예요."

"그럼, 반년만. 진호가 중동부에서 기반을 굳힐 때까지."

정병현이 번들거리는 눈으로 정예은을 보았다.

"그러지 못한다면 너, 내 집에서 나가."

출근한 이태진이 보고하겠다고 연락이 왔기 때문에 정병현은 회장실로 사장 안석호를 불렀다.

안석호와 함께 출장보고를 받겠다는 것이다.

회장실로 이태진이 수출부장 최재일과 함께 들어섰기 때문에 넷이 둘러앉았다.

"내년도 오더가 결정되었습니다."

이태진이 오더 리스트를 세 사람 앞에 내려놓으면서 말했다.

"사우디 오더가 525만 불. 쿠웨이트가 1백만 불. 기타 지역 50만 불. 그래서 675만 불입니다."

또 늘어났다.

그래서 중동과는 재작년에 6만 5천 불, 올해에 약 250만 불, 내년에는 675만 불이 된다.

3년 만에 1백 배 신장이다.

안석호가 먼저 탄성을 뱉었다.

"대단해. 이제는 회사가 중동과에 맞춰야겠어."

"조직 정비, 생산시설 준비도 해놓아야 합니다."

최재일이 말을 맞췄을 때 정병현이 고개를 들었다.

"지금 중동부를 발족시켜야겠어. 꼭 내년 1월에 시작할 이유가 있나?"

"그렇습니다."

안석호가 커다랗게 고개를 끄덕였을 때 정병현이 말을 받는다.

"빠를수록 좋겠어. 우선 조직부터 만들어서 10월 중에 중동부를 창설하지."

"예, 회장님."

"구성원은 이 과장 주도하에 선발하도록 하고. 조직도 말야."

"예, 회장님."

그때 정병현이 이태진을 보았다. 눈이 번들거리고 있다.

"어때? 이의 없지?"

"예, 회장님."

이태진이 고개를 끄덕였다.

그러나 눈이 흐려져 있어서 시선이 부딪치지는 않았다.

"나야. 지금 바쁘지?"

수화기에서 정예은의 목소리가 울렸다.

오전 10시 10분.

과 회의를 마치고 책상으로 돌아온 지 얼마 안 되었다.

"응, 하지만 괜찮아."

이태진이 부드럽게 말했다.

어제 공항에 도착했을 때 전화를 했다. 밤늦게 만날 사람들이 있다고 한 것이다.

다른 때 같으면 정예은이 오피스텔에서 기다린다고 했겠지만, 이번은 달랐다. 알았다면서 전화를 끊었다. 그냥 끊기는 이상하게 들릴까 봐, 푹 쉬라는 말을 덧붙였고.

그러고 나서 이렇게 아침에 전화를 한다.

애쓴다는 생각이 일어났다.

중동과 오더 놓치지 않으려고 애쓰는구나.

그때 이태진이 목소리를 낮추고 말했다.

"오늘 저녁 어때? 오랜만인데 같이 밥 먹을까?"

마음에도 없는 말이 저절로 나왔다.

생각 같아서는 당분간 안 만났으면, 아니 인연을 툭 끊고 싶은데, 정예은 입장을 봐서 이런 멘트가 나온 것이다.

정예은은 마음에 없는 소리는 아예 내놓지 않고 살아도 되는 환경에서 자랐기 때문이다.

그래서 도와준 것인데.

그때 정예은이 대답했다.

"나 오늘 현이 때문에 안 돼."

"응? 왜?"

"현이가 아파, 며칠 전부터."

"저런. 어디가 아픈데?"

"병원에 갔는데, 홍역 같대. 그래서 주사 맞았어."

"요즘은 홍역 괜찮아. 걱정 마."

"열이 많이 나서 옆에 있어야 돼. 미안해."

"천만에."

"나으면 바로 연락할게."

"그래. 걱정 말고."

전화기를 내려놓은 이태진의 얼굴에 쓴웃음이 번졌다.

김봉철의 보고는 오늘 아침 일찍 전화로 받았다.

정예은은 어제 오후에도 1시부터 8시까지 박윤호와 청평 유원지에 다녀왔다. 도중에 모텔에서도 3시간 머물렀고.

물론 현이는 집에 있었다.

혼자 홍역을 앓았겠지.

내선전화가 울렸기 때문에 이태진이 전화기를 귀에 붙였다.

"예, 이태진입니다."

"여자 전화야?"

수화기를 울리는 목소리는 오세영이다.

이태진이 저도 모르게 어깨를 늘어뜨렸다.

오세영은 회사 내 간부 중 유일한 원군이다. 전에는 무시하는 관계였지만 어쩌다 보니 속을 털어놓게 된 것이다.

이태진이 앞쪽을 향한 채로 말했다.

"잘 아네."

"근데 그 웃음이 야릇하네. 은밀하다고 할까?"

"들켰구나."

"어때, 오늘 한잔?"

"또 그 화가 부르려고?"

"아니. 우리 둘이."

그때 이태진이 숨을 들이켰다.

그렇다.

TV에서는 1977년이 격동의 해라고 했다.

엄청난 변화의 해다.

1971년, 6년 전의 수출실적이 10억 불이었다.

올해 목표가 100억 불이고, 달성 가능성이 높다.

다변하는 시기다.

변해야 산다.

오후에 신우상사에 들렀더니 정경호가 반색했다.

어젯밤에 만난 강진수는 검사를 나갔고, 남아있던 검사원 이현아는 활짝 웃었다.

강진수, 서재경한테서 이야기를 들었겠지.

그동안 가슴을 졸이다가 환호성을 뱉었을 것이다.

사장실에서 마주 앉은 이태진이 정경호에게 내년분 오더 리스트를 건네주었다.

2,200만 불이다.

함단 오더 2,200만 불에서 수수료 66만 불이 나온다.

66만 불이면 한화로 약 7억.

서울의 아파트 20평형이 평균 600만 원이다. 변두리는 더 싸고.

그러면 20평형 120채 값이다.

오더 리스트를 챙긴 정경호가 이태진에게 잠자코 통장을 내밀었다.

매달 회사 운영비를 제외한 차액은 이태진에게 주는 것이다.

정경호는 철저하게 결산하는 것이 신의를 지키는 것이라고 믿는 사람이다. 친할수록 더 조심해야 하는 것을 경험했기 때문이다.

그때 통장 잔고를 본 이태진이 정경호에게 도로 내밀었다.

"너 이번에 집 한 채 사라."

"무, 무슨."

통장을 도로 민 정경호의 얼굴이 붉어졌다.

"난 됐어. 월급도 75만 원이나 받는데."

이태진은 신우상사에서는 명함만 박았지 월급은 없다.

그때 이태진이 통장을 다시 밀었다.

"가끔 사장도 보너스를 받아야 기운이 나는 거야."

통장에는 1천만 원이 조금 넘는 돈이 입금되어 있다.

오후 7시.

이태진이 종로3가의 일식당 고베로 들어섰다.

이곳은 소문난 맛집이라 예약을 해야 한다.

이태진이 예약한 방으로 들어서자 혼자 앉아있던 오세영이 얼굴을 펴고 웃었다.

주위가 환해지는 것 같은 웃음이다.

술잔을 든 오세영이 이태진을 보았다.

일식당 고베의 방 안.

어느덧 오세영의 얼굴은 술기운이 번져 상기되어 있다.

"이제 중동부는 기정사실이 되었어. 그리고 정진호가 중동부에 오는 것도."

오세영이 말을 이었다.

"소문부터 쫙 깔린 후에 조직개편을 하는 거라 충격이 덜해. 내부 분위기도 자연스럽게 받아들이는 것 같고."

"…."

"네가 부장 진급을 하는 것도 전 과장, 서 과장 외에는 당연하다는 분위기야."

"넌 어떠냐?"

술잔을 내려놓은 이태진이 물었다.

"너도 같은 생각이야?"

"그러니까 이렇게 널 불러낸 거지."

"그 말 하려고 부른 거냐?"

"나한테는 이제 네가 경쟁 상대가 아냐."

고개를 든 오세영이 쓴웃음을 지었다.

"회사에서 유일한 친구라고 할까?"

"…."

"경쟁 상대를 벗어나니까 그렇게 되네."

"섹스 대상으로 말이지?"

"넌 여자관계에선 그냥 짐승이야."

"무슨 말씀이신지."

"네 여자관계를 짐작하고 있어."

오세영이 한 모금에 술을 삼켰다.

"넌 여자도 철저하게 거래 관계로 만나는 놈이야."

"너도?"

"물론이지. 우리는 서로 주고받잖아?"

"뭔지 말해봐라."

"회사 정보."

"그리고 섹스도?"

"맞아."

술잔에 술을 채우면서 오세영이 웃었다.

"서로 허전함도 채워주고."

"너 중동부로 오지 않을래?"

이태진이 묻자 오세영이 고개를 들었다. 물기가 밴 눈이 반짝였다.

"내가 중동부에?"

"그래. 과는 3개로 나누려고 해. 중동, 아프리카, 그리고 관리과로."

"준비는 다 해놓았군."

"당연하지. 그중 네가 주력 바이어인 오마르를 맡는 1과장이 되는 거다."

이태진이 말을 이었다.

"아프리카는 한여옥에게, 관리과는 고재규한테 맡기려고 해."

"정진호는?"

"네가 데리고 있는 거지."

"못 해."

술잔을 내려놓은 오세영이 고개를 저었다.

"네 파격적 제의는 고맙지만 난 일본과 과장대리로 있다가 내년에 나갈 거야."

"경쟁 사회에서 떠나겠다는 말 같은데."

"생각만 해도 소름이 끼쳐. 감시, 견제 그리고 타협, 아부. 넌 목적이 있겠지만 난 준비가 덜 되었어."

"…."

"너하고 같이 있으면 활력이 느껴져. 난 그 활력에 자극을 받고 싶은 거야."

"…."

"그 악취가 때로는 매력적이기도 하거든."

이태진이 고개를 끄덕였다.

여자한테 존경받고 싶다는 생각은 애초부터 추호도 없었다.

모텔 방 안.

폭풍이 지나고 호흡이 정상으로 돌아왔을 때 오세영이 말했다.

"난 이때가 좋아."

"넌 참 독특한 여자야."

오세영의 허리를 당겨 안으면서 이태진이 웃었다.

"이 순간에 이렇게 편안했던 여자는 너밖에 없어."

"흥."

코웃음을 친 오세영이 이태진의 가슴에 볼을 붙였다.

"나도 그중 하나라는 표현이군. 넌 모든 여자한테서 각각 장점들을 찾아낼 테니까."

"나도 내년에 떠날 거다."

천장을 향한 채 이태진이 말했을 때 오세영은 입을 다물었다.

"너보다 내가 먼저 떠날 수도 있어."

"오마르 데리고 떠나는 것이지?"

"놔둘 거야."

"그래도 회사가 뒤집히겠지."

"곧 잠잠해져. 오더는 그대로 둘 테니까."

이태진이 말을 이었다.

"나하고 같이 있다가 떠나든지, 아니면 따로 떠나든지 궁리를 해봐."

5장 세상은 넓다

오전 10시 반.

회의를 마치고 사무실로 돌아왔을 때 박윤선이 다가와 메모지를 내밀었다.

전화 메모다.

메모지에 '영동 동생'이라고 적혀 있다.

정예은이다.

정예은이 전화할 때의 암호다.

고개를 끄덕인 이태진이 호흡을 고르고 나서 전화기를 들었다.

귀국하고 나서 이틀 동안 안 만났다. 현이가 아프다고 핑계를 대었지만 다른 때 같으면 응급실에 데려갔더라도 만났다.

신호음이 세 번 울렸을 때 곧 정예은이 전화를 받았다.

"여보세요."

"나야."

이태진이 부드럽게 물었다.

"현이는 어때?"

"열이 좀 내렸어."

"잘 됐구만. 하지만 조심해야 돼."

"오늘 시간 있어?"

"내가 바빠. 정신없다고."

"무슨 일인데?"

"오더 때문이지. 뻔하잖아."

"내일은?"

그때 이태진이 심호흡을 했다.

"서둘지 마."

"응? 뭘?"

"현이 다 나을 때까지 기다리자."

"…."

"나 못 만나서 미안해하지 말라고."

"자기야."

"괜찮아."

이태진이 말을 이었다.

"기억해둬. 나 자기한테 절대로 해를 끼칠 사람이 아냐."

말이 이렇게 나와 버렸다.

오후에 신우상사에 가서 내년분 함단 오더를 정리했다.

메이커인 대기업 측에도 모두 통보가 되었기 때문에 신우상사에서는 오더별 체크 리스트를 작성, 선적에 차질이 없도록 해야 한다.

또한 신우상사는 오마르 오더의 에이전시이기도 한 것이다.

그러나 오마르 오더는 대영산업 자체에서 품질검사를 하기 때문에 신우상사에서는 수수료 3퍼센트만 받는다. 신용장은 신우상사로 오픈되기 때문이다.

사장실에는 사장 정경호와 이태진이 앉아있다.

이태진이 입을 열었다.

"대영산업은 섬유 전문업체야. 그래서 오더에 한계가 있어. 하지만 함단은 섬유뿐만이 아니라 정부 입찰까지 받을 수 있는 바이어야. 대영산업의 수십 배 물량을 소화할 수가 있어."

정경호가 고개를 끄덕였다.

함단은 이태진이 관리하는 것이다. 정경호는 함단의 얼굴도 모른다.

이태진이 말을 이었다.

"내가 대영을 그만둬도 신우상사에서 오마르 오더를 관리할 수 있을 거다. 대영은 생산자일 뿐이니까."

"오마르가 대영하고 직거래하지 않을까?"

"그럴 수도 있지."

의자에 등을 붙인 이태진이 정색했다.

"오마르도 단 1퍼센트라도 저한테 이득이 된다면 배신할 가능성이 있어."

"그럴까, 오마르도?"

"난 아무도 믿지 않아."

정경호가 입을 다물었다.

오마르와 이태진은 형제보다 더 밀착된 관계인 것이다.

3평도 안 되는 창고 같은 사무실에서 잡화를 취급했던 오마르다. 그 오마르를 발탁해서 연간 5백만 불을 수입해가는 빅 바이어로 성장시킨 이태진인 것이다.

이태진이 오마르에게 독점권을 줬기 때문이다.

이렇게 상부상조하는 관계는 세상 사람들이 다 안다.

그런데 아무도 믿지 않는다고?

그때 이태진이 고개를 들었다. 눈이 번들거리고 있다.

"하지만 나에게 함단의 배경이 있는 한 오마르가 날 배신하지는 못해."

이태진의 얼굴에 웃음기가 번졌다.

"함단이 내 안전장치거든."

함단의 사촌 무스타파, 아즈란 이야기는 할 필요가 없다.

정경호는 바지사장으로 만족하는 성품이고, 그 한도에서 정보를 주면 되는 것이다.

다음 날 오후 3시경에 회사로 전화가 왔다.

직통전화다.

응답했더니 곧 사내의 목소리가 울렸다.

"이 과장님, 저 강준호입니다."

"누구시라구요?"

되물었지만 금세 누군지 기억이 돌아왔다.

중앙정보부 요원이다.

그때 강준호가 말했다.

"여기 카이로입니다. 기억나시지요?"

"압니다. 기억납니다."

"바쁘시죠?"

"예, 항상. 별일 없으시죠?"

"저도 여전합니다. 여기서도 소식 잘 듣고 있습니다."

"예, 신경 써주셔서 고맙습니다."

이태진이 뒤늦게 사례했다.

수배자 일당인 강진수 등을 그대로 일하게 해준 사례다.

강준호가 말을 이었다.

"이 과장님, 부탁드릴 일이 있는데요."

"무슨 일입니까?"

"카이로에 오셨으면 좋겠습니다만, 저희들이 경비를 대겠습니다."

"카이로에 말입니까?"

"국가를 위한 일입니다."

"이런."

숨을 들이켠 이태진이 주위를 둘러보았다.

사무실 안은 분주하다.

두 자리 옆쪽의 오세영은 공장 담당하고 말다툼을 하는 중이고 고재규는 공장 사장들하고 회의실로 들어가는 중이다.

이런 분위기에서 국가를 위한 일 가지고 대화하는 사람은 이태진뿐일 것이다.

그때 강준호가 말했다.

"북한 대사관의 공작원들이 한국 교포들을 협박하고 있는데, 우리가 부끄러운 말이지만 속수무책입니다."

"…."

"그자들이 이집트 당국하고 우리보다 인연이 깊거든요. 지금도 군사 고문단이 파견되어 있는데, 그중 반은 공작원입니다."

"…."

"이 과장님이 차려놓으신 '무스타파 사무실'을 카이로 경찰국 특공대 간부 마흐밧이 봐주고 있지요?"

"예, 그런데요?"

"그 마흐밧만 해도 경찰에 영향력이 있는 사람이지요."

"…."

"그런데 이 과장님이 친교가 있는 리야드 경찰청 부청장 아즈란 씨 말입니다."

강준호가 목소리를 낮췄다.

"사우디 정보국의 부국장이기도 하지요. 알고 계시지요?"

"그래서요?"

이맛살을 찌푸린 이태진이 되물었더니 주춤했던 강준호가 헛기침을 했다.

"아즈란 씨가 이곳 카이로에도 영향력을 행사할 수가 있지요. 그것 때문입니다."

"난 못 하겠는데요."

이태진이 말을 이었다.

"오해하신 것 같은데, 아즈란 씨하고 저하고 그럴 만한 사이가 아닙니다."

"지난번 아즈란 씨가 신변보호를 해주셨지 않습니까?"

"그건 사촌인 무스타파 씨 사업을 위해서 해준 것이구요."

"이 과장님, 부탁합니다."

강준호가 한숨을 뱉는 소리까지 들렸다.

"우리도 예산이 없어서 힘겹게 싸우고 있습니다. 이놈들이 이제는 우리한테 전향해 온 유성희 교수도 살해위협을 하고 있는 상황입니다."

"…."

"이집트 경찰은 오히려 우리 행동을 감시하고 있습니다. 북한 측을 도와주고 있는 것이지요."

"…."

"교민이 몇 명 안 되는데, 이러다가는 이집트가 북한 세상이 되겠어요. 전기용 아시죠?"

"압니다."

이태진이 긴장했다.

무스타파의 백화점 프로젝트의 조사를 맡았다가 아마드 호텔 매입 정보를 가져온 교포다.

그때 강준호가 말했다.

"그놈이 북한 공작원입니다. 파리에서 카이로로 옮겨온 것도 중동에 기반을 굳히려는 전략 때문인 것 같습니다."

"…."

"그놈한테 프로젝트를 맡기셨지요?"

"그랬지요."

"그놈이 실종된 양문석 씨를 만났다는 증거가 나왔습니다."

"…."

"도와주십시오, 이 과장님. 우리가 신세는 갚겠습니다."

그때 이태진이 말했다.

"알겠습니다. 시간을 좀 주세요."

밤에 함단한테서 전화가 왔다.

오후 11시 반.

리야드는 오후 5시 반이다.

"리, 내가 이번에 내무부의 입찰에 참가할 예정이야."

함단이 말을 이었다.

"한국의 10여 개 업체에 오퍼하고 샘플을 받아놓았는데, 내무부 담당하고 상담할 때 같이 들어갈 사람이 없어."

"함단, 내가 한국 에이전시니까 내가 동행해야죠."

"그래. 업체 담당자 수십 명을 다 데려갈 수는 없고 말야."

함단의 목소리가 마음이 놓인 것처럼 낮아졌다.

"입찰은 열흘 후야. 올 수 있나?"

"그럼요, 함단. 무스타파 일 관계로 카이로에 입찰 닷새 전에는 리야드로 가지요."

"그것이 좋겠군. 제품에 대해서 숙지해놓아야 할 테니까."

"그럼 닷새 전에 가겠습니다."

전화기를 내려놓은 이태진이 길게 숨을 뱉었다.

그 순간 문득 생각이 떠올랐다.

세상은 넓다.

넓은 곳으로 뛰쳐나가 기회를 만들고, 또 주자.

"아버지, 안 주무셨네요?"

신호음 두 번 만에 아버지가 전화를 받았기 때문이다.

11시 50분.

그때 아버지가 말했다.

"응, 네 어머니는 잔다. 난 술을 마시면 잠이 안 온다."

아버지 목소리에 술기운이 배어 있다.

그때 문득 이태진이 자신의 여성관이 아버지로부터 유전되었다는 생각을 했다.

천성이다.

그러나 그것에 대한 감동은 일어나지 않는다.

아버지가 물었다.

"그 토모에 말이다."

"예, 아버지."

이태진이 숨을 골랐다.

아버지한테서 토모에란 이름이 나온 순간 기다리고 있었던 느낌이 든 것이다.

그때 아버지가 말했다.

"지금 일본에 있다고 했지?"

"예, 아버지."

"그 딸하고 네가 만났다니."

술기운이 번진 아버지의 목소리가 느껴졌다. 아버지가 말을 이었다.

"생각할수록 기이하다."

"아버지, 토모에 씨하고의 인연이 소중하세요?"

불쑥 이태진이 묻자 아버지는 주춤하더니 입을 열었다.

"악연도 인연이니까."

"알겠습니다, 아버지. 그런데 전 더 이상 그 이야기는 하고 싶지가 않네요."

"그러냐?"

"어머니를 놔두고 아버지하고 공모하는 느낌이 들어서요."

"그렇구나."

"하지만 아버지한테 여쭤볼 말씀이 있습니다. 그것 때문에 전화를 한 건데요."

"말해."

"저 다음 주에 다시 중동에 갑니다."

"또 가는 거냐?"

"일 때문에요."

"물어보고 싶다는 건 뭐냐?"

"아버지, 인생에서 가장 중요한 것이 무엇이라고 생각하세요?"

"욕심이지."

"예? 뭐요?"

"욕심 말이다. 욕심 욕(慾)자에 마음 심(心)자."

전혀 의외의 말이었기 때문에 이태진은 한숨을 쉬었다.

성취나 안정 또는 성공한 사람들의 좌우명 같은 단어가 나올 줄 알았는데, 욕심이라니.

그때 아버지가 말했다.

"지금 생각해보니 그렇다. 내가 이렇게 무기력해진 이유가 욕심을 잃었기 때문이야."

"…."

"욕심을 잃으면 살아갈 희망이 없어져. 욕심은 곧 자신감이다. 자신감이 있어야 욕심이 일어난다."

"…."

"욕심이 바로 생의 원천이야. 인간이라면 죽는 날까지 욕심을 지니고 살아야 한다."

아버지의 말에 열기가 느껴졌다. 말도 또렷해졌다.

"성취나 성공 따위의 말로 미화할 것 없다. 욕심을 일으켜 제대로 사회에, 인류에 봉사하면 되는 거다."

"아버지."

"뭐냐?"

"아버지가 욕심을 잃으신 이유가 뭐죠?"

"적응하지 못했다."

"왜요?"

"내가 젊었을 때 너무 빨리 출세했어."

아버지가 말을 잇는다.

"해방, 전쟁 그리고 격변기에 적응하지 못했다."

"아버지의 지금 욕심은 뭔데요?"

"없다."

"생각해보세요."

"다 버렸다."

"제가 만들어드릴 테니까, 찾아보세요."

그러고는 이태진이 말을 이었다.

"저, 능력 있어요."

대답도 듣지 못하고 통화를 끝낸 이태진이 한동안 우두커니 앞쪽의 벽을 보았다.

아버지의 나이는 현재 62세다.

금방 떠오른다. 자신의 나이에다 32를 더하면 되기 때문이다.

아버지는 자신을 32세에 낳았다. 그것이 아버지의 나이 계산법이다.

아버지는 국민학교 교장으로 퇴직했다.

65세가 정년인데도 자원 퇴직을 한 것이다.

시골 교장으로만 돌아다니고 도시에는 한 번도 진입해보지 못했던 아버지다.

그 이유를 말해주지 않았고 알지도, 알려고도 안 했던 이태진이었지만, 이제는 짐작한다.

배경이 없었기 때문이다.

무시당했고 제외되었다.

일제 강점기 100 대 1의 경쟁을 뚫고 경성사범에 입학했던 아버지다.

경성사범에 조선인 입학생은 10퍼센트 미만이라고 했다.

조선인 입학생은 천재다.

경성사범에서 6년 동안 월급까지 받으면서 기숙사 생활을 하고 나오면 완전히 일본 놈이 되는 것이다.

이건 이태진의 생각이다.

경성사범을 졸업한 아버지는 1년 동안 교직에 종사하다가 만척에 입사했다.

이것이 아버지의 욕심이었는가?

만척에 입사한 후부터 해방 전까지가 아버지 인생의 절정이었다.

이태진이 자리에서 일어나 침대로 다가갔다.

침대시트를 들치자 향내가 맡아졌다. 정예은의 체취가 섞인 향내다.

이 침대에는 정예은의 흔적만 배어있다.

다음 날 오전.

출장 보고서를 올렸더니 바로 회장실에서 호출이 왔다.

이태진이 최재일과 함께 회장실로 들어섰다.

회장실에는 사장 안석호가 먼저 와 있었다. 요즘은 회장이 부를 때 사장을 배석시키고 있다.

회장이 먼저 말했다.

"출장 다녀온 지 열흘도 안 되어서 또 나가는구나. 이번에는 아프리카 개척이야?"

출장 보고서에 그렇게 써놓은 것이다.

"예, 회장님."

이태진이 똑바로 정예은의 아버지를 보았다.

회장은 정예은이 박윤호와 만나고 있다는 것을 알 것이다.

모를 리가 없지.

"오마르가 아프리카 시장을 개척하자고 했습니다. 그래서 지사를 설립한다는데요."

이태진이 말을 이었다.

"카이로에 지사를 세우면 내년에는 대영 브랜드로 50만 불 정도는 수출해보겠습니다."

이 정도면 업어서라도 카이로에 모시고 가야 된다.

그때 안석호가 고개를 들고 이태진에게 말했다.

"그럼 이번 출장을 다녀와서 중동부를 발족시키기로 하지."

이태진이 나간 사이에 작업을 해놓겠다는 말이다.

사장이 대놓고 말하는 터라 나설 수는 없는 상황이다.

그래서 입을 꾹 닫고 있었더니 이번에는 정병현이 말했다.

"다녀와서 검토해보자는 거야. 인원 증원 문제도 이 과장이 연구해보도록."

"예, 회장님."

이태진이 시선을 내리면서 대답했다.

전에는 정병현의 시선을 받았는데 이제는 저절로 내려갔다.

회의.

회의실에는 중동과원이 다 모였다.

그동안 여직원 채선희가 충원되었기 때문에 과장 포함해서 7명.

이태진이 주위를 둘러보았다.

"내가 자주 출장을 가는 바람에 나 없어도 일하는 것이 익숙해졌을 거야."

이태진이 말을 이었다.

"내가 돌아온 후에 곧 중동부로 개편이 될 거다. 오늘 회장실에서 결정되었어."

모두 숨을 죽였고 이태진의 목소리가 회의실을 울렸다.

"하지만 알아둬야 할 일이 있어. 대영산업 중동부는 자네들이 중심이야. 너희들을 중심으로 중동부가 운영될 테니까."

이태진의 표정이 굳어졌다.

"잘 들어. 중동부 개편과 동시에 한여옥은 과장대리로 진급시킬 거다. 내가 요구할 테니까. 그리고 고재규, 김태식, 최상호는 조장이다. 너희들은 각각 조원을 거느린 과장대리 역할이야. 중동부에 너희들 상급자는 받지 않겠어. 숟가락만 들고 와서 너희들에게 지시하는 놈들은 받지 않을 테니까, 그것만 알고 있도록."

이렇게 과원들을 단합시켰다.

"이태진이 또 출장을 간다."

저녁 식사 후에 서재로 정예은을 부른 정병현이 말했다.

정예은이 시선만 주었고 정병현이 말을 잇는다.

"갑자기 아프리카 시장 개척을 해야 된다고 해서. 열심히 일하고 있어."

앞쪽 소파에 앉은 정예은이 이제는 외면했다.

그때 정병현이 물었다.

"요즘 이태진이 만났어?"

"아뇨."

"출장 다녀온 지 닷새가 지났는데 한 번도 안 만났다구?"

"네, 현이가 아프다고 했어요."

"눈치챘겠는데."

"그런 것 같지는 않아요. 원체 바쁜 사람이라…."

"내가 너하고 이런 이야기를 다 하다니. 기가 막히는구나."

"죄송해요, 아버지."

"내 잘못이지. 진즉 네 엄마한테 말하는 건데."

"제 탓이죠."

고개를 든 정예은이 정병현을 보았다.

"제가 흔들렸기 때문이죠. 제가 그 사람한테 마음을 굳혔다면 이런 일 일어나지 않았어요."

"박윤호하고는 지금 어떤 사이냐?"

"결혼하재요."

"언제?"

"빠를수록 좋다고 해요. 부모님한테 허락을 받겠다고."

"…."

"부모님도 승낙하실 거라고 해요."

"넌 어때?"

"저도 마음을 굳혔어요."

"내가 문제구만."

"네?"

"내가 정리해야 할 일이 많단 말이다."

이번에는 정예은이 입을 다물었다.

회사 사정을 정예은이 잘 아는 것이다.

오마르한테서 첫 오더를 받던 현장에 정예은이 있었지 않은가?

그때 고개를 든 정병현이 입을 열었다.

"올해 말까지 두 달만 기다려라."

정병현이 길게 숨을 뱉었다.

"내년 초에 공식화하기로 하자."

"아버지, 그 사람이 눈치챌 건데요."

"이번 출장 가면 한 달이야. 한 달은 버는 것이라구."

눈을 치켜뜬 정병현의 목소리가 높아졌다.

"그놈은 닷새 후에 출장이고."

"…."

"그리고 그놈이 훼방을 놓으면 회사는 치명상을 입게 된단 말이다. 무슨 말인지 알아?"

"알아요."

"그때는 넌 결혼이고 지랄이고 할 상황도 안 될 거다. 회사가 흔들리는데, 박윤호가 도와줄 것 같으냐? 아니, 박윤호 애비 되는 박성순이가 결사반대할 거다."

"아버지, 중동 오더 때문에 회사가 흔들리게 돼요?"

"중동 오더 준비하려고 시설을 확장하고 원부자재를 10여억 원어치나 매입했어. 투자금이 수십억이야. 오더가 무너지면 도미노 현상으로 대영산업은 부도가 날 거다. 일순간이야."

정병현의 눈이 번들거렸다.

"지금이 대영산업이 솟아오르는 시점이란 말이다. 솟아오르다가 떨어지면 어떤 꼴이 되는 줄 알아?"

"제가 그럼 어떻게 하면 되죠?"

정예은이 물었는데 목소리가 떨렸다.

신우상사는 중동과보다도 안정이 되어있다.

검사원들도 이젠 익숙해져서 차질 없이 오더가 진행되고 있다.

그동안 소공동 사무실을 더 넓은 곳으로 이전한 데다 검사원 2명이 추가되었다.

그 2명도 운동권 수배자여서 신우상사는 사장과 여직원 하나만 빼고 모두가 수배자인 셈이었다.

그것은 이태진의 용인술로 봐도 될 것이다.

신우상사에 재직하는 수배자 8명은 모두 중정의 감시하에 있었고 그 중정을 이태진이 관리하고 있었기 때문이다.

그것을 알고 있는 수배자 사원들이 이태진에게 충성하는 것은 당연지사다.

신우상사 회의실에는 넷이 둘러앉았다.

이태진, 정경호 그리고 서재경과 강진수다.

이제 서재경과 강진수는 과장이다.

서재경은 관리과장, 강진수는 검사과장.

둘이 신우상사의 실세다. 그리고 수배자인 것이다.

"이번에 함단과 함께 입찰 오더를 받으러 가는 거야."

이태진이 정경호까지 둘러보며 말했다.

"내년분 오더 2,200만 불에다가 얼마나 더 추가될지 알 수 없지만, 이제 신우상사도 메이저 에이전시에 포함될 가능성이 있어."

모두 숨을 죽였고, 이태진이 말을 이었다.

"서 과장, 강 과장, 너희들이 중심이다."

서재경과 강진수의 눈은 생기를 띠고 있다.

신우상사 간부들과 저녁까지 같이 먹고 오피스텔로 돌아왔을 때는 오후 9시가 되어갈 무렵이다.

문을 연 이태진이 숨을 들이켰다.

소파에 정예은이 앉아있었기 때문이다.

이태진을 본 정예은이 웃음 띤 얼굴로 소파에서 일어섰다.

"왔어?"

"아이구, 놀랐잖아?"

다가선 이태진의 목을 두 팔로 감아 안으면서 정예은이 입을 내밀었다.

"오늘, 나 여기서 자고 갈게."

입을 맞춘 정예은이 몸을 붙인 채 이태진을 보았다.

"밥 먹었어?"

"응, 술까지."

"술상 차려줄까?"

"위스키나 마시지."

"그래. 씻고 나와. 술상 차려놓을게."

정예은은 자연스럽게 굴었지만 티가 났다.

행동이 매끄럽게 이어지지 않고 얼굴도 굳어 있다. 말만 앞서 있는 느낌이다.

어쨌든 씻고 옷을 갈아입고 나왔더니 탁자 위에 발렌타인 17년과 마른안주, 아이스박스까지 놓여 있다.

정예은은 분홍색 바탕에 꽃무늬가 찍힌 원피스를 입고 있었는데 젖꼭지가 드러났다. 이태진이 좋아하는 옷이다. 오피스텔에는 정예은의 옷과 칫솔까지 가져다 놓은 것이다.

"현이는 어때? 이제 좀 괜찮아?"

술잔을 든 이태진이 묻자 정예은이 고개를 끄덕였다. 둘은 나란히 앉아서 음 소거를 시킨 TV를 바라보고 있다.

"아버지한테서 들었어. 또 출장 간다면서?"

"응, 나흘 후에."

"바쁘겠네."

"내일은 시골 갔다 올 테니까 우리 만날 시간은 오늘뿐이야. 잘 왔어."

한 모금에 술을 삼킨 이태진이 정예은을 보았다.

거의 한 달 만에 만나는 셈이다.

"그동안 보고 싶었어. 자기 냄새가 그리웠어."

"나두."

"내 침대에 밴 자기 냄새가 흐려져 있어."

정예은의 시선을 받은 이태진이 팔을 들어 어깨를 감아 안았다.

"오늘 잔뜩 묻히고 가줘."

밤.

열풍이 지난 후의 나른하고 끈적한 시간.

이때가 상대방과의 관계가 구분되는 순간이기도 하다.

다른 때, 이 시간에는 정예은과 얼굴을 마주 보거나 몸을 붙인 채 숨을 고르고 있으면 편안했다. 만족했고 상대도 만족했다고 믿었기 때문이다. 그래서 움직임도 자연스러웠으며 첫째로 편안했다. 편하고 안정된 느낌.

그런데 지금은 아니다. 섹스도 전과 달랐다. 처음에는 왠지 어색했다가 몰입했을 때는 더 자극을 받는 것 같았다.

정예은의 상태를 말한다.

그래서 더 흥분하면서 빨리 터졌다. 그러고는 급격하게 식더니 씻으러 갔다. 다른 때는 이러지 않았다.

이태진이 숨을 고르는 정예은의 어깨를 당겨 안고 물었다.

"현이 이젠 괜찮지?"

"응."

이태진의 가슴에 얼굴을 붙인 정예은이 대답했지만 시선은 들지 않았다.

"나 출장 다녀와서 현이 데리고 어디 여행이나 다녀오자."

이태진이 천장을 향한 채 말을 이었다.

"제주도도 좋겠네. 가깝고, 따뜻하고."

"…."

"현이가 착해. 내가 업고 다닐 때 한 번도 울지 않았어."

"…."

"이번에 갔다 오면 중동지역 오더는 기반이 굳어질 테니까 자주 출장 나가지 않아도 될 거야."

그때 몸을 뗀 정예은이 상반신을 일으키며 말했다.

"나, 물 좀 마시고."

침대에서 나온 정예은의 알몸 뒷모습이 창으로 들어온 밤거리의 빛을 받아 선명하게 드러났다. 방의 불을 꺼놓았기 때문이다.

이태진의 입 끝에 웃음이 번졌다.

문득 자신이 잔인하다는 생각이 떠올랐다.

이것도 아버지한테서 이어받은 천성인가? 천성이 곧 유전이다.

정예은이 결별을 선언하는 것은 이제 시간문제다.

그때까지 최선을 다해서 이쪽의 성실성을 부각하는 것이다. 그래야 더 미안해지고 더 가책을 받을 테니까. 양심이 있다면 말이다.

그리고 또 있다.

이쪽은 전혀 모르는 척함으로써 저쪽이 마음껏 공작을 꾸미도록 하는 것이다. 그래야 진면목이 드러날 테니까.

그때 다시 정예은이 침대로 들어왔기 때문에 이태진이 팔을 벌려 맞았다.

오너라.

이쯤은 아무것도 아니다.

다음 날은 대기업인 근대상사, 한일물산, 동아무역에 들러 함단에게 제출한 오퍼를 체크했다.

제품 설명을 듣고 가격 구조에 대한 설명을 들은 것이다.

그들은 함단과 함께 이태진이 입찰에 참석한다는 것을 알기 때문에 적극적으로 설명해주었다.

이번 출장은 함단의 입찰 업무 보조가 주 업무이고, 비공식 업무는 중앙정보부와 아즈란을 연결해 주는 것이다.

오피스텔로 돌아온 오후 9시, 카이로의 강준호에게 전화를 했다.

카이로는 오후 2시다.

강준호가 바로 전화를 받는다.

"제가 사흘 후에 출발합니다. 이곳에서 먼저 리야드로 갑니다."

이태진이 말을 이었다.

"리야드에서 다시 연락을 드리지요."

"기다리겠습니다."

강준호의 목소리가 밝아졌다.

"여긴 좀 급합니다. 잘되기를 바랍니다."

전화기를 내려놓은 이태진이 길게 숨을 뱉었다.

인간사 인연은 서로 주고받는 관계로 조성된다.

중정과의 관계가 바로 그렇다.

그때 전화벨이 울렸기 때문에 이태진이 깜짝 놀랐다. 생각에 잠겨 있었기 때문이다.

"여보세요."

응답했을 때 곧 정예은의 목소리가 울렸다.

"나야."

"오, 그래."

"언제 왔어?"

"9시쯤."

"밥 먹었어?"

"응, 먹고 왔어."

"출장가면 밥 잘 챙겨먹어."

"알았어. 고마워."

"잘 다녀와."

"그래. 잘 지내."

그때 문득 이태진은 이것이 마지막 따뜻한 전화라는 생각을 했다.

다음 전화는 아예 없든지 말 한마디가 비수 한 자루처럼 상대를 향해 던지는 대화가 될지도 모른다.

오후 6시에 김봉철의 전화 보고를 들었기 때문이다.

오늘도 정예은은 박윤호와 만났다.

오전 10시에 만나 청평의 식당에서 점심을 먹었다. 그리고 호숫가 모텔에서 2시에서 5시까지 쉰 다음에 6시 반에 귀가한 것이다.

지금은 씻고 전화를 한 것이지.

통화를 끝낸 이태진은 문득 정예은이 필사적이라는 느낌을 받는다. 어젯밤에도 같이 있었으니 오늘은 안 해도 될 전화를 했다.

갑자기 양심의 가책을 받았기 때문일까?

그건 아니다.

그 정도로 순진, 순수하지는 않다.

그렇다면 이렇게 필사적인 이유는?

이태진은 길게 숨을 뱉었다.

작전의 성공을 바라기 때문이다.

그 이유밖에 없다.

어떤 작전이냐구?

뻔하지.

오전 10시에 신우상사로 출근.

나머지 업체에서 가져온 오퍼를 받아 체크했다.

11시 반에 신우상사에서 1백 미터쯤 떨어진 커피숍으로 가서 김봉철과 안우현을 만났다.

안우현은 부동산 중개업자다. 안우현이 이태진에게 서류봉투를 내밀었다.

"오늘 입금하시면 이 토지를 소유하게 되십니다."

그동안 안우현을 시켜 매물로 나온 강남의 땅을 매입하도록 한 것이다.

그때 김봉철이 입을 열었다.

"제가 일일이 확인했습니다."

이태진이 서류에서 지도를 꺼내 보았다.

붉은색으로 선을 그은 땅은 10여 군데로 7만 2천 평이나 되었다.

대금은 5억 8천만 원.

몇 달 전에는 평당 5천 원대였던 것이 7, 8천 원대로 올랐다.

그러나 모두 불모지다.

강가의 습지, 자갈밭, 길도 없는 황무지다.

이태진이 고개를 끄덕였다.

"오늘 중으로 땅 주인들에게 송금해드리지요."

"그럼 내일까지 명의 이전을 끝내겠습니다."

안우현이 얼굴을 펴고 웃었다.

이태진은 무스타파한테서 받은 대리인 수수료에다 신우상사에서 모은 돈을 합쳐 부동산을 다시 구입한 것이다.

이제 강남에 구입해 놓은 땅이 10만 평 가깝게 되었다.

땅 부자다.

그러나 아버지가 만척에서 사놓았다는 땅에 비교하면 조족지혈이다.

이태진의 땅 구입은 정예은이 정병현의 땅 구입 정보를 준 것에 자극을 받았고, 아버지의 만주 땅 이야기로 불이 붙은 셈이다.

김봉철과 커피숍에 둘이 남았을 때 이태진이 말했다.

"사업에는 정보가 우선이야. 김 사장은 내 정보 담당이고."

"저는 이제 신우상사 정보과장입니다."

"비밀엄수야."

"물론입니다."

"내가 중정 일을 하고 있는 것 말했지?"

"알고 있습니다. 신우상사가 운동권 수배자 회사고 중정이 봐주고 있다는 것두요."

"내가 이번에도 중정 일 때문에 카이로에 가는 거야."

이태진이 말을 이었다.

"중정 간부를 사우디 정보국 간부한테 소개하려는 것이지."

"…."

"내가 사우디 정보국 간부의 대리인이거든."

이태진이 똑바로 김봉철을 보았다.

"내가 밖에서는 꽤 힘을 쓴다네."

"그러실 줄 알았습니다."

"내가 없는 동안 잘 부탁해."

이태진이 주머니에서 봉투를 꺼내 내밀었다.

"수표로 5백만 원 들었어."

"어이구, 감사합니다."

"감시 철저히 하도록."

"염려하지 마십시오. 저희들은 부장님 일만 하고 있으니까요."

김봉철이 고개까지 숙였다.

돈과 권력을 다 내민 셈이니 김봉철은 배신하지 못할 것이다.

오후 5시가 되었을 때 김명화에게 국어 선생 양미숙이 말했다.

손에 전화기를 들고 있다.

"김 선생, 전화."

"누군데요?"

"오빠래."

다가간 김명화가 전화기를 받아들었다.

"여보세요."

전화기를 귀에 붙인 김명화가 응답했을 때 수화기에서 사내의 목소리가 울렸다.

"나야."

이태진이다.

1시간쯤 후인 오후 6시.

시내 중앙동의 커피숍으로 김명화가 들어섰다. 안쪽 자리에 앉아있던 이태진이 손을 들었다.

"놀랐어?"

앞쪽에 앉는 김명화에게 이태진이 물었다.

정색한 얼굴이다.

"그래요. 갑자기 웬일이래?"

눈을 크게 뜬 김명화가 물었다.

"네 생각이 나서 무작정 온 거지."

다가온 종업원에게 커피를 주문한 김명화가 이태진을 보았다.

"오빠, 무슨 일 있어요?"

"내일 오후에 출장을 간다."

"또? 어디로?"

"리야드."

"출장 준비로 바쁠 텐데 여기까지 왔네."

"준비는 다 해놓았어. 어디 한두 번 가나?"

"무슨 일이 있구나. 그죠?"

"응."

"여자 문제지?"

종업원이 커피 잔을 내려놓고 돌아갔다. 김명화의 시선을 받은 이태진이 되물었다.

"왜 그렇게 생각하지?"

"예감이."

"너, 남자로 날 믿을 만하다고 생각해?"

"아니."

커피 잔을 든 김명화가 고개를 저었지만 웃음 띤 얼굴이다.

"하지만 우린 오빠, 동생 사이잖아?"

"그렇구나."

"오빠, 여자한테 상처 받았어?"

"그렇게 보이냐?"

"되묻지만 말고 그냥 말해."

"위로가 필요해."

"다른 곳에서?"

"그냥 네 생각이 나더라, 숨겨진 비자금처럼."

"웃기는 표현이네."

"너, 나를 네 남편으로 생각해본 적 있어?"

"응."

정색한 김명화가 고개를 끄덕였다. 커피 잔을 내려놓은 김명화가 이태진을 보았다.

"내가 중학교 2학년 때부터."

눈만 크게 뜬 이태진을 향해 김명화가 말을 이었다.

"그래. 내가 말라깽이 애였을 때부터."

"…."

"오빠 냄새를 맡으면 머리가 어지러워."

김명화의 눈이 흐려졌다.

"지금도 꿈속 같아."

그때 이태진이 부스럭대며 상반신을 세웠다.

"꿈 깨고 나가자. 답답하다."

이태진이 길게 숨을 뱉고 나서 일어섰다.

"너한테 영양제 맞는 것 같은 기분이야."

커피숍을 나온 이태진의 뒤를 김명화가 따라 나왔다.

"오빠, 저녁이나 먹고 가요."

옆으로 다가온 김명화가 팔짱을 꼈다.

"내가 밥 사줄게."

김명화한테서 냄새가 맡아졌다. 김명화의 향내다.

숨을 들이켠 이태진의 머리도 잠깐 어지러워졌다.

그러자 문득 지금이 꿈속처럼 느껴졌다.

거리 복판에 둘이 서 있지만 편안했다.

둘만 있는 것 같다.

오후 9시.

대전역 대합실 안.

이태진과 김명화가 마주 보고 서 있다.

서울행 열차는 9시 20분 출발이다.

김명화가 이태진을 보았다.

"오빠, 왜?"

"뭐가?"

"외로워 보여서."

"그냥. 이런 분위기가 처음이라 그래."

"내 방에서 자고 가도 돼."

이태진의 시선을 받은 김명화가 어깨를 치켰다가 내렸다.

"오빠가 원한다면."

"…."

"난 좋아."

그때 이태진이 고개를 끄덕였다.

"고맙다."

"그럼 차표 물려."

"오늘은 이것으로 끝."

이태진이 김명화의 손을 쥐었다. 부드럽고 따뜻한 손이다.

힘주어 손을 쥐었다가 푼 이태진이 몸을 돌렸다.

이것은 본능이다.

절제가 아니다.

이 선물은 가슴에 품어야지 깨뜨리는 것이 아니다.

다음 날 오후 5시.

공항 출국장으로 들어선 이태진의 앞으로 두 사내가 다가와 섰다. 그중 나이든 사내가 묻는다.

"이 부장님이시죠?"

이 부장이라고 부른 것은 신우상사의 직책이다.

이태진이 고개를 들었다.

"예, 그런데요."

"제가 중정 직원 박영균입니다."

옆쪽 직원은 눈인사만 했다. 악수를 하고 난 박영균이 말을 이었다.

"저도 동행하려고 왔습니다. 가면서 상황도 말씀드리구요."

"그러시죠."

강준호는 카이로에 있는 것이다.

본사 요원이 리야드까지 동행할 줄은 예상 밖이었지만 그만큼 급했기 때문일 것이다.

박영균은 이태진의 탑승권을 비즈니스로 업그레이드시켜 주었다.

비즈니스 석에 나란히 앉았을 때 박영균이 다시 자신을 소개했다.

"중동지역을 맡고 있는 중동부장입니다. 이 부장님이 대영산업의 중동과장도 겸하고 계시니까 같은 직책이죠."

40대 중반의 박영균은 검게 탄 피부에 건장한 체격이다.

"중동에서 한국은 북한의 영향력에 밀리는 상황입니다. 북한이 중동 측에 군사 원조, 무기 판매 등으로 중동국가들과 밀접한 관계를 맺어왔지요."

비행기가 이륙하는 바람에 잠시 말을 멈췄던 박영균이 말을 이었다.

"특히 이집트는 중동의 중심으로 북한의 영향력이 강합니다. 군사 고문단이 1백여 명이나 들어가 있어요."

북한의 경쟁력이 한국보다 우위인 시대다.

리야드 공항에 착륙했을 때다.

비행기 문이 열리고 탑승객들이 밖으로 나왔을 때 이태진 앞으로 양복 차림의 두 사내가 다가왔다.

"코리안 이태진 씨죠?"

"그래요."

이태진이 응답하자 사내가 목례를 했다.

"무스타파 님 지시로 마중 나왔습니다."

고개를 끄덕인 이태진이 옆에 선 박영균에게 말했다.

"그럼 오늘 밤에 제 호텔로 연락해주시죠."

"알겠습니다."

박영균이 고개를 끄덕였다.

이것으로 이태진의 위상을 확인했을 것이다.

사내들은 정보국 요원이다.

그들의 안내로 이태진은 입국 게이트를 멈추지도 않고 통과했다.

수하물을 찾는 동안 요원 하나가 여권의 입국 스탬프를 찍어왔고, 곧 공항을 나왔다.

요원들은 이태진을 호텔까지 안내하고 돌아갔다.

호텔 방에서 먼저 함단에게 도착했다는 연락을 했을 때는 오후 2시 반이다.

함단과 7시에 사무실에서 만나기로 약속을 한 것이다.

이번 리야드 방문 목적은 함단의 정부 입찰 보조 역할이니까.

이태진이 리야드 경찰청의 부청장실에 들어섰을 때는 오후 4시다.

한국에서 무스타파를 통해 면담 일정을 잡은 터라 아즈란은 기다리고 있었다.

인사를 마치고 자리에 앉았을 때 아즈란이 물었다.

"리, 내가 도와줄 일이 있나?"

아즈란은 리야드 경찰청의 부청장이며 사우디 정보국의 부국장이다.

오늘도 눈처럼 흰 숩을 입었다.

이태진이 정색하고 아즈란을 보았다.

"부청장님, 한국은 사우디의 형제 국이나 같습니다. 서로 많이 의지하고 있지요."

"그건 그렇지."

아즈란의 얼굴에 웃음이 떠올랐다.

1977년.

한국은 100억 불 수출을 달성하려고 몸부림을 치는 중이다. 그중 절반 정도가 사우디 건설 오더다.

그때 아즈란이 물었다.

"그런데 무슨 일 있나?"

"한국의 중앙정보부에서 저한테 협조 요청을 해왔습니다."

"중앙정보부?"

"예, 정보기관입니다. 아시지요?"

"응, 들었어. 그런데 왜?"

"제가 함단 가문과 밀접한 관계라는 것을 알고 있기 때문입니다."

"하긴 그럴 만하네."

"중정에서 사우디 정보국의 협조를 바라고 있습니다."

"무슨 일 때문인가?"

"이집트에서 북한 공작원들이 한국계 교민들을 납치, 압박하고 있는데, 이집트 당국이 북한에 협조적입니다."

"그럴 만하지."

아즈란이 고개를 끄덕였다.

"이집트 군부가 북한과 상당히 밀접되어 있어."

그렇다.

그것을 미국과 밀접한 관계인 사우디 정부 측에서도 우려하고 있다.

그때 아즈란이 정색했다.

"하지만 이건 정부 차원에서 결정할 일이야. 최소한 왕세자 전하의 암묵적 지시라도 받아야 진행이 돼."

"당연한 일입니다."

그것은 이태진도 안다.

이태진이 말을 이었다.

"제가 이번에 리야드에 올 적에 중정 중동 책임자하고 같이 왔습니다. 그 사람을 만나주실 수 있습니까?"

그 순간 아즈란의 눈이 흐려졌다.

먼 곳을 보는 것 같다.

이윽고 눈의 초점을 잡은 아즈란이 이태진을 보았다.

"만나지. 만나서 이야기를 듣자고."

오후 7시.

이태진이 시장 복판에 위치한 함단의 사무실로 들어섰다.

"오, 마이 브라더."

함단은 이태진을 동생 취급한다.

이태진의 뺨에 세 번 입을 맞춘 함단이 어깨를 껴안고 물었다.

"어때? 아즈란 만난 일은 잘되었나?"

"예, 잘되었습니다."

"무스타파 일은 잘되고 있어?"

"입찰을 끝내고 카이로에 가야 됩니다."

"바쁘군."

"모두 형님 덕분이죠."

"그건 자네의 능력 때문이지."

정색한 함단이 입찰서류를 탁자 위에 내려놓으면서 말했다.

"이번 입찰은 총 18억 불 규모인데 내가 응찰할 품목은 1억 불 정도야."

함단이 말을 이었다.

"작년에는 내가 참가하지 못했는데 올해부터 한국산 제품을 기반으로 응찰하려는 거야."

탁자 위에 펼쳐놓은 입찰 품목은 다양했다.

정부 입찰이어서 의료용 차와 소방차, 순찰차, 군복과 군화, 군 장비에다 의류까지 수백 가지다.

그중에서 함단이 응찰할 품목은 한국제품으로 24개 품목이다.

함단이 고개를 들고 이태진을 보았다.

"작년까지 이 품목들은 유럽과 동구권, 홍콩에서 생산했네. 올해에는 그놈들하고 경쟁을 할 판이지."

이태진의 시선을 받은 함단이 이를 드러내고 웃었다.

"제품 품질과 가격이 비슷하다면 결국 로비로 승부가 갈릴 거네."

다음 날 오전 11시.

이태진이 투숙한 컨티넨탈 호텔의 로비 라운지 A실 안.

소파에 앉아있던 이태진과 박영균이 노크 소리에 고개를 들었다.

그때 문이 열리면서 아즈란이 들어섰다.

아즈란은 웃음 띤 얼굴이다.

"오, 리, 고생이 많아."

먼저 이태진과 뺨을 부딪쳐 인사를 하고 난 아즈란이 박영균을 보았다. 그때 이태진이 박영균에게 말했다.

"아즈란 씨입니다."

그러고 나서 아즈란에게 말했다.

영어다.

"한국의 중앙정보부 미스터 박입니다."

"반갑습니다."

아즈란이 이번에는 손만 내밀었다.

아즈란의 손을 쥔 박영균이 말했다.

"중동 책임자 박영균입니다."

소파에 마주 보고 앉았을 때 박영균이 말했다.

"이렇게 만나주셔서 감사합니다."

"비공식이죠, 이 만남은."

아즈란이 바로 말을 받는다.

"정보국 요원들은 대부분 비공식으로 일을 처리하지만 말입니다."

"그렇습니다."

고개까지 끄덕인 박영균이 웃었다.

"저희들 정보부장님께서 안부 말씀을 전해달라고 하셨습니다."

"나도 국장께 말씀드리고 왔습니다. 비공식이지만 허락은 받아야죠."

"카이로에서 저희들이 밀리고 있습니다."

박영균이 재빠르게 본론을 꺼내었다.

"북한 공작원들이 이집트 정부의 배경을 믿고 한국 교민을 납치, 위협하고 있습니다. 우리도 지원 세력이 필요합니다."

"…."

"부국장께서 카이로에도 인맥이 있는 줄 알고 있습니다. 도와주시면 신세를 잊지 않겠습니다."

그때 아즈란이 고개를 들고 이태진을 보았다.

"지난번에 카이로에 보냈던 가잘을 보내야겠군."

아즈란이 이제는 박영균을 보았다.

"내 부하를 보낼 테니 함께 가시지요. 카이로에 가시면 지난번에 이태진 씨를 도왔던 경찰 특공대 간부를 만나실 수 있을 겁니다."

그러고는 덧붙였다.

"내가 오후에 가잘을 보내지요."

아즈란과 헤어지고 둘이 남았을 때 박영균이 이태진에게 물었다.

"카이로에 누가 있습니까?"

"카이로 경찰 특공대 간부지요."

이태진이 유성희가 얽힌 사건을 설명해주고 나서 쓴웃음을 지었다.

"그 사람은 현재 내가 세운 카이로의 무스타파 사무실을 보호해주고 있습니다."

"그렇군요."

박영균이 커다랗게 고개를 끄덕였다.

이미 이태진의 일을 해주고 있는 상황인 것이다.

한결 쉽게 되었다.

자리에서 일어선 박영균이 웃음 띤 얼굴로 이태진을 보았다.

"모두 이 부장님 덕분입니다."

박영균은 오늘 가잘과 함께 카이로로 떠나는 것이다.

다음 날부터 이태진은 함단과 함께 응찰 준비를 했다.

제품별 응찰 가격을 써서 서류를 사흘 후까지 제출해야 되는 것이다.

경쟁업체의 가격을 알 수 없었기 때문에 지난번 입찰 가격을 기준으로 시장 동향, 정부의 정책까지 참조해야 한다.

오후 8시 반.

함단이 서류를 정리하면서 이태진에게 말했다.

"작년에 폴란드, 홍콩 메이커를 내세운 2개 업체가 이 오더를 가져갔어."

함단이 말을 이었다.

"자이단, 칼라드지. 이놈들의 배경도 만만치 않아. 자이단은 국왕 가문과 같은 부족이고, 칼라드는 동생이 호텔을 2개나 가지고 있는 재력가지."

이태진의 시선을 받은 함단이 이를 드러내고 웃었다.

"내가 말했지? 가격과 품질이 비슷할 경우에는 로비로 결정이 난다고."

"내가 할 일이 뭡니까?"

"입찰 서류를 내면 메이커 대표로서 입찰 담당관한테 브리핑을 하네."

함단이 말을 이었다.

"5분간 시간을 주는 거야. 대개 건성으로 넘어가지만 그걸 자네가 하게."

"그러지요."

이태진이 순순히 고개를 끄덕였다.

바로 이것이 메이커 대표로 할 일이구나.

그동안 서울에서 업체들을 만나 제품 설명을 듣기를 잘했다는 생각이 들었다.

대영산업에서는 일 배울 때 먼저 제품을 알고 나서 영업을 하도록 한 것이다.

이태진도 6개월간 공장에서 생산직과 함께 근무하고 나서 영업직으로 올라온 것이다.

다음 날 오후.

함단 사무실에서 브리핑 준비를 하던 이태진이 전화를 받았다.

카이로에서 온 전화다.

"가잘입니다."

박영균과 함께 카이로에 간 가잘이다.

"가잘, 카이로에 도착한 거요?"

이태진이 묻자 가잘이 말을 이었다.

"지금 무스타파 지사에서 전화 드립니다."

"아, 그래요?"

"이곳에서 마흐밧도 일을 봐주고 있는 관계로 당분간 이 사무실을 사용했으면 좋겠는데요."

"이런."

이태진의 얼굴에 쓴웃음이 번졌다.

중정에 사무실까지 빌려주다니.

그때 가잘이 말했다.

"잠깐만요. 전화 바꿔드리지요."

그러더니 곧 한국말이 울렸다.

"저, 박영균입니다."

"아, 박 부장님."

"면목이 없었는데 가잘 씨가 먼저 연락을 해주는군요."

"아니, 괜찮습니다. 지금 사무실은 바쁜 일이 없거든요."

"사무실 임대료는 내겠습니다."

"신경 쓰지 마시고 쓰세요."

"아니, 냅니다. 고맙습니다."

박영균이 말하더니 곧 다른 목소리가 울렸다.

"저 강준호입니다."

오늘은 중정 세상이다.

강준호가 말을 이었다.

"카이로에 오시면 유성희에 대해서 말씀드릴 일도 있습니다."

"예, 연락드리고 가지요."

"저도 감사드리구요."

강준호도 서둘러 인사를 했다.

응찰 서류를 낸 날 저녁에 함단의 저택에서 이태진은 저녁 식사를 했다.

저녁 식사에는 사촌인 무스타파와 아즈란이 초대되었기 때문에 넷이 쟁반 주위에 둘러앉았다.

그때 양고기를 씹던 아즈란이 웃음 띤 얼굴로 말했다.

"우리가 모두 이태진과 연결되어 있구만, 그렇지 않나?"

"맞네."

무스타파가 고개를 끄덕였다.

"내 대리인에다 함단의 대리인, 그리고 이젠 아즈란한테 한국 중앙정보부를 연결해 주었어."

그때 함단이 웃기만 하는 이태진을 지그시 보았다.

"리, 우리 셋한테는 네가 한국이야."

"이해합니다, 함단."

"네가 한국을 대표하는 거야."

"책임을 느끼고 있습니다."

그때 무스타파가 말했다.

"함단, 이태진은 우리 형제들한테 떨어진 알라의 선물이야."

함단과 아즈란의 시선을 받은 무스타파가 말을 이었다.

"앞으로 카이로에 내 백화점, 호텔 그리고 사업장이 세워질 거야."

"인슈알라."

두 손을 들어 보인 아즈란이 큭큭 웃었다.

"그리스 놈한테 당하고 나서 미스터 리한테 반한 것 같군."

"그리스 놈이 사기를 많이 쳤지."

함단이 거들었다.

이태진도 사연을 알고 있기 때문에 잠자코 고기와 밥을 씹는다.

그리스인 파로죠프는 백화점 프로젝트를 핑계로 온갖 명목을 붙여 돈을 뜯어낸 것뿐만이 아니다. 주식 투자, 고급 자동차, 요트 구입에도 관여해서 수백만 불을 횡령한 것이다.

그래서 아즈란이 체포해서 지금 사막의 형무소에 갇혀있다. 재산을 몰수당하고 15년 형을 받았다는 것이다.

그때 무스타파가 고개를 들고 이태진을 보았다.

"미스터 리, 내일 브리핑 잘하게."

내일이 각 대리인들의 브리핑이다.

브리핑 당일.

브리핑은 리야드 중심부에 위치한 정부청사의 총무부 별관에서 열렸다.

총무부 대기실에는 수백 명의 대리인과 브리핑 담당 상사원이 모여 있었기 때문에 소란했다.

농구 코트 2개 면적의 대기실이 대리인, 상사원으로 가득 차 있는 것이다.

브리핑 장소는 2층인데 10여 개의 방으로 나뉘어 있다.

이태진에게 배정된 브리핑 시간은 10시 45분에서 10시 50분.

제6호실이다.

이미 응찰서류는 냈기 때문에 5분 동안 브리핑을 하면 된다.

그때 함단이 말했다.

"긴장하지 마. 그냥 인사만 해도 돼."

그런데 함단의 얼굴은 긴장으로 굳어 있다.

10시에 2층 브리핑 룸 옆의 대기실로 옮긴 후에 정확히 10시 45분에 제6호실로 입장했다.

함단과 함께 입장했다.

방 안에는 5명이 앉아있었는데, 모두 씁 차림으로 앞에 서류를 펼쳐놓고 있다.

심사원이다.

그중 하나가 물었다.

"14번. 무하마드 함단 상사, 맞지요?"

"예, 내가 함단입니다."

함단이 대답하자 사내의 시선이 이태진에게 옮겨졌다.

"시작하시오."

영어다.

이태진이 가져간 브리핑 차트를 걸었지만 문득 생각을 바꿨다.

어차피 5분 동안 다 읽지도 못한다.

허리를 편 이태진이 앞쪽에 앉은 심사원들을 보았다.

함단은 이태진 옆쪽의 의자에 앉아있다.

그때 이태진이 입을 열었다.

"대부분 정부 기관, 정부에서 공급하는 제품이기 때문에 품질이 확실하게 보장되어야 합니다."

차트를 들치지도 않고 이태진이 한마디씩 분명하게 말했다.

모두 이태진을 주시한 채 딴전 피우는 사람이 없다.

이 시선을 그대로 잡아야 한다.

이태진이 들고 온 가방을 열고 한 뭉치의 선전물을 꺼내 심사원들 앞쪽 테이블에 쏟았다. 모두의 시선이 선전물로 옮겨졌다.

함단도 놀란 표정으로 선전물을 본다.

그때 이태진이 말했다.

"그래서 정부에 대한 광고 선전이 중요합니다. 따라서 각 상품에 이런 광고, 선전물을 추가하면 모두 기뻐할 것입니다."

그때 심사위원장이 손을 뻗어 광고물 하나를 쥐었다. 그러자 모두 이것저것을 집어서 구경을 했다.

그동안 이태진은 입을 다물었다.

금쪽같은 시간이 그냥 흐른다.

그러나 그동안 심사위원들은 이것저것을 집어 살펴보았다.

그때 누군가 탄성을 뱉었고 누군가는 짧게 웃었다.

심사위원장의 얼굴에도 웃음이 떠올라 있다.

그 선전물은 사우디 국기가 인쇄된 찻잔 받침, 자동차 열쇠고리, 선물용 비닐 백, 플라스틱 재떨이, 부채, 예쁘게 만든 10여 가지 스티커, 플라스틱 컵, 구둣주걱까지 있다.

이것은 모두 오마르 오더에서 제품과 함께 보내진 것인데, 이번에 이태진이 사우디 국기만 인쇄해서 가져온 것이다.

제품에다 사우디 국기만 인쇄한 것이어서 사흘도 안 걸렸다.

그때 심사위원장이 고개를 들고 이태진과 함단을 번갈아 보았다.

그러더니 영어로 말했다.

"훌륭한 브리핑이었소."

그러고는 테이블에 쌓인 선전물들을 눈으로 가리켰다.

"이건 두고 가시오."

이태진이 함단과 함께 방을 나오면서 시계를 보았더니 4분밖에 안 걸렸다.

돌아오는 차 안이다.

별관에서 나와 주차장에 대기시킨 차에 탈 때까지 아무 말도 없던 함단이 고개를 돌려 이태진을 보았다.

"리, 한국인은 다 이런가?"

"무슨 말씀입니까?"

"너처럼 특별하냐고 묻는 거야."

"칭찬입니까?"

"난 이번 입찰에 낙찰 받지 않아도 상관없어."

어깨를 치켰다가 내린 함단이 길게 숨을 뱉었다. 어느덧 눈이 번들거리고 있다.

"만족해. 심사위원들의 반응 보았지?"

함단의 목소리가 떨렸다.

"우리처럼 선물을 내놓는 응찰자는 없었을 거야, 그 특별한 선전물을."

"우리가 수출하는 제품에 추가한 선전물입니다. 거기에다 국기만 인쇄했을 뿐이지요."

"그런 착상이 놀라운 거야."

함단이 말을 이었다.

"심사위원들한테 무하마드 함단 회사가 머릿속에 박혔을 거다."

호텔로 돌아온 지 한 시간쯤 되었을 때 무스타파가 전화를 했다.

"리, 함단한테서 이야기 들었어."

무스타파의 목소리는 밝다.

"심사위원들을 감동시켰다면서? 대단해."

"감사합니다."

"자넨 우리 가문의 보물이야."

"낙찰회사 발표가 5일 후니까, 전 오늘 오후에 카이로로 갑니다."

"바쁘군, 리."

"카이로에서 연락드리지요."

"고마워. 무리하지 말고."

통화를 끝낸 이태진이 길게 숨을 뱉었다.

이것이 생의 보람이다.

분가했기 때문에 박윤호는 박성순과 저녁을 함께 먹을 기회가 드물다.

일 년에 서너 번뿐이었지만 오늘 박윤호는 박성순과 저녁을 먹는 중이다.

오후 8시 10분.

둘은 소공동의 일식당 도쿄의 룸에 마주 앉아 있다.

그때 젓가락을 내려놓은 박성순이 박윤호를 보았다.

오늘은 박성순이 박윤호를 불러낸 것이다.

"내가 네 엄마한테서 들었는데."

박성순이 입을 떼자 박윤호는 긴장했다. 고개를 든 박성순이 말을 이었다.

"네가 요즘 대영산업 정 회장의 딸을 만나고 있다면서?"

"네, 아버지."

"그런데 그 딸이 아이 하나를 둔 이혼녀라던데, 맞느냐?"

"네, 아버지."

그때 박성순이 소주잔을 들고 한 모금을 삼켰다.

"그 애하고 지금 어떤 관계냐?"

"예?"

"정 회장 딸하고 말이다. 네 어머니 말을 들었더니 결혼 약속을 했다던데, 맞느냐?"

"네, 아버지."

"너 대영산업으로 갈 작정이면, 결혼해."

"예?"

"정 회장 아들이 아직 20대라는군. 네가 결혼해서 대영산업 사장으로 옮겨 가면 되겠다."

남은 술을 마신 박성순이 잔을 내려놓고 박윤호을 보았다

"네가 자식 둘 딸린 이혼남인데 거기에다 아이 하나 딸린 이혼녀와 결혼을 해? 그래서 또 자식 낳고 각각 피가 다른 애들을 거느리고 산단 말이지?"

박성순이 얼굴을 일그러뜨리며 웃었다.

"내가 창피해서 낯을 들지 못하겠군. 너 명심하고 들어."

"…."

"네가 뭐가 모자란다고 이 지랄이냐? 내가 정병현이 같은 놈하고 사돈 맺고 싶어서 환장하는 놈 같으냐?"

"아, 아닙니다, 아버지."

"두 번 다시 그 이야기가 내 귀에 들린다면 너 회사 그만둬, 전자는 다른 사람한테 맡길 테니까."

그러고는 박성순이 자리에서 일어섰다.

"마지막 경고다."

이태진이 카이로에 도착했을 때는 오후 7시 무렵이다.

입국장에는 중앙정보부 요원 강준호가 기다리고 있었기 때문에 이태진이 웃음 띤 얼굴로 물었다.

"웬일입니까?"

"당연하지요."

따라 웃은 강준호가 말을 이었다.

"말씀드릴 일도 있구요."

공항 건물을 나온 둘은 강준호가 대기시킨 차에 올랐다.

차가 출발했을 때 강준호가 말했다.

"마흐밧이 적극적으로 도와주고 있습니다. 모두 이 형 덕분입니다."

"다행이죠."

이태진이 말을 이었다.

"카이로가 북한 세상이 되면 제가 사업하는 데도 불편할 테니까요."

"당분간 무스타파 연락사무소를 사용해도 되겠습니까?"

"관리비는 내셔야죠."

"당연한 일 아닙니까?"

강준호가 정색하고 말을 이었다.

"오히려 사례비까지 드려야지요."

"신우상사 직원들이나 잘 부탁합니다."

"그건 염려하지 않으셔도 됩니다."

고개를 든 강준호가 이태진을 보았다.

"그 친구들은 수배자지만 이미 운동권이 아닙니다. 열심히 일하는 산업 전사지요. 적극 보호해드리겠습니다."

"유성희는 어떻게 되었습니까?"

"이젠 우리가 보호해주는 입장입니다."

강준호가 쓴웃음을 지었다.

"북한 측에는 배신자가 되었으니까요."

그렇다.

같이 체포되었던 일당은 모두 강제추방을 당한 데다 이태진의 납치에 비협조적이었으니 의심받을 만했다.

"오늘 오신다고 연락했더니 그동안 알아본 일이 있다고 하더군요."

이태진은 대답하지 않았다. 기대하지도 않았기 때문이다.

호텔에 체크인을 하고 방에 들어온 지 30분쯤이 지났을 때다.

전화벨이 울렸다.

전화기를 든 이태진이 응답했을 때 곧 여자의 목소리가 울렸다.

"유성희입니다."

"아, 웬일이죠?"

"저 지금 로비에 있는데요. 잠깐 뵐 수 있을까요?"

오후 9시 15분이다.

"좋습니다."

승낙한 이태진이 전화기를 내려놓았다.

잠시 후에 방 안으로 유성희가 들어섰다.

이태진과 시선이 마주치자 눈을 깜박여 눈인사만 했다. 이태진도 잠자코 손으로 소파를 가리켜 앉으라는 시늉만 했다.

둘이 마주 앉았을 때 유성희가 입을 열었다.

"아마드 호텔은 빚투성이가 맞습니다. 내 제자도 모르고 있던 빚이 있었어요."

유성희의 눈 주위가 붉어져 있다.

"하마터면 사기를 당할 뻔했습니다. 저 때문에 거금을 날릴 뻔했어요. 사과드립니다."

"됐어요."

쓴웃음을 지은 이태진이 소파에 등을 붙이면서 물었다.

"그 말을 하러 오신 거요?"

"아니요. 클레오파트라 호텔의 주인 아지브 핫산이 탈세 혐의를 받고 도주 중입니다. 지금 클레오파트라 호텔은 영업 중이지만 어수선해요. 그 말씀을 드리려고."

"이번에는 또 어떤 속사정이 있을지 모르겠군."

"지난번 실수를 만회하려고 특급 호텔 4개를 훑었는데, 네 번째에 괜찮은 정보를 얻었습니다."

유성희가 정색하고 이태진을 보았다.

"알 아즈하르 대학원의 최고경영자 과정에서 강의를 하고 있기 때문에 대기업 경영자들 정보는 빠른 편입니다."

"핫산이 사주 맞습니까?"

"맞아요."

유성희가 흐려진 눈으로 이태진을 보았다.

"재벌들 사이에 퍼진 소문을 알려드렸으니까, 자세한 내막은 조사해보시죠."

그러고는 유성희가 덧붙였다.

"당신의 배후에는 정보기관이 깔려 있지 않습니까?"

유성희가 밥값은 한 셈이다.

다음 날 오전.

시내의 무스타파 연락사무소에 출근한 이태진을 여직원 사로나가 맞았다. 사로나가 수줍은 표정으로 말했다.

"마흐밧 씨는 오후 1시쯤 오시겠답니다. 지금 가잘 씨하고 같이 계십니다."

"알고 있어, 사로나."

사무실을 둘러보면서 이태진이 물었다.

"당분간 이곳을 한국 직원들이 사용할 거야. 알고 있지?"

"네, 어제 이야기 들었습니다."

"사로나는 우리 일만 하면 돼."

"알고 있습니다."

소파에 앉은 이태진에게 사로나가 홍차 잔을 내려놓았다.

건물 3층에 위치한 사무실은 50평쯤 되었는데 회의실도 갖춰졌고 책상도 10여 개가 놓여 있다. 그동안 마흐밧이 관리해주고 있었다.

이태진이 전화기를 들었다.

벽시계가 오전 9시 반을 가리키고 있다. 서울은 오후 4시 반이다.

버튼을 누르자 신호음 두 번 만에 곧 응답 소리가 울렸다.

"예, 강진수입니다."

"난데."

"아."

놀란 강진수가 뒷말을 잇지 못했다. 사무실 안이기 때문에 조심스러운 것이다.

그때 이태진이 말했다.

"내가 한국 시간으로 밤 12시에 네 집으로 전화할게."

"알겠습니다."

강진수의 대답 소리를 듣고 이태진이 전화기를 내려놓았다.

전(全) 사원이 일체가 되어 목표를 향해 전력투구하는 것이 회사의 바람이다.

그러나 개개인을 보면 갖가지 사연이 있는 것이다.

부대끼면서 타협하고, 누르고, 등을 치려는 놈들을 함정에 빠뜨리면서 앞으로 나가는 것이 실상이다.

그러면서 회사가, 국가가 함께 진보하는 것이다.

사로나와 함께 근처 중식당에서 점심을 먹고 돌아왔더니 마흐밧과 가잘, 박영균과 강준호까지 사무실에 와 있었다.

이태진은 곧 마흐밧과 둘이서 회의실로 들어가 마주 앉았다.

"마흐밧, 당신은 2개의 잡(job)을 갖고 있군요."

이태진이 카이로 경찰청 특공대 부대장인 마흐밧에게 말했다.

마흐밧은 이집트 정보국 소속이기도 한 것이다.

그것은 가잘도 마찬가지다.

리야드 경찰청 특수부 간부이며 사우디 정보국 소속이다.

그때 마흐밧이 이를 드러내고 웃었다.

"3개의 잡(job)이죠. 한국 중앙정보부의 일까지 거들고 있으니까요."

"마흐밧, 클레오파트라 호텔의 소유주 아지브 핫산이 탈세 혐의로 해외 도피 중이라는 정보를 받았습니다."

이태진이 말을 이었다.

"그동안 유성희가 조사했어요. 대학원의 최고경영자 과정에 나온 경영자들 사이에 소문이 퍼졌다던데."

"제가 알아보지요."

마흐밧이 쓴웃음을 지었다.

"유성희가 당신 일에 적극적이군요."

"지난번 사건으로 나한테 미안한 모양입니다."

"두고 봐야지요."

"한국 중앙정보부 일까지 도와주게 되었군요, 마흐밧."

"우리 대장이 사우디와의 관계를 중요하게 여깁니다. 북한과는 비교가 안 되지요."

마흐밧이 목소리를 낮췄다.

"북한과는 군사적인 비즈니스이니까요."

이용 가치가 있으면 조직을 나눠서 대처한다.

이태진은 또 배운다.

눈도 깜박이지 않고 적과 동지를 함께 거느리는 것이다.

오후 5시.

무스타파 사무실에서 이태진이 전화기를 귀에 붙이고 다이얼을 돌렸다.

서울은 밤 12시다.

신호음이 한 번 울리고 나서 곧 응답 소리가 들렸다.

"여보세요."

강진수다.

"난데, 무슨 일 있어?"

대뜸 그렇게 물었더니 강진수가 대답했다.

"박 선배가 찾아왔습니다."

"누구?"

"박기만 선배입니다."

"어떻게 온 거야?"

"이틀 전에 전화가 왔습니다. 그래서 제가 만났는데요."

강진수가 말을 이었다.

"저희들이 신우상사에서 일하고 있는 것을 다 알고 있었습니다. 정보가 새나간 것입니다."

"그건 상관없어."

중정이 봐주고 있는 한 문제가 될 일이 없다.

그때 강진수가 말을 이었다.

"그런데 박 선배가 자금이 필요하답니다. 그래서 저하고 서 과장이 50만 원을 만들어줬더니 3백만 원이 필요하다고 하는데요."

"…."

"공작금이 필요하다는데. 사실…."

"말해."

"박 선배는 요즘 일 안 합니다. 소문이 퍼져 있는데 박 선배는 모르고 있는 것 같습니다."

"…."

"후배들 찾아가 돈 받아서 딴짓한다는 소문이 났습니다."

"나쁜 놈. 와이프는 고생시키고…."

"서 과장한테서 들었는데, 부장님이 주신 돈도 다 찾아갔다고 합니다."

"…."

"다른 여자하고 동거한다는 소문이 났습니다."

그때 숨을 고른 이태진이 물었다.

"언제 만나기로 한 거냐?"

"모레 오후 3시에 회사 근처 커피숍에서 만나기로 했는데요."

"그 커피숍 전화번호를 나한테 알려줘. 이곳 사무실로 말야."

이태진이 무스타파 사무실 전화번호를 알려주고 나서 말을 이었다.

"내가 3시에 커피숍으로 전화를 하지. 박기만하고 통화를 할 거다."

전화기를 내려놓은 이태진이 한동안 앞쪽의 벽을 보았다.

세파를 겪으면서 인간이 완전무결하지는 않다는 것을 알게 되었다.

다 실수를 한다.

불의와 타협을 할 때도 있다.

선(善)한 목적, 대의(大義)를 위해서 하는 실수와 타협이기 때문이다.

이것이 이태진의 믿음이다.

그래서 박기만이 가끔 탈선하고 딴짓을 해도 지원해준 것이다.

자신과 다른 길을 가는 박기만을 자랑스럽게 생각했고 존경까지 했다.

이태진은 길게 숨을 뱉었다.

폐에 든 불순물을 다 씻어내는 것처럼 숨이 길었다.

6장 함단 & 리

오후 7시에 압둘라와 함께 신시가지에 위치한 체육관으로 갔다.

압둘라는 마흐밧이 소개해준 부동산업자다.

체육관은 낡아서 폐쇄된 상태였는데 위치가 좋았다.

도로가에 있는 데다 주변이 대단위 고급 주택가다.

주인이 도망갔다는 클레오파트라 호텔도 한 블록 건너편이다.

"국가에서 매물로 내놓았지만 10년 동안 아무도 구입하려고 나서지 않았지요."

압둘라가 떠들썩한 목소리로 말을 잇는다.

"일단 건물 철거 비용이 드는 데다 이 부지 가격이 비싸기 때문이었지요."

이태진이 고개를 끄덕였다.

대지 면적만 5천 평이 넘는 것이다.

정부에서 공시한 가격이 1,700만 불이다.

"국토부에서 가격 흥정이 됩니까?"

이태진이 묻자 압둘라가 정색했다.

"차관이 책임자입니다. 구입 의사가 있다면 연락해드릴 수 있습니다."

"조금 더 검토한 후에 합시다."

이태진이 우선 그렇게 마무리를 했다.

먼저 무스타파에게 보고를 해야 될 것이다.

오후 9시 반이 되었을 때 호텔 방으로 유성희가 전화를 했다.

"핫산이 요르단 암만에 있어요."

대뜸 그렇게 말한 유성희가 말을 이었다.

"핫산의 아들한테서 들었습니다."

"아들한테서 말입니까?"

"네, 셋째 아들인데, 핫산의 후계자로 알려져 있어요."

"…."

"핫산은 아들들과 불화를 겪고 있습니다. 이번 탈세 혐의도 큰아들이 고발했다는군요."

"…."

"클레오파트라 호텔은 셋째 아들한테 상속해줄 예정입니다. 하지만 이번 탈세 혐의로 호텔이 위험해졌어요. 부도를 맞을 가능성이 많습니다."

이태진이 쓴웃음을 지었다.

유리하게 돌아가는 상황이었지만 오히려 이용할 생각이 줄어들고 있었다.

이윽고 이태진이 말했다.

"수고했습니다. 노력해줘서 고마워요."

"만나시겠어요? 셋째 아들이 아버지 만나러 암만으로 갈 수도 있다는데요."

"검토해보지요."

"기다릴게요."

"지금 어딥니까?"

"집에 있어요."

"내일 점심이나 같이 합시다."

이태진이 말을 이었다.

"식당에서 12시 반에 보십시다."

"네, 갈게요."

유성희가 바로 대답했다.

다음 날 오전.

무스타파 연락사무소에 출근한 이태진에게 먼저 나와 있던 강준호가 다가와 말했다.

"팀이 구성되었습니다."

강준호의 표정은 밝다.

"이집트 정보당국과 비공식 협약을 맺었습니다."

"잘되었네요."

"모두 이 부장 덕분이죠."

둘은 회의실로 들어가 앉았다.

강준호가 웃음 띤 얼굴로 이태진을 보았다.

"유성희 씨는 적극적으로 협조하고 있어요. 어쩔 수 없는 입장이지만 말입니다."

"내 일도 다시 도와주고 있어요."

"나한테도 이 부장한테 미안하다고 합디다. 오해도 있었다고 하고."

"오늘 점심 먹기로 했어요."

"믿어도 되실 것 같습니다."

그때 고개를 든 이태진이 강준호를 보았다.

"강 선생께 부탁드릴 일이 있습니다."

12시 20분이 되었을 때 유성희가 일식당 도쿄의 밀실 안으로 들어섰다.

히잡을 쓴 유성희는 긴팔 셔츠에 바지 차림이었는데 선명한 용모가 아랍인과 비슷했다.

이태진이 앞에 앉은 유성희에게 물었다.

"북한 공작원들의 압력이 있습니까?"

"며칠 전까지는 미행이 붙었어요."

정색한 유성희가 이태진을 보았다.

"드러내놓고 따라다녔는데 지금은 사라졌어요. 이집트 정보기관원이 그자들을 압박하고 있으니까요."

"…."

"지금은 이집트에서 남북한 간 세력의 균형이 잡힌 것 같습니다. 얼마 전까지만 해도 이곳은 북한 공작원 세상이었으니까요."

고개를 든 유성희가 이태진을 보았다.

"그것이 이 부장님 때문이더군요."

"난 소개했을 뿐이죠. 서로 이해가 맞았기 때문에 협의가 되었겠죠."

"다시 말씀드리지만 난 북한 공작원도 아니고 그들의 공작에 협조한 적도 없습니다. 협박에 굴복해서 이 부장님 행동을 보고한 것은 사실이구요."

유성희의 두 눈이 번들거렸다.

"처음에는 죄책감 없이 시킨 대로 했는데 점점 마음이 변했고 지금은 진심으로 사과드립니다."

"됐어요. 이젠 그 이야기 그만합시다."

이태진이 말했을 때 마침 종업원이 주문을 받으려고 들어섰다.

이해할 수 있다.

수배자로 한국에서 도망쳐 나온 유성희다.

그때 북한 공작원이 접근했고 협조를 요구했을 때 거부감이 적었을 것이다.

조국을 떠나 버림받은 느낌도 들었을 테지.

그리고 지금은 한국의 정보기관이 이집트에 뿌리를 내리려는 상황이다.

더구나 한국에는 가족이 있는 것이다.

여기에서도 주고받는 이치가 작용된다.

한국의 가족이 담보다.

"추진해 봐."

무스타파가 이태진이 보고를 끝내자마자 말했다.

이태진이 클레오파트라 호텔 상황을 말해준 것이다.

"자네가 붙으니까 계속해서 일이 생기는구나. 나도 활력이 일어난다."

"그럼 암만에 가서 핫산을 만나 보겠습니다."

"이집트 국세청장 압둘 하다드는 나하고도 안면이 있어. 중간에 한 사람만 연결하면 문제가 해결될 가능성이 있어."

"알겠습니다."

이태진의 심장박동이 빨라졌다.

무스타파가 바로 추진해보라고 한 이유를 알 수 있었다.

그리고 또 하나 깨달은 것이 있다.

'카르텔'이다.

중동의 초고위층 간 인맥이 형성되어 있다는 사실이다.

겉으로는 전혀 관계가 없는 것처럼 보이지만 내막은 다른 것이다.

그때 무스타파가 말했다.

"탈세 문제라면 조정할 수 있을지 모르겠어. 그렇게 되면 우리가 주도권을 잡는 셈이지. 바로 연락해."

무스타파의 목소리는 생기에 차 있다.

그 후부터 일은 빠르게 진행되었다.

다시 유성희에게 연락을 했고 오후 3시가 되었을 때 이태진은 힐튼호텔 라운지의 밀실로 들어섰다.

밀실 안에는 유성희와 사내 하나가 앉아있다가 자리에서 일어섰다.

핫산의 셋째 아들 술라이만이다.

유성희가 이태진에게 술라이만을 먼저 소개했다.

"여긴 핫산 씨의 아들 술라이만 씨."

이태진을 윗사람으로 예우한다.

유성희가 술라이만을 보았다.

"술라이만, 무스타파 씨의 대리인 이태진 씨예요."

악수를 나눈 셋이 자리에 앉았을 때 이태진이 바로 말했다.

"같이 암만에 가서 핫산 씨를 만납시다."

카이로에서 암만은 비행기로 한 시간 거리다.

오후 5시 반.

이태진과 술라이만, 유성희는 암만행 비행기에 앉아있다.

이태진이 옆자리에 앉은 술라이만을 보았다.

"호텔을 매각할 의사는 있는 겁니까?"

"그러니까 모시고 가는 거죠."

술라이만의 검은 눈동자가 이태진과 부딪쳤다.

쑵 차림에 짙은 턱수염을 길렀지만 말끔한 코 밑 피부를 보면 30대나 이태진 또래다.

그때 이태진이 다시 물었다.

"세금 문제 외에 매각에 방해되는 요소는 없습니까?"

그때 술라이만의 눈동자가 흔들렸다.

이태진은 시선을 떼지 않았고 술라이만이 어깨를 늘어뜨렸다.

"형이 문제를 일으킬지도 모릅니다."

"형이 둘 있다던데."

"큰형 알루크가 다른 탈세 증거를 쥐고 있어요. 그것으로 아버지를 협박하고 있었습니다."

"이런."

이태진이 이맛살을 찌푸렸다.

"이번 문제가 된 작년분 탈세 외에 또 있단 말이군요."

"네, 지난 3년분. 국세청에서는 그냥 넘어갔지만…."

"알루크의 요구조건은 뭡니까?"

"클레오파트라 호텔의 양도."

이태진이 쓴웃음을 지었다.

"아버지 생각은 어떻습니까?"

"알루크는 이미 룩소르의 호텔과 유람선 1척을 받았지요."

"둘째 형은?"

"아미르는 수에즈의 건물을 받았습니다."

"그럼 당신은?"

"클레오파트라 호텔."

"클레오파트라 호텔의 가치는?"

"6천만 불."

술라이만의 눈동자가 똑바로 이태진을 응시했다.

"본래 가치는 7천7백만 불이었지만 탈세액을 변상하고 남은 가격입니다."

이태진이 고개를 끄덕였다.

아마 알루크나 아미르가 상속받은 유산은 클레오파트라 호텔의 몇 분의 일밖에 되지 않을 것이다.

이태진이 심호흡을 했다.

중요한 이야기는 핫산과 직접 말하는 것이 낫다.

술라이만한테는 가족 간의 문제를 들었을 뿐이다.

오후 9시 반.

승용차가 저택의 현관 앞에 멈춰서더니 일행이 내렸다.

술라이만과 이태진, 유성희다.

현관 앞에 서 있던 장년의 사내가 그들을 맞았다.

핫산이다.

술라이만의 소개로 이태진과 유성희는 핫산과 인사를 했다.

이곳은 암만의 고급 주택가.

마당에 분수대까지 놓인 대저택의 현관 앞이다.

"자, 들어가십시다."

턱수염이 절반쯤 센 핫산이 집 안으로 그들을 안내했다.

이곳이 핫산의 안가(安家)다.

응접실로 들어선 그들은 소파에 둘러앉았다.

집 안 장식은 화려했고 서양식이다.

하인이 다가와 앞에 홍차 잔을 놓고 사라졌다.

그때 핫산이 먼저 입을 열었다.

"무스타파 님의 명성은 들었지요. 이렇게 대리인을 만나 반갑습니다."

"안부 말씀 전하라고 하셨습니다."

이태진이 말을 받는다.

술라이만에게 신분을 밝힌 것이다.

핫산이 말을 이었다.

"이렇게 외국으로 피신한 상태라 부끄럽지만 클레오파트라 호텔의 소유권은 분명합니다. 아직 아무도 건드릴 수 없지요."

고개를 든 핫산의 두 눈이 번들거렸다.

"이번 국세청의 탈세 조사 사건도 내 자식이 밀고한 것 같습니다. 내가 클레오파트라 호텔을 술라이만한테 넘긴다는 것을 알고 한 짓이오."

큰아들 알루크를 말한다.

핫산이 말을 이었다.

"이제는 자식이 원수가 되었습니다. 그래서 이 기회에 깨끗이 정리를 할 겁니다."

"어떻게 말입니까?"

이태진이 묻자 핫산이 정색했다.

"내 탈세액과 벌금까지 공제하고 클레오파트라 호텔을 인수해가시지요."

인수하고 나서 탈세액과 벌금을 국세청에 납부하라는 말이다.

"얼마를 원하십니까?"

이태진이 묻자 핫산은 고개를 들었다.

"세금과 벌금을 대신 내는 조건으로 6천만 불."

술라이만한테서 들은 가격이다.

이태진이 다시 물었다.

"다른 문제는 없습니까?"

"큰아들이 날 탈세 문제로 협박하고 있는데, 그건 내가 정리할 겁니다."

"어떻게 정리하실 건지 알아도 됩니까?"

"부끄럽지만 나도 그놈의 탈세에다 밀수 등의 증거를 갖고 있어요. 그걸 들이대면 꼼짝 못 할 겁니다."

"그럼 보고를 해보지요."

고개를 끄덕인 이태진이 핫산을 보았다.

"내일 아침에 다시 만나기로 하죠."

상담은 10분도 안 되어서 끝났다.

숙소는 암만의 인터컨티넨탈 호텔이다.

유성희와 호텔에 체크인했을 때는 밤 10시 반이다.

특실 2개를 예약했기 때문에 방문 앞에서 헤어진 이태진이 방에 들어와 전화를 했다.

기다리고 있던 무스타파가 바로 전화를 받는다.

핫산과의 상담 내용을 보고했더니 무스타파가 물었다.

"자네 생각은 어때?"

"먼저 큰아들 알루크 문제를 처리해야 한다는 조건을 붙이는 게 낫겠습니다."

"옳지. 그래야지."

"변호사를 보내 인수조건을 확인하고 보증을 받아야 합니다."

"변호사를 대기시켰어. 언제든지 연락만 해, 보낼 테니까."

"그리고 세금, 벌금까지 포함해서 6천만 불은 너무 비쌉니다."

"내가 여기서 알아보았더니 클레오파트라 호텔은 1억 불 가치도 넘는다던데."

"물론 특급호텔로 평상시에는 그 가치를 받겠지만 지금은 아닙니다."

그때 무스타파가 짧게 웃었다.

"그런가? 잘나가던 호텔이 그 지경이라니 안타깝군."

"핫산은 우리를 이용하고 있습니다. 어떻게든 높은 가격을 받으려고 합니다. 그리고 당신의 인맥으로 탈세 문제를 처리하려고 하는 것이지요."

"이집트 국세청장 하다드하고는 잘 알지만 아직 내색하지 마."

"저한테 맡기시지요."

"좋아. 맡기지."

무스타파가 말을 이었다.

"내가 세금 처리하고 5천5백이면 적당해."

눈을 뜬 이태진이 탁상시계를 보았다.

오전 7시 55분이다.

침대에서 일어난 이태진이 옆쪽 의자에 앉아 전화기를 들었다. 버튼을 누르자 곧 신호음이 울렸다. 신호음 세 번 만에 응답 소리가 들렸다.

"네, 산호 커피숍입니다."

"거기 손님 중에 박기만 씨 좀 바꿔주세요."

서울에 전화를 한 것이다.

서울은 지금 오후 3시다.

"박기만 씨 계세요?"

카운터에서 여자가 소리쳐 물었을 때 박기만이 고개를 들었다. 얼굴이 금세 하얗게 굳어 있다.

"누구야?"

흐려진 눈으로 앞에 앉은 강진수에게 묻는다. 그때 강진수가 어깨를 부풀렸다가 내렸다.

"부장님한테 오늘 여기서 선배 만난다고 말했거든요."

"그럼 저게 이태진이야?"

그때 여자가 다시 물었다.

"박기만 씨 계세요?"

"여기요."

그렇게 대답한 것은 강진수 옆에 앉은 서재경이다.

그때 눈동자를 굴리던 박기만이 엉거주춤 자리에서 일어섰다.

커피숍 안에는 절반쯤 손님이 차 있었지만 이쪽에 시선을 주는 사람은 없다.

카운터로 다가간 박기만이 전화기를 귀에 붙였다.

"여보세요."

"나 이태진이다."

이태진의 목소리가 울리자 박기만이 전화기를 고쳐 쥐었다.

얼굴에 웃음이 떠올랐다가 곧 일그러졌다. 반가웠다가 민망해졌기 때문이다.

"어, 그래. 너 지금 외국에 있다면서?"

"그래. 강진수한테서 널 만난다는 보고를 받고 전화한 거야."

"아, 그거…."

"강진수는 내가 데리고 있는 직원이야. 네 종이 아니라구."

"야. 근데…."

"너 열심히 사는 애들 뜯어먹고 살 거냐? 부끄럽지도 않아?"

"야, 네가 뭘 안다고 그래?"

정신을 수습한 박기만이 잇새로 말했다.

"넌 네 일이나 해, 인마."

"네가 내 일을 방해하고 있는 거다."

이태진이 말을 이었다.

"내가 직접 널 처리하려고 너한테 전화한 거다."

"뭐라고?"

"네 처자식은 내가 돌봐주지. 걱정 마."

그러고는 통화가 끝났기 때문에 박기만이 전화기를 내려놓았다.

"이 자식이."

뭔가 찜찜해진 박기만이 어깨를 부풀리면서 몸을 돌렸을 때다.

사내 둘이 다가와 양쪽 팔을 움켜쥐었다. 갑작스러운 일이어서 깜짝 놀란 박기만이 팔을 흔들었지만 꼼짝도 않는다.

그때 옆쪽으로 또 다른 사내가 다가와 말했다.

"박기만, 가지."

그러고는 눈을 가늘게 떴다.

"우리가 누군지 짐작이 가지?"

박기만의 눈이 흐려졌다.

중정이다.

자리에 앉은 채 강진수와 서재경은 박기만이 사내들에게 끌려나가는 것을 눈앞에서 보았다.

박기만이 전화기를 내려놓는 순간 옆자리의 사내 둘이 일어나 팔을 잡은 것이다.

그리고 또 둘이 더 있었다.

네 명이나 커피숍 안에 있었던 것이다.

그들이 커피숍을 나갔을 때 잠시 술렁이던 안은 다시 일상으로 돌아왔다.

그때 강진수가 자리에서 일어섰다.

"가자."

"부장님이 신고하셨을까?"

따라 일어선 서재경이 묻자 강진수가 외면한 채 대답했다.

"아마 전화로 다 이야기했을 거야."

서재경은 입을 다물었고 강진수도 더 이상 말하지 않았다.

박기만은 오늘 3백만 원을 가져오라고 했지만 둘은 빈손으로 나왔다.

이태진에게 처리를 은연중에 맡긴 셈이 될 것이다.

오전 10시 반.

다시 저택 응접실에서 이태진과 핫산, 술라이만, 유성희가 둘러앉았다.

그때 먼저 핫산이 입을 열었다.

"큰아들은 해결했습니다. 나한테 각서를 보내기로 했지요. 재산을 모두 국가에 반납하겠다는 각서지요."

핫산의 검은 눈동자가 이태진을 향한 채 움직이지 않았다.

"그놈의 범죄 사실을 모두 팩스로 보냈더니 30분 만에 항복했습니다."

핫산이 탁자 위에 알루크가 보낸 각서와 한 뭉치의 서류를 내려놓았다.

"이 서류는 알루크의 범죄 내역이죠. 경찰에 넘기면 바로 체포될 겁니다."

핫산의 얼굴에 쓴웃음이 번졌다.

"아비만큼 자식을 아는 사람도 없으니까요."

"그럼 클레오파트라 호텔의 세금과 벌금 문제가 남는군요."

"어제 말한 대로 6천만 불. 세금, 벌금까지 안는 조건으로."

"세금과 벌금이 어떻게 나올지, 그리고 호텔에 어떤 타격이 될지는 모르는 상황입니다. 이 리스크까지 감안하면 구매자가 나타날까요?"

반문한 이태진이 지그시 핫산을 보았다.

"무스타파 씨도 매입을 주저하고 계십니다. 명예가 손상될 가능성이 있기 때문이죠. 핫산 씨와 공모했다는 의혹도 일어날 테니까요."

이태진이 말을 이었다.

"그리고 무스타파 씨는 본래 카이로에 백화점을 구입하거나 세울 예정이었지요. 호텔은 그 과정에서 끼어든 일이어서 준비가 덜 되었기도 합니다. 그래서."

숨을 고른 이태진이 말했다.

"4천5백만 불로 하시고 선금 2천만 불로 명의 이전 해주시죠. 그동안 명의가 바뀐 새 주인으로 호텔의 세금, 벌금을 정산한 후에 나머지 잔금 2천5백만 불은 1년 후에 지급하겠습니다."

순간 핫산이 숨을 들이켰다.

시선은 이태진을 향한 채 움직이지 않는다.

술라이만과 유성희는 숨소리도 내지 않는다.

이윽고 핫산이 입을 열었을 때는 30초쯤 후다.

"검토하고 나서 연락드리지요."

핫산이 입술도 달싹이지 않고 말했다.

호텔로 돌아오는 차 안에서 이태진이 유성희에게 말했다.

"난 리야드로 돌아갈 겁니다."

오전 11시 반이다.

유성희가 시선만 주었고 이태진이 말을 이었다.

"오후 3시 비행기니까 호텔에서 바로 공항으로 가야겠는데."

"그럼 저도 같이 공항으로 가죠, 카이로행 비행기는 많으니까요."

말을 받은 유성희가 이태진을 보았다.

"그 4천5백만 불, 무스타파 씨가 제의한 금액인가요?"

"아니, 내가 한 겁니다."

정색한 이태진이 유성희를 보았다.

"클레오파트라 호텔이 1억 불이 넘는 가치라고 했지만 이미 명성은 깨졌습니다. 5천만 불도 비싸죠."

"이 부장님은 이 거래에 부정적이시군요."

"그렇습니다."

이태진이 고개를 끄덕였다.

"만일 핫산이 내 제의를 받아들인다고 해도 난 가격을 더 내릴 겁니다. 계약금 1천만 불에 잔금 2천만 불 정도로."

"…."

"무스타파 씨가 몇천만 불로 체면을 깎일 분이 아니죠. 내가 대리인으로 그 명성을 보호하려는 겁니다."

"그렇군요."

유성희가 흐려진 눈으로 이태진을 보았다.

"전 무스타파 씨보다도 이태진 씨 스케일이 더 큰 것 같네요."

이태진이 고개를 저었다.

"난 대리인 역할에 충실할 뿐입니다."

카이로행 비행기도 거의 같은 시간대였기 때문에 둘은 호텔에서 체크아웃을 하고 같이 공항에 나왔다.

공항 출국 게이트 안까지 들어왔을 때 이태진이 유성희에게 봉투를 내밀었다.

"이거 받으세요."

"뭔데요?"

알면서도 그렇게 물은 유성희가 반걸음 물러서기까지 했다.

그때 이태진이 말했다.

“5천 불 들었습니다.”

“왜요? 난 돈 쓴 거 하나도 없는데.”

“이번 프로젝트 수수료죠. 받으세요.”

이태진이 다가가 유성희의 재킷 주머니에 봉투를 찔러 넣었다.

“술라이만이 연락을 해올지도 모르니까요.”

“알겠습니다.”

쓴웃음을 지은 유성희가 이태진을 보았다.

“이번 프로젝트로 제가 부자가 되었어요. 이 기회에 차도 한 대 사야겠어요.”

“정당한 대가죠.”

“클레오파트라 호텔이 잘 되었으면 좋겠는데.”

“백화점 부지 구입 문제도 곧 결정될 겁니다.”

“그럼 연락받으면 전해드릴게요.”

유성희가 이를 드러내고 웃었다.

“무엇보다도 다시 받아들여주셔서 고맙습니다.”

이태진이 리야드에 도착했을 때는 오후 7시다.

공항에는 함단의 조카 아지즈가 마중 나와 있었는데, 이태진의 가방을 받아 들고 말했다.

“리, 낙찰자 발표는 내일인데 다른 품목은 이미 비공식으로 통보가 갔다고 합니다.”

아지즈가 발을 떼면서 말을 잇는다.

“아저씨는 알아보려고 이곳저곳 체크했지만 이건 아즈란 아저씨도 손을 못 댄다는군요.”

그럴 것이다.

정부 입찰에 관여했다가는 정부 전복세력으로 몰릴 수도 있을 테니까.

"함단 씨는 어디 계셔?"

"문중 회의가 있어서요. 내일 만나자고 하셨습니다."

이태진이 고개를 끄덕였다.

오늘 밤에는 무스타파와 약속이 있다.

라운지에 앉아있던 이태진이 무스타파가 들어서자 자리에서 일어섰다.

무스타파가 호텔로 찾아온 것이다.

"오, 마이 브라더."

다가온 무스타파가 이태진을 껴안으면서 말했다.

뺨을 세 번 부딪치고 난 무스타파가 웃음 띤 얼굴로 이태진을 보았다.

"이제부터 우리는 자네를 형제라고 부르기로 했어."

"영광입니다."

무스타파는 아직도 이태진의 어깨를 쥐고 있는 상태다.

"그건 함단이나 아지즈도 마찬가지야. 사촌 셋이 합의했단 말이네."

"고맙습니다."

함단 가문과 형제가 된 것이다.

자리에 앉았을 때 무스타파가 말했다.

"자네 조건대로 핫산이 받아준다면 더 바랄 것도 없지. 고문 변호사를 보내 일을 추진시키겠네."

"그전에 이집트 국세청과 합의를 해야 합니다."

"그것도 문제없어. 당장에 이쪽에서 사람을 보낼 수가 있어."

이태진의 시선을 받은 무스타파가 빙그레 웃었다.

"이것이 핫산과 같은 졸부들과 다른 점이라네."

"그렇습니까?"

무스타파의 말투에 오만한 귀족 가문의 권위의식이 풍겼지만 이태진은 전혀 거부감이 들지 않는다.

같은 배에 탔다는 동류의식 때문이다.

그때 무스타파가 목소리를 낮췄다.

"핫산이 예상한 탈세액과 벌금보다 금액이 낮춰질 거야."

이태진이 고개만 끄덕였고 무스타파가 말을 이었다.

"핫산한테는 그 금액을 부풀릴 수도 있고. 무슨 말인지 이해가 되나?"

"됩니다."

이태진의 얼굴에 웃음이 떠올랐다.

이것은 빅딜이다.

좀도둑은 죄인이 되지만 큰 도둑은 왕(王)이 된다고 했던가?

다음 날 아침.

호텔 뷔페식당에서 아침을 먹던 이태진이 앞쪽 인기척에 고개를 들었다.

순간 이태진이 숨을 들이켰다.

앞에 함단이 서 있었기 때문이다.

놀란 이태진이 자리에서 일어섰다.

"아니, 형님."

"리, 마이 브라더."

함단이 웃음 띤 얼굴로 앞쪽에 앉았다.

"웬일입니까?"

"집에서 곧장 여기로 온 거야."

함단이 번들거리는 눈으로 이태진을 보았다.

"리, 우리가 낙찰 받았어."

"알라 아크바르."

이태진의 입에서 저절로 말이 터졌다. 그때 함단도 두 손을 올리면서 말했다.

"알 함두릴라."

"언제 발표되었습니까?"

"한 시간 전에 심사위원이 나한테 연락을 했어. 공식 통보야."

"알라 아크바르."

"통보를 받고 나서 바로 이곳으로 온 거야. 방에 전화를 했더니 안 받기에 식당으로 온 것이지."

"축하합니다, 형님."

"모두 동생 덕분이지. 심사위원들이 모두 자네한테 감동을 받았다고 하더군."

함단이 상기된 얼굴로 이태진을 보았다.

"그리고 놀라지마, 동생."

"뭡니까?"

"몇 개 품목의 수량이 늘어난 바람에 금액이 1억 4천만 불이 되었어."

"1억 4천만 불."

"오늘 오후 2시에 낙찰서류를 받고 계약서에 사인하게 돼. 동생도 같이 가야 되네."

"가야죠."

함단이 얼굴을 펴고 웃더니 다시 두 손을 치켜올렸다.

"인슈알라."

함단이 돌아가자 이태진은 밥도 먹다 말고 방으로 돌아왔다.

오전 8시 반.

서울은 오후 2시 반이다.

조용한 방 안에서 창가의 의자에 앉아 벽을 바라보며 생각을 해보았다.

이제 신우상사는 내년에 1억 6천만 불이 넘는 오더를 관리하게 되는 것이다.

올해 1977년, 한국의 수출 목표가 100억 불이다.

그 50분의 1을 신우상사가 수출한다.

대(大) 오퍼상이다.

이제는 회사 이름을 바꿀 때가 되었다.

'함단'이다.

함단에게도 알려줘야겠다.

그리고 건물을 하나 매입하고 직원도 늘려야겠지.

3천만 불 정도를 수출하는 오퍼상 '트리톤'은 직원이 50명 가깝게 된다.

대(大) 오퍼상으로 대기업 임원들까지 쩔쩔매지 않는가?

이태진도 사원 시절에 트리톤에 들어갔다가 대기실에서 한 시간 반을 기다렸던 기억이 있다. 그러고 나서 담당 직원한테 말 몇 마디만 하다가 쫓겨나왔다.

지금 한국의 오퍼상은 인도인 전성시대다.

약삭빠른 인도인이 미국, 홍콩, 중동, 유럽 바이어의 대리인 행세를 하면서 사무실을 얻어 놓고 한국 기업들을 낚시질하는 것이다.

오더 받아준다고 샘플을 걷어가 샘플 장사를 하고 양쪽에서 수수료를 챙긴다.

수출 경험, 외국시장 견문이 부족한 한국 기업들은 샘플을 떼어먹혀도 항의도 못 하는 실정이다.

오죽하면 영국 물을 일찍 먹은 나이지리아, 가나의 사기꾼들이 편지를 보내

샘플을 요구하겠는가?

어떤 놈은 0이 10개나 찍힌 아프리카 지폐를 보내 샘플 비용을 먼저 보낸다면서 사기를 치기도 한다.

그놈의 지폐는 한국은행에서도 확인이 안 되었는데 나중에 알고 보니 한국 돈으로 500원 가치밖에 안 되었다.

이런 세상인 것이다, 1977년이.

"예, 안우현입니다."

부동산업자 안우현이 전화를 받았다.

한국 시간으로 오후 3시.

안우현은 사무실에서 전화를 받는다.

"나, 이태진인데요."

이태진이 말하자 안우현이 반색했다.

"예, 이 부장님."

"내가 지금 외국에 있는데."

"예, 알고 있습니다."

"시내에 건물 하나 알아봐줘요. 사무실용으로 5층에서 10층 규모로."

"예, 시내. 5층에서 10층. 강남지역이 좀 쌉니다만."

안우현의 목소리에 생기가 펄펄 일어났다.

"좋아요. 신축건물도 좋으니까 알아봐요."

"예, 바로 알아보겠습니다."

기운찬 목소리로 안우현이 대답했다.

안우현과 통화를 끝낸 이태진이 다시 눈을 가늘게 뜨고 앞쪽 벽을 보았다.

귀국하면 대영산업은 중동부(中東部)가 발족될 것이다.

회사에 2개 수출부가 생기고 대대적인 조직개편이 일어난다.

중동부장(中東部長)도 겸임해야 될 것인가?

오후 2시.

리야드 정부종합청사 총무부 별관 안.

이번에는 빈 대기실을 지나 별관 2층의 총무부장관 부속실로 들어섰다.

부속실에는 두 팀이 기다리고 있었는데 함단은 그들과 인사를 나눴다. 안면이 있는 사이로 보였다.

소파에 앉아서 기다렸더니 곧 하나가 불려갔고 함단과 이태진팀까지 두 팀이 남았다.

장관한테서 계약서를 받는 것이다. 정부 입찰이기 때문이다.

5분쯤 지났을 때 먼저 온 팀이 불려나갔고 함단과 이태진만 남았다.

그때 함단이 고개를 돌려 이태진을 보았다.

"아나? 총무부장관은 국왕 전하의 이복동생이야. 9번째 동생이지."

목소리를 낮춘 함단이 말을 이었다.

"국왕 전하는 동생이 14명이야. 여동생인 공주는 17명. 무스타파는 국왕 전하의 4번째 동생의 딸과 결혼했지."

이태진은 머리가 어지러웠지만 함단의 말이 이어졌다.

"4번째 왕자께선 4명의 부인한테서 7남 8녀를 낳으셨는데, 무스타파 부인은 그 5번째 공주라네."

그때 앞쪽 방문이 열리더니 사내 하나가 나와 말했다.

"알 마후드 함단 씨, 들어오시죠."

함단과 이태진이 자리에서 일어섰다.

장관실로 들어선 이태진은 앞쪽 소파에 앉아있는 60대의 사내를 보았다.

바로 총무부장관 야세르다.

그 옆에 사내 하나가 앉아있었는데, 낯이 익다.

심사위원장이다.

그때 총무부장관이 일어나 다가선 함단을 껴안았다.

“알 마후드 가문은 내가 잘 알지. 반갑소, 함단.”

“만나 뵙게 되어서 영광입니다, 장관 각하.”

뺨을 세 번 마주친 둘이 몸을 떼었다.

심사위원장과도 인사를 마친 둘은 이제 이태진에게로 시선을 돌렸다.

“제 대리인인 코리안 미스터 리입니다.”

함단이 아랍어로 말했을 때 장관이 다가와 껴안았다.

“당신이 그 광고인이군.”

영어로 말했기 때문에 이태진이 숨을 들이켰다.

볼을 마주친 장관이 몸을 떼면서 심사위원장에게 이태진을 넘겼다.

“심사위원장이 자네 칭찬을 많이 했어. 그 아이디어가 마후드 가문을 빛낸 셈이지.”

그 소리에 함단이 이를 드러내고 웃었고 심사위원장이 이태진을 껴안으면서 말했다.

“그것이 곧 사우디를 빛내는 일이기도 하지요.”

화기애애한 분위기다.

함단과 이태진은 책상 위에 놓인 계약서 옆에 광고 선전물이 가지런히 놓여 있는 것을 보았다.

심사위원장이 장관에게 먼저 브리핑을 한 것이다.

그때 장관이 광고 선전물을 눈으로 가리키며 말했다.

"각 오더별로 이 선전물을 함께 선적시켜주기 바랍니다."

"예, 각하."

함단이 먼저 대답했다.

"이것 외에 더 좋은 광고 선전물을 개발해서 제품과 함께 선적시키도록 하겠습니다."

그러자 장관이 고개를 끄덕였다.

"이런 업체는 처음입니다. 다른 업체들의 모범이 되어 주시기 바랍니다."

장관실을 나온 함단이 계단을 내려가면서 이태진을 보았다.

눈이 번들거리고 있다.

"왕자의 입에서 우리 알 마후드 가문의 이름이 나오다니, 모두 자네 덕분이야."

"천만의 말씀입니다, 형님."

"심사위원장 카스람은 까다로운 인물이야. 그자하고도 내가 인사를 텄어."

함단이 계약서가 든 가방을 이태진에게 건네주었다.

"브라더, 내년 상반기까지 1억 6천만 불을 실어 와야 해. 이게 돈 덩어리야."

함단은 각 업체에서 적어낸 금액에서 15퍼센트 마진을 먹는 것이다.

업체에서 오퍼를 낼 때 미리 15퍼센트를 추가해놓았기 때문이다.

그때 이태진이 함단을 보았다.

"형님, 서울사무실 이름을 아예 '함단 지사'로 바꾸지요."

"그러든지."

고개를 끄덕인 함단이 이태진을 보았다.

"'함단 앤 리'로 하게."

그렇게 결정되었다.

다시 카이로로.

오후 6시 비행기를 타고 카이로로 날아간 것이다.

리야드와 시차가 1시간이었기 때문에 시간을 거꾸로 날아가 1시간 절약.

밤 10시에 힐튼호텔 특실에 투숙할 수 있었다.

"유 교수 집 전화번호는 알고 계세요?"

공항에 마중 나왔던 민기종이 호텔 방에 따라 들어와 묻는 바람에 이태진이 고개를 들었다.

민기종은 중정 요원으로 이태진의 보좌역이다.

카이로에 와 있는 중동부장 박영균의 지시인 것이다.

지난번 일도 있어서 이태진의 경호역도 겸하고 있다.

"모르는데요."

"어제 잠깐 사무실에 들렀는데 이 부장님 언제 오시느냐고 물어서요."

민기종이 이태진에게 쪽지를 내밀었다.

"관사 전화번호입니다."

핫산 관계일 것이다.

쪽지를 받은 이태진이 민기종을 보았다.

"유 교수도 경호를 받습니까?"

"이집트 경찰의 보호를 받지요."

민기종의 얼굴에 웃음이 떠올랐다.

"그것이 더 안전합니다."

이집트 정보국이 움직였기 때문이다.

정보국은 사우디 정보국의 협조 요청을 받았고 한국 측은 그 배후다.

신호음이 두 번 울렸을 때 유성희가 전화를 받았다.

"여보세요."

한국어로 응답한 것은 이태진의 전화라고 예상했는지도 모른다.

"난데요. 연락했어요?"

"네. 지금 어디세요?"

유성희가 말을 이었다.

"술라이만한테서 연락이 와서요."

"뭐라고 합니까?"

"5천만 불로 하자는데요. 선금 2천5백만 불로 명의이전을 하겠답니다. 잔금 2천5백만 불은 1년 후에 지급하는 조건으로 말이죠."

"내가 무스타파 씨를 만나고 왔는데 그동안 조건이 또 바뀌었어요."

"…."

"시간이 지나면서 클레오파트라 호텔에 대한 부정적인 인식이 강해진 것 같습니다."

그때 유성희가 불쑥 물었다.

"피곤하세요?"

"아니, 괜찮아요."

"지금 늦었죠?"

오후 10시 반이다.

늦었다.

그러나 이렇게 물은 것은 지금 올 수도 있다는 의미다.

이태진이 전화기를 고쳐 쥐었다.

"여기 올 수 있어요?"

"지금 바로 갈게요."

11시가 조금 넘었을 때 문에서 벨 소리가 울렸다.

문을 연 이태진이 앞에 서 있는 유성희를 보았다.

분홍색 히잡을 쓴 유성희가 시선이 마주쳤을 때 멋쩍게 웃었다.

"이 시간에 들어오는 여자는 뻔하다고 보겠죠?"

"그런 건 상관하지 않으시는 것 같던데요."

"맞아요."

옆을 스치고 지나는 유성희한테서 향내가 맡아졌다.

소파에 앉은 유성희가 히잡을 벗었기 때문에 쇼트커트한 머리와 목이 드러났다.

산뜻한 모습이다.

"술 드릴까요?"

이미 탁자 위에는 위스키와 마른안주, 술잔이 놓여 있고 이태진은 술을 마시던 중이다.

유성희가 고개를 끄덕였다.

"네, 마실게요."

이태진이 잔에 술을 따르면서 물었다.

"하실 말씀이 있어요?"

"네, 이건 전혀 다른 이야기인데요."

술잔을 든 유성희가 한 모금 삼키더니 말을 이었다.

"그 무스타파 씨가 이집트에 투자하려는 이유는 뭔가요? 특별한 이유라도 있습니까?"

"그런 건 없는 것 같은데."

고개를 기울였던 이태진이 유성희를 보았다.

유성희는 경제학 교수다. 런던에서 박사 학위까지 받았다.

가방끈이 이태진과는 비교가 안 된다.

이태진이 말을 이었다.

"사우디나 중동 귀족들은 카이로를 문화의 중심으로 여기는 경향이 있지 않습니까? 지금은 이집트 지식층이나 전문 인력이 밖으로 빠져나가는 상황이지만 말입니다."

"…."

"아마 그런 감정일 겁니다. 카이로에 호텔이나 백화점을 소유하고 있다는 자부심. 그들에게 몇천만 불은 잃어도 그만인 돈이죠."

"그렇다면 할 말이 없네요."

"그렇지 않으면 할 말이 있어요?"

"투자하려면 UAE 쪽이 나을 것 같아서요. 그쪽을 추천하고 싶었습니다."

유성희가 정색하고 이태진을 보았다.

"첫째, UAE의 두바이는 정치적으로 안정이 되었고 시장이 지금보다 수십, 수백 배 성장할 가능성이 있어요. 또한 지리적으로도 유리합니다. 거기에다 엄청난 석유 매장량을 기반으로 시장을 개방하고 있어요. 이집트보다 수십 배 더 투자가치가 있는 곳이거든요."

"…."

"두바이에 호텔이나 백화점 대신 대형 물류 마켓을 세우면 5년 안에 그 몇 배의 가치를 창출해낼 겁니다. 이렇게 카이로에서처럼 신경 쓰지 않아도 되구요."

그때 이태진이 한 모금에 술을 삼키고 말했다.

"역시 교수님답군요. 많이 배웠습니다."

"처음부터 이 말씀을 드리고 싶었는데 분위기에 끌려들어 가 버렸어요."

술잔을 든 유성희가 쓴웃음을 지었다.

"그리고 그동안 목돈을 벌게 되는 바람에 기회를 놓쳤구요."

이태진이 고개를 끄덕였다.

"이제 우리 관계가 정상으로 돌아온 것 같습니다."

출장 15일째다.

오전 8시 반.

이태진이 대영산업에 전화를 했다.

서울 시간은 오후 3시 반.

한여옥이 깜짝 놀라면서 전화를 받는다. 지금은 한창 바쁠 시간이다.

"잠깐만요. 상담실에서 전화 받을게요."

1분쯤 지났을 때 다시 한여옥의 목소리가 울렸다.

"과장님, 건강하시죠?"

"그래. 펄펄 날아다닌다."

그랬더니 큭큭 웃고 나서 말했다.

"여긴 난리예요. 과장님 귀국하시자마자 중동부로 개편되는 것이 확실해졌어요. 그래서 입사 3년 이내의 사원을 기준으로 선발하고 있다네요."

"그래야겠지."

"소문이 다 나서 우리가 집중 조명을 받는 상황이에요."

"좋겠다."

"3개 과(課)가 확실해졌어요. 정진호 씨는 대리 진급을 해서 1개 과(課)를 맡게 된다는 소문이 났구요."

"…."

"아무래도 그래야 되겠죠? 입사 2년 차지만 회장 아들인데. 그리고 제가 데리고 있을 수도 없잖아요?"

한여옥의 과장대리 진급은 기정사실로 되는 모양이다.

한여옥은 1년 만에 서류 담당에서 영업직으로, 그리고 과장 대리로 승진된다.

그때 이태진이 말했다.

"과원들 관리 잘해."

"염려 마세요. 모두 사기가 올라있어요."

"방심하지 말고."

"무슨 말씀인지 잘 압니다."

"내가 일주일쯤 후에 귀국할 거야."

"그때까지 몸조심하시구요."

"고맙다."

전화기를 내려놓은 이태진이 심호흡을 했다.

호텔 방 창 밖에 중동의 태양이 환하게 비치고 있다.

한여옥과 둘이서 중동과를 시작했었다.

1년도 안 되는 10개월 전이다.

그것이 10개월 만에 이렇게 성장했다.

2년 전에 6만 5천 불에서 올해는 258만 불, 내년의 중동부(部) 실적은 650만 불 정도.

100배 성장이다.

2년 만에 100배 성장인 것이다.

그뿐이랴?

한여옥에게도 말하지 못한 실적이 있다.

곧 '함단 앤 리(Hamdan & Lee)' 에이전시가 새롭게 태어날 것이고, 그 오더가 현재까지로만 1억 8천2백만 불이다.

한국에 대형 에이전시가 태어나는 것이다.

그때 옆쪽 방문이 열리면서 유성희가 나왔다.

특실에는 침실이 2개 있었기 때문에 유성희가 옆방에서 잔 것이다.

말끔한 모습으로 나온 유성희에게 이태진이 말했다.

"아침 식사하러 갑시다."

어젯밤 늦게까지 술 마시면서 이야기를 한 것이다.

유성희가 고개를 끄덕였다.

자연스러운 태도다.

뷔페 식사를 하면서 이태진이 유성희에게 말했다.

"이쪽 국세청에 알아보았더니 세금과 벌금이 몇천만 불 수준이고 곧 가압류가 된다고 해요. 그렇게 되면 공매 처분이 되지 않습니까?"

유성희가 고개를 들었다.

"하지만 술라이만은 압류는 막아놓았다고 하던데요."

"믿을 수 있겠습니까?"

"하긴 그러네요. 국세청 일이니만큼…."

"급한 건 핫산 쪽이죠."

유성희가 고개를 끄덕였다.

"우리가 서둘 필요가 없겠군요."

이태진이 잠자코 반숙된 계란을 포크로 찍어 먹었다.

압류와 공매 처분 이야기는 사실이 아니다.

무스타파와 이야기 중에 나왔던 가능성을 말해준 것이다.

그때 유성희가 물었다.

"술라이만이 연락을 기다릴 텐데요. 뭐라고 하죠?"

"그 조건을 받아들일 수 없다고. 그리고 이쪽 국세청 분위기가 심상치 않다고만 말해주세요."

"그러죠."

"유 교수가 메신저 역할을 해주셔서 다행입니다. 직접 거래를 하면 융통성이 적어지거든요."

"저는 이 부장님 편이에요."

유성희가 웃음 띤 얼굴로 이태진을 보았다.

"수수료도 이 부장님한테서 받구요."

이태진이 따라 웃었다.

그러나 다 털어놓을 수는 없다.

그것을 진심으로 바란다면 유성희는 순진하다.

"잘했어."

유성희와 헤어진 후에 지금까지의 과정을 보고했더니 무스타파가 말했다.

"우리가 서둘 것 없어. 기다리자구."

"조건을 더 낮출 겁니다."

"맡기겠네."

"오늘 백화점부터 체크해보겠습니다."

"알았어. 전권을 줄 테니까 알아서 결정해."

이렇게 결론이 났다.

오후 3시.

오늘은 부동산 중개인 압둘라와 함께 시청의 관리책임자를 만났다.

카이로 시청의 관리국장실 안.

50대쯤의 관리국장이 비대한 몸을 끌고 다가와 이태진의 손을 쥐더니 물었다.

"리야드의 무스타파 님 대리인이라고 하셨지요?"

이태진이 내민 명함을 확인한 국장이 자리를 권했다.

이태진이 압둘라와 함께 앞쪽에 앉았을 때 국장이 말했다.

"체육관을 허물고 백화점을 세우실 예정입니까?"

"예, 그렇습니다."

"전혀 문제가 없습니다. 이집트 법에 저촉되지 않는단 말씀이지."

국장이 탁자 위에 붙여진 지도의 한 부분을 손가락으로 탁, 짚었다.

손가락이 바로 체육관 위치를 짚었다.

국장이 두꺼운 눈시울을 올려 이태진을 보았다.

"다만 가격이 문제지요. 지금까지 여러 명이 문의를 했지만 가격 때문에 나가떨어졌지요. 가격 흥정은 안 됩니다."

이태진이 고개를 끄덕였다.

체육관 부지는 건물 포함해서 미화로 1,700만 불이다.

엄청난 가격이다.

그러나 5천 평이 넘는 대지에다 신시가지 중심부에 위치해 있다.

더구나 클레오파트라 호텔이 한 블록 건너다.

무스타파 사업권으로 어울릴 위치다.

"알겠습니다. 검토하고 다시 말씀드리겠습니다."

이태진이 국장에게 말했다.

자우프 국장.

시청의 건물 책임자다.

국토부 차관 아부케말이 최종 결정권자이고.

오후 6시 반.

제다의 오마르에게 전화를 했더니 깜짝 놀라면서 반겼다.

"마이 브라더, 지금 어디야?"

"카이로에 있어, 오마르."

"제다에는 언제 오나? 할 이야기가 있는데."

"내일 가려고 했어."

"오케이, 그럼 기다리지."

"무슨 일 있는 거야?"

"아니. 선적은 예정대로 진행되고 제품에도 문제 없어."

오마르가 말을 이었다.

"그런데 이틀 전에 나한테 연락이 왔어."

"연락? 누구한테서?"

"대영 사장. 미스터 안, 맞지?"

"미스터 안? 안석호 말인가?"

"그래. 사장이야."

"사장이 전화를 했어?"

"그래. 안부 전화를 했어, 나한테."

"…."

"놀랐지. 사장이 갑자기 전화를 해서."

"뭐라고 해?"

"안부 전화라고 했어. 고맙다면서. 그리고 문제가 있으면 자기한테 직접 연락을 해달라고 했어. 직통전화도 알려주고 말야."

"…."

"그리고 또 있어."

오마르가 말을 이었다.

"회장이 나를 초대한다는 거야. 시간을 내면 회장이 비행기 표를 보내겠다고 했어. 회장 집으로 초대한다는군."

"…."

"브라더, 이거 알고 있었나? 자네하고 상의한 건가?"

"아니."

"그럴 줄 알았어."

오마르가 입맛 다시는 소리를 냈다.

"자네가 카이로에 가 있는 줄 알고 나한테 전화한 거야. 이건 자네를 고립시키는 작전이야."

"…."

"자네가 나를 꿰차고 나갈까 봐 미리 선수를 치는 거지."

"오마르, 내일 만나서 이야기하지."

"오케이, 브라더."

통화를 끝낸 이태진의 얼굴에 쓴웃음이 번졌다.

위에서 회장, 사장이 잡고, 아래에서는 중동부를 만들어 아들 정진호를 박아놓는다.

그러나 놀랍거나 실망하지도 않았다.

당연한 일인 것이다.

자신이 회장 입장이었다고 해도 안전장치를 해놓았을 테니까.

오후 8시가 되었을 때 유성희가 식당으로 들어섰다.

호텔 17층의 양식당 안이다.

창가의 자리에 앉아있던 이태진에게 다가간 유성희가 웃음 띤 얼굴로 말했다.

“하루에도 몇 번씩 만나네요.”

아침 식사도 같이 먹었던 것이다.

요리를 주문한 유성희에게 이태진이 체육관 부지 매입 관계로 시청에 다녀온 이야기를 해주었다.

“아직 매입 확정은 하지 않았지만 유 교수한테 부탁할 일이 있어요.”

이태진이 말하자 유성희가 고개를 끄덕였다.

“백화점 건설과 시장 상황까지 조사해보라는 것이군요.”

“근처의 클레오파트라 호텔까지.”

“역시 카이로 프로젝트는 버릴 생각이 없는 모양이죠?”

“두바이는 따로 작업할 겁니다.”

이태진의 얼굴에 웃음이 떠올랐다.

“이곳, 카이로 프로젝트는 무스타파 씨가 오래전부터 생각해온 것이니까요.”

이태진이 말을 이었다.

“무스타파 씨 꿈을 이루는 작업이죠. 무스타파 씨에게는 카이로 프로젝트가 손익관계를 떠난 사업인 것 같습니다.”

“부자들은 스케일이 다르군요.”

이제는 유성희도 진지해졌다.

고개를 끄덕인 유성희가 말을 이었다.

“그것이 더 큰 것을 볼 수 있을지도 몰라요. 우리가 볼 수 없는 것을 말이죠.”

저녁을 먹고 위층의 방으로 올라가 마주 앉았을 때 이태진이 말했다.

“무스타파 연락사무소에서 고문으로 일해줘요. 내가 없는 동안 내 대신 일해달라는 말입니다.”

유성희가 시선만 주었고 이태진이 말을 이었다.

"실제로 작업이 시작되면 직원이 더 필요하겠지만 직원을 채용해도 됩니다."

"지금은 한 명만 있어도 되겠어요."

유성희가 말했다.

"이미 깊게 들어가 있어서 거절할 생각도 없어요."

"보수는 얼마쯤 원합니까?"

"내 교수 월급이 350불입니다."

유성희가 이를 드러내고 웃었다.

"요즘 내가 부자가 되었다고 했잖아요?"

"월급으로 3천 불 드리지요."

"그 돈으로 직원 월급도 주겠어요."

유성희가 바로 대답했다.

"난 내일 제다로 갑니다."

이태진이 지그시 유성희를 보았다.

"이제는 마음 놓고 자리를 비울 수가 있을 것 같습니다."

제다에 도착했을 때는 오후 3시 무렵이다.

공항에 마중 나온 카림과 함께 이태진이 오마르의 사무실로 들어섰다.

"오, 내 불쌍한 형제."

이태진을 부둥켜안은 오마르가 뺨을 비벼대면서 웃었다.

방에 둘이 마주 보고 앉았을 때 오마르가 입을 열었다.

어느덧 정색한 표정이다.

"리, 지금 경영진으로부터 견제를 받는 상황이야?"

"그런 것 같은데."

이태진이 곧 정진호가 중동부에 전입될 것까지 말했을 때 오마르가 고개를 기울였다.

"심각한데."

"내가 경영진이었다고 해도 아마 그랬을 거야."

"의심할 것이라는 말이지?"

"내가 당신 오더를 갖고 다른 곳으로 튀면 회사가 망해."

"그 정도야?"

"오더가 10배 이상 증가하는 바람에 원부자재 구입해 놓은 물량에다 생산시설을 확장했거든. 투자비용이 수백만 불이야. 오더가 끊기면 회사가 무너져."

"이건 내가 큰소리를 쳐야 될 상황 아닌가?"

오마르가 눈을 둥그렇게 떴다.

"가격을 5퍼센트쯤 낮추자고 해도 되겠는데."

"바로 이런 역효과가 나는 것이지."

쓴웃음을 지은 이태진이 오마르를 보았다.

"나한테 맡기고 놔두었으면 나한테서 이런 정보가 새나가지 않았을 텐데."

"그렇다면."

길게 숨을 뱉은 오마르가 물었다.

"리, 앞으로 어떻게 할 건가? 그리고 내가 어떻게 하면 돼?"

"오마르 당신 생각은 어때?"

"리, 너는 함단의 에이전시로 엄청난 물량을 확보했잖아? 난 너를 따라간다. 난 함단의 알 마후드 가문과도 친분을 맺고 싶은 거야."

오마르가 솔직하게 입장을 밝혔다.

이태진이 고개를 끄덕였다.

"고마워, 오마르."

"어떻게 할 거야?"

"중동과가 곧 부(部) 체제로 승격돼."

이태진이 말을 이었다.

"당신 오더도 신우상사, 곧 '함단 앤 리' 회사로 개명할 에이전시를 통해 신용장을 받으니까 키는 내가 쥐고 있는 상황이야."

"그렇군."

오마르가 고개를 끄덕였다.

"대영 중역들은 신우가 네 회사라는 것을 모르고 있구나."

"하지만 상황을 봐야 될 것 같아."

이태진이 말을 이었다.

"대영이 날 이만큼 키워준 회사지만 말야."

순간 눈앞에 정예은의 얼굴이 떠올랐다.

정예은의 이야기를 해준다면 오마르는 어떤 반응을 할까?

"너 무슨 일 있어?"

한선옥이 물었지만 정예은은 대답하지 않았다.

토요일 오후 12시 반.

저택 안에는 한선옥과 정예은 둘뿐이다. 물론 가정부 둘은 집에 있다.

정병현은 골프 치러 나갔고 정진호는 친구 만나려고 일찍 외출했다.

한선옥이 다가가 옆자리에 앉았다.

"요즘 며칠간 너 외출 안 하더라?"

"응."

마침내 정예은이 건성으로 대답했다.

"일본 출장 갔어."

박윤호를 말한다.

"그렇구나."

고개를 끄덕인 한선옥이 다시 물었다.

"그쪽 부모한테는 말했대?"

"아직 모르겠어."

"언제는 걱정하지 말라고 했다면서?"

한선옥이 말을 이었다.

"언제 돌아온대?"

"며칠 있다가."

"연락은 왔어?"

"응."

정예은의 반응이 시원치 않았기 때문에 한선옥은 어깨를 늘어뜨렸다.

자리에서 일어선 정예은이 방으로 돌아와 창가의 의자에 앉았다.

어머니한테는 그렇게 대답했지만 상황은 다르다.

박윤호는 출장 가지 않은 것이다.

열흘쯤 전에 만나기로 했다가 박윤호의 전화를 받았다.

"집에 좀 문제가 있어."

가라앉은 목소리로 박윤호가 말을 이었다.

"그래서 당분간 못 만날 것 같아."

기가 질린 정예은은 아예 입을 다물었다.

"내가 일 풀리면 연락할게."

"하나만 물을게요."

정예은이 숨을 고르고 나서 묻는다.

"우리 일 때문인가요?"

그때 박윤호가 대답했다.

"그래."

"알았어요."

그러고는 정예은이 먼저 전화를 끊었다.

이것이 마지막 통화다.

그 후로 박윤호의 연락은 없었다.

오마르와 내년 오더를 다시 마무리한 다음에 리야드로 옮겨간 것은 다음 날 오후다.

오후 7시.

이태진은 함단이 보내준 차를 타고 함단의 저택으로 들어섰다.

함단이 저녁 초대를 한 것이다.

"어서 오게."

함단이 두 팔을 벌리고 이태진을 맞는다.

응접실에는 무스타파와 아즈란까지 와 있었기 때문에 사촌 셋이 다 모인 셈이다.

셋과 차례로 뺨 인사를 마친 이태진이 자리에 앉았다.

응접실은 떠들썩한 분위기다.

무스타파와 아즈란은 번갈아서 이번에 낙찰 받은 정부 오더를 축하했다. 광고 선전물이 히트한 것이 화제가 되었다.

이어서 무스타파가 이집트 프로젝트에 이태진이 대리인으로 활약한 내용을 떠들었다.

아즈란은 빙글거리며 웃기만 했다.

아즈란도 할 말이 많았지만 내놓지 않는 것이다.

어쨌든 이태진은 셋과 밀접한 관계다.

이어진 저녁 만찬도 화기애애하게 진행되었다.

사촌들은 이태진을 중심으로 서로 어떤 일을 하는지 더 자세하게 알게 되었다.

그것으로 이태진과의 연결고리는 더 단단하게 굳어졌다.

만찬이 끝나고 저택을 떠날 때다.

현관 앞에 세워진 차까지 따라온 함단이 이태진에게 쪽지를 내밀었다.

"리, 이거 받아."

"뭡니까?"

"서울에 세울 '함단 앤 리' 사무실 설립 비용이야."

"내가 준비할 겁니다."

"아니. 이번 오더에 대한 보너스니까 이것으로 사용해."

쪽지를 이태진의 주머니에 넣은 함단이 얼굴을 펴고 웃었다.

"자네 덕분에 오더 딴 것이니까. 심사위원장도 그렇게 말했어."

이태진의 어깨를 밀어 차에 태운 함단이 말을 이었다.

"'함단 앤 리' 간판 사진을 보내주게, 리."

차가 저택 정문을 나왔을 때 이태진이 주머니에 든 쪽지를 꺼내 보았다.

시티은행의 계좌번호와 비밀번호가 적혀 있었다.

코드번호까지 적힌 금액은 1백만 불이다.

이 돈이면 서울 도심의 10층짜리 빌딩을 구입할 수가 있다.

다음 날은 무스타파를 만나 카이로 프로젝트에 대한 상의를 했다.

체육관 부지 매입 문제부터 클레오파트라 호텔 가격 결정까지 무스타파는 이태진에게 전권을 위임했다.

그러고 나서 이틀 후에 이태진은 서울행 비행기에 탑승했다.

3주 만의 귀국이다.

서울에 도착했을 때는 오후 2시 반.

회사에 연락하지 않았기 때문에 곧장 오피스텔에 짐을 가져다 놓은 이태진이 시내로 나왔다.

5시에 이태진이 인사동의 한정식당 아리랑에 들어섰다.

"아이구, 잘 다녀오셨습니까?"

안쪽에 앉아있던 김봉철이 일어나 이태진을 맞는다.

이제는 이태진이 출장 다녀오면 가장 먼저 만나는 사람이 김봉철이다.

습관이 되었다.

"마침 사흘 전에 정예은 씨가 박윤호를 만났습니다."

김봉철이 웃음 띤 얼굴로 말을 잇는다.

"20일 가깝게 정예은 씨가 외출도 하지 않아서 도청이라도 해야 하나 하고 궁금했거든요."

지금 이태진과 김봉철은 안쪽의 방에서 둘이 한정식을 먹는 중이다.

김봉철이 식탁 위에 손바닥만 한 녹음기를 꺼내 놓았다.

"정예은 씨를 미행했더니 소공동 커피숍에서 박윤호를 만났습니다. 그래서 다행히 둘의 대화를 녹음했지요."

김봉철이 버튼을 누르면서 말했다.

"요점만 편집했습니다."

"미안해. 나도 예상 밖이야."

사내의 목소리.

가라앉은 목소리가 이어진다.

"아버지가 이렇게 반대하실 줄은 몰랐어. 내가 며칠간 설명을 했지만, 안 돼."

"…."

"좀 시간을 두고 해결해야 될 것 같아. 지금 당장 어떻게 하면 곤란해져."

"…."

"난 자기 아니면 결혼 안 해."

"…."

"이런 말 하기 그렇지만 아버지가 누그러지실 때까지…."

"알았어요."

여자 목소리는 정예은이다.

"그럼 그만 만나요."

"이봐, 예은 씨."

그때 김봉철이 녹음기의 버튼을 눌렀다.

"이것으로 대화가 끝났습니다. 자리에서 일어선 정예은 씨가 커피숍을 나갔죠."

"수고했어요."

고개를 끄덕인 이태진이 술잔을 들었다.

이제 정예은이 다시 돌아오겠구나.

소주잔을 든 김봉철이 이태진을 보았다.

"지금 박기만 씨는 서울구치소에 있습니다. 국보법 위반으로 재판 대기 중이죠."

한 모금 술을 삼킨 김봉철이 말을 이었다.

"집에 연락이 갔는데, 면회를 가지 않았습니다."

"…."

"부인은 아이가 아직 백일도 안 되어서 면회를 갈 형편이 안 되긴 합니다. 그런데 주변에서 들었더니 그게 아니더군요. 이혼 수속을 밟는다고 합니다."

"…."

"시골에서 좀 어렵게 살고 있었습니다."

이태진이 고개만 끄덕였더니 김봉철이 한 모금에 소주를 삼키고 나서 물었다.

"계속 할까요?"

아직 보고할 대상이 남아있는 것이다.

밤 10시 반.

김봉철과 헤어지고 오피스텔로 돌아온 시간이다.

어깨가 가라앉는 것 같은 피로가 몰려온 것은 여행의 피로 때문만이 아니다.

소파에 몸을 파묻듯이 앉은 이태진이 심호흡을 했다.

정보가 우선인 시대에서 뒤지지 않으려면 상대의 정보를 알아야 한다.

그래서 경쟁자보다 앞설 수 있었고 배신자를 대비할 수 있었다.

그러나 항상 정보를 얻고 나면 석연치 않은 부담감이 쌓인다.

음모와 배신의 사회에 맞서려는 자위책만이 아니기 때문이다.

세상이 순수하고 열정만으로 이루어진 사회가 아닌 것은 맞다.

그러나 함께 빠져들어서 앞서려는 자신도 탐탁치 않은 것이다.

다음 날 아침.

대영산업으로 출근한 이태진의 스케줄은 정확하게 집행되었다.

그것은 이태진 중심으로 치러졌다는 것을 의미한다.

출근하자마자 최재일 부장과 과장급들과의 인사.

그다음은 약식 과 회의.

출근 시간이 늦은 사장, 회장에게 보고.

이렇게만 보내는 데도 2시간이 걸렸다.

특기할 일은 회장실에서 사장, 부장까지 넷이 둘러앉았을 때 회장이 한 말.

"다음 달부터 중동부를 발족시킬 테니까 조직 구성안을 만들어 오게. 회사에서도 준비를 해놓았으니까."

이렇게 운을 떼더니 고개를 돌려 옆에 앉은 안석호를 보았다.

"사장하고 협의하도록."

이태진의 협상 상대를 사장으로 만든 것이다.

그것은 최재일과 대등한 입장으로 봐주겠다는 의미도 된다.

최재일이 얼굴색도 변하지 않는 것은 사전에 셋이 말을 맞췄다는 증거다.

그러나 이태진은 고분고분 대답했다.

"네, 회장님."

대답하면서 셋의 얼굴은 보지도 않았다.

봐서 뭐해?

오전 11시 반에 사장실로 불려 들어갔다.

예상했기 때문에 이태진은 소파에 마주 보고 앉았을 때 안석호에게 조직도를 내밀었다.

결재 서류철에 끼워 넣은 조직도다.

"사장님, 제가 구상한 중동부 조직도인데요, 참고해주셨으면 합니다."

"오, 그래?"

조직도를 받아든 안석호가 고개를 끄덕였다.

웃음 띤 얼굴이다.

순간 이태진은 안석호가 오마르와 통화를 했다는 것을 떠올렸다.

그리고 사장실에 있는 동안 안석호가 통화했다는 말을 해줄 것인가, 궁금해졌다.

그때 조직도를 보던 안석호가 물었다.

"한여옥을 과장대리로 승진시켜 달라는 건가?"

"예. 한여옥은 입사 6년째입니다. 고졸이지만 그럴 자격이 있습니다."

"그리고 고재규, 최상호가 입사 2년 차인데 팀장이 되는 것이군."

"정진호가 2년 차로 팀장이 되는 것이니까요."

조직도는 중동부가 4개 팀으로 구성되는 것으로, 각 팀장이 대리 한여옥, 팀장 고재규, 최상호, 정진호인 것이다.

그리고 충원된 팀원은 모두 그들에게 배속되도록 만들어졌다.

그때 안석호가 말했다.

"검토해보지."

사장실을 나왔을 때 이태진은 결국 안석호가 그 '말'은 안 했다는 것을 떠올렸다.

그래서 회의실로 과원들을 부른 후에 조직도 카피를 앞으로 밀어놓으면서 말했다.

"내가 사장께 제시한 중동부 조직도야. 너희들도 머릿속에 넣어두도록."

점심시간이 되었기 때문에 이태진은 신우상사로 간다면서 사무실을 나왔다.

오세영이 옆을 지나면서 할 말이 있는 눈치였지만 놔두었다.

오후 1시.

소공동 일식당의 방에 넷이 둘러앉았다.

이태진과 정경호, 서재경, 강진수다.

이태진이 점심을 같이 먹자고 불러냈지만 사장인 정경호도 긴장하고 있다.

이번 출장 목적이 함단의 입찰 관계 때문이었다는 것을 모두 알고 있는 것이다.

인사를 마치고 주문도 끝나 방 안 분위기가 조용해졌을 때 이태진이 입을 열었다.

"이번에 함단이 낙찰 받았어."

"와앗!"

숨을 죽이고 있던 강진수가 함성을 뱉었다.

서재경은 박수를 쳤고 정경호는 불쑥 이태진에게 손을 내밀었다.

악수를 청한 것이다.

어깨를 편 이태진이 말을 이었다.

"1억 6천만 불 오더야."

"우와!"

다시 강진수가 함성.

이태진이 셋을 둘러보았다.

"내년에 함단 오더만으로도 1억 8천만 불이 넘는다. 오마르 오더 포함하면 2억 불이야. 우리가 2억 불을 수출하는 에이전시가 된 거야."

"축하드립니다."

강진수가 말했을 때 이태진이 정색했다.

"함단과 합의했어. 앞으로 회사명을 '함단 앤 리'로 바꾸도록. 신용장도 '함단 앤 리'로 올 거야."

"'함단 앤 리'입니까?"

서재경이 또박또박 물었다.

고개를 끄덕인 이태진이 정경호를 보았다.

그때 정경호가 고개를 끄덕였다.

"오케이. 당장 변경신고를 하지. 이틀이면 다 끝낼 거야."

"간판도 제작해야 됩니다. 그건 제가 하죠."

강진수가 거들었다.

그때 이태진이 말을 이었다.

"회사 건물도 알아보고 있으니까 곧 이전해야 될 거야. 인원도 두 배 이상 늘려야 될 것이고."

그때 정경호가 얼굴을 펴고 웃었다.

"이제야 회사가 정상적으로 운영되는구만."

문이 열리면서 요리가 들어왔고 정경호가 말을 잇는다.

"함단 앤 리가 한국에서 열 손가락 안에 드는 에이전시가 되었어."

점심을 마치고 신우상사로 돌아온 이태진과 정경호가 사장실에서 마주 보고 앉았다.

정경호가 입을 열었다.

"함단 앤 리의 대표는 네 이름으로 신고해야 돼."

이태진이 고개만 끄덕였다.

회사 상호까지 '리'가 붙어있는 터라 이제는 이태진이 대표로 등록하는 것이 맞다.

그리고 현재도 오마르, 함단 신용장의 수취인은 이태진인 것이다.

"하지만 넌 전무를 맡아서 지금처럼 관리를 해줘야겠다."

"알았어. 이젠 내가 제자리를 찾은 것 같다."

고개를 든 정경호가 환하게 웃었다.

"나는 내 분수를 알아."

<3권에 계속>

한국인 2권

초판1쇄 인쇄 | 2024년 7월 25일
초판1쇄 발행 | 2024년 7월 30일

지은이 | 이원호
펴낸이 | 박연
펴낸곳 | 한결미디어

등록 | 2006년 7월 24일(제313-2006-000152호)
주소 | 서울시 마포구 모래내로 83 한올빌딩 6층
전화 | 02-704-3331
팩스 | 02-704-3360
이메일 | okpk@hanmail.net

ISBN 979-11-5916-222-0(04810) 979-11-5916-220-6 (세트)